北京市职业院校教师素质提高工程资助项目

| 光明社科文库 |

英国作家费·维尔登研究

张丽秀◎著

光明日报出版社

图书在版编目（CIP）数据

英国作家费·维尔登研究 / 张丽秀著 . -- 北京：

光明日报出版社，2019.3

ISBN 978 - 7 - 5194 - 5135 - 6

Ⅰ.①英… Ⅱ.①张… Ⅲ.①费·维尔登—小说研究

Ⅳ.①I561.074

中国版本图书馆 CIP 数据核字（2019）第 040855 号

英国作家费·维尔登研究

YINGGUO ZUOJIA FEI·WEIERDENG YANJIU

著　者：张丽秀	
责任编辑：陆希宇	责任校对：赵鸣鸣
封面设计：中联学林	责任印制：曹　净

出版发行：光明日报出版社

地　　址：北京市西城区永安路 106 号，100050

电　　话：010—63139890（咨询），63131930（邮购）

传　　真：010 - 63131930

网　　址：http：//book. gmw. cn

E - mail：luxiyu@gmw. cn

法律顾问：北京德恒律师事务所龚柳方律师

印　　刷：三河市华东印刷有限公司

装　　订：三河市华东印刷有限公司

本书如有破损、缺页、装订错误，请与本社联系调换，电话：010—63131930

开　本：170mm×240mm	
字　数：174 千字	印　张：14
版　次：2020 年 1 月第 1 版	印　次：2020 年 3 月第 1 次印刷
书　号：ISBN 978 - 7 - 5194 - 5135 - 6	

定　价：89.00 元

序　言

　　自 1967 年第一部小说《胖女人的玩笑》（*The Fat Woman's Joke*，1967）到 2017 年《女恶魔之死》（Death of a She Devil，2017），英国当代女小说家费·维尔登（Fay Weldon，1931 – ）在 50 年间出版了 42 部小说作品；此外，她还出版了一部自传和一个剧本，可谓高产作家。维尔登用后现代主义多样杂糅的文本结构、多元变化的表现技巧，表现深刻、多重女性主义思想，在其作品中以敏锐的眼光关注着女性的生存状况，描述女性主体意识和性在父权社会中的迷失与压抑，塑造了无数个寻求生存与身份的女主角，展现了女性实现自我的心路历程。成为英国当代文学中最杰出的后现代女性主义小说家。

　　后现代主义文学是第二次世界大战之后西方社会中出现的范围广泛的文学思潮，于 20 世纪 70 至 80 年代达到高潮。对于后现代主义的解读体系主要是建构在后现代主义和现代主义的关系基础上的。一方面，后现代主义继承了现代主义反传统的文学实验；另一方面，后现代主义又是对现代主义的反叛和决裂，表现了后现代作家摒弃现代主义文学内容和形式的企图，因为在后现代主义作家看来，不仅现代主义以前的文学传统已不合时宜，连现代主义也在其发展过程中变得日益陈旧。持不同社会文化立场的学者曾对后现代主义进行过广泛而深入的争论，但无法得出一致的结论。现在的西方学术界已经普遍达成一个共识，即后现代主义虽然与现代主义有密切的联系，但也是与现代主义有明显区别的新的文化和艺术思潮。后现代主义文学是指吸纳了西方现代主义的观念和技巧，通过新的价值取向与传统伦理道德观念发生决裂，反映后现代、后工业时期人类生活中的情感享受、物质追求和底层人们的生存状况，先锋小说更趋向于人本主义的描写，追求人格平等。与通常意义上的思潮、流派不同，后现代主义文学既不是指称一个具体的作家或批评家的群体，也不存在被广泛认同的纲领和宣言。不仅如此，后现代文化是一种没有中心的多元文化，宽容各种不同的标准，主张持续开发各种差异并为维护差异性而努力。

近20年来，在我国外国文学研究领域内，虽然西方后现代主义小说研究进行得如火如荼，但对英国的后现代主义小说家及其作品一直未给予足够的重视。虽然散见一些研究当代有较大影响的英国后现代主义小说家戴维·洛奇、约翰·福尔斯、缪丽尔·斯帕克、艾丽斯·默多克、多丽丝·莱辛、安东尼·伯吉斯、玛格丽特·德拉布尔等的论文和论著，但数量不大，不够系统亦不够全面，特别是几乎完全忽略了对费·维尔登这位独特的、思想深刻、艺术高超的英国后现代女性主义小说家的研究。张丽秀的《英国作家费·维尔登研究》（以下简称《维尔登研究》）成为我国英国文学研究领域迄今为止唯一一部研究费·维尔登系列小说的专著。《维尔登研究》认为维尔登笔下所创作的"邪恶"女性形象是后现代现实生活中抵制男权社会女性群体的缩影。"邪恶"而叛逆的女性在向不公正的男性中心主义社会挑战，而这些"邪恶"女性，正是男权社会中赋予那些自我觉醒的新时代女性的特殊词汇。维尔登的小说创作开始时期正值女性主义运动兴起之时，因此她的小说创作受到了自由女性主义、激进女性主义、马克思主义女性主义、精神分析女性主义、存在主义女性主义、后现代女性主义、生态女性主义等多重的女性主义思想的影响。《维尔登研究》系统、全面、深刻地讨论了维尔登小说中深刻的多重女性主义思想和不断创新的后现代主义艺术手法。张丽秀的论著《英国作家费·维尔登研究》选题属于学科前沿，具有以下几个特点：理论探讨与文本分析相结合、思想研究与形式分析相结合、跨学科研读与多角度考察相结合，以科学的研究方法得出可靠的令人信服的结论，具有较高的理论价值和学术价值，较重要的现实意义和较大的创新性。

一、理论探讨与文本分析相结合

《维尔登研究》对维尔登系列作品的研讨是以文化理论研讨与小说文本分析相结合的方法进行的，著作提出的创新性观点得到理论研讨和文本分析的强有力支撑。作者认为维尔登的小说创作是一种典型的后现代女性话语叙事，首先探讨了其理论建构，指出早期的"女性主义"主要表达了女性争取各种政治权利的诉求，后来的"女性主义"则更关注身为女性的独特心理状态以及作为女性所经历的生活现实。"女性主义"这一术语可以用来描述政治、文化或经济运动，其目的在于为女性赢得更多的权利和更多的法律保护。女性主义也包括与性别差异问题相关的政治和社会学理论以及哲学思想……这一术语携带的理念可以追溯到18世纪，甚至回溯到欧洲文艺复兴时期人文主义思潮中"人人平等"的理念。女性主义者们意识到争取话语权力的重要性，是否拥有话语权力意味着女性是否能够获得平等的文化地位和发展的权力。而想要获得平等的话语权力，女性必须与男权制社会的主流话语进行对抗和解构。女性话语叙事成为女性与男权社会主流话语斗争的武器。《维尔登研究》进而将女性话语叙事置于后现代文化历史语境中，指出维尔登的创作从 20 世纪 60 年代起一直持续到现在。在 50 多年的社会思潮影响下，维尔登与其他当代英国小说家也一直在反思文化思潮与小说艺术风格的关系，重新评估小说艺术形式。后现代主义小说家在形式技巧方面的实验创新，已经作为文学艺术中新的因素而被当代英国小说家消化吸收。维尔登作为当代英国小说家之一，也开始反思自己的小说创作。她的创作不仅仅关注小说纯粹的艺术形式，而且深刻地表现对社会问题的思考。早期的维尔登创作突破传统的现实主义，朝着创新和实验的方向发展，体现出一种折衷主义的文化思潮与兼收并蓄的艺术风格。20 世纪 80 年代到 90 年代的小说创作形式已经表现出了后现代主义特点的创新，同时女性主义的反叛情绪也达到了顶峰，比如小说《马勃菌》中的作者用了一个象征物：蘑菇（马勃菌）。膨胀的蘑菇既像怀孕时隆起的腹部，又像人类的大脑，使女性作为生育机器的动物性的一面和她高级的精神思想活动形成了鲜明的对比，对妇女一方面追求自由高尚的境界，一方面又摆脱不了生理因素束缚的困境构成了一定的讽刺；《总统的孩子》采用了反体裁的小说创作形式，一部小说中融入了三种体裁，呈现出"体裁混杂"的后现代主义特点；《女恶魔的生活与爱情》中塑造的具有极端颠覆性的女性人物形象，本身就已经打破了具有限制性的传统"贤妻良母"形象，这种玩世不恭的叛逆女性形象正是后现代"颠覆"性的集中体现。

张丽秀的专著从女性主义视角和后现代主义审美角度去研究维尔登的小说和语言特色，主要包括以下三个方面内容：第一，女性主义和女性文学的发展，指出为了能够实现"人人平等"和"男女平等"这个目标，女性主义者们从政治、经济、文化等各个生活领域努力争取自己的权利。而父权社会带给女性的压迫和长久的不平等思想，让女性逐渐明白要想获得平等的待遇，必须争取与男性平等的话语权利，必须与父权制社会的主流话语进行对抗并解构这种主流话语；第二，维尔登受女性主义和女性文学发展的影响，维尔登的小说创作开始时期正值女性主义运动兴起之时，因此她的小说创作受到了自由女性主义、激进女性主义、马克思主义女性主义、精神分析女性主义、存在主义女性主义、后现代女性主义、生态女性主义等多重女性主义思想的影响；第三，维尔登的后现代主义创作艺术特色，指出《她不会离开》中的邪恶幽默正是维尔登女性主义思想与后现代主义思想相融合的结果。她笔下女性人物身上渗透的邪恶幽默正是在摧毁现存的"男性中心主义"的思维方式，表达了对一切元叙述的怀疑和颠覆的后现代主义思想。在论述后现代女性主义时，《维尔登研究》指出，后现代女性主义者接受了波伏娃对他者性的理解，明确宣称作为他者的女性所具有的种种优越性。他者性也可以成为一种特别的存在方式、思想方式和讲述方式，他者性的存在使得开放性、多重性、多样性和差异性成为可能。在解构思想中，不属于社会特权群体的成员自有其优势。后现代女性主义者赞美女性的身体、生育和性器官，赞美女性区别于男性的差异美。然而她们却拒绝被归为"本质主义者"一类。她们对主体的消解和去政治化的倾向，使它与传统女性主义理论有了明显的理论裂痕。专著《维尔登研究》接着用小说文本分析来支撑自己的观点，指出《她不会离开》对基蒂的未来生活方式的这种不可预见性，体现出后现代女性主义不拘泥于传统、不依赖任何思想，寄希望于未来的"虚无"和"缺席"一代。而"具有反抗思想的戏剧家"这一职业，暗示未来的女性可以拿起语言和词语的武器，打破沉默，通过讲话和写作来克服男性中心主义和逻各斯中心主义。其结论是，维尔登运用后现代主义写作技巧揭示了女性主体意识的建构过程，达到了女性主义思想和后现代主义审美艺术的有机统一。

二、思想研究与形式分析相结合

文学批评的主要任务是要通过细读文本，对作品的主题思想进行深刻的分析研究，还要讨论揭示作品有效表现主题思想的艺术形式——即结构和技巧。张丽秀的论著《维尔登研究》首先深刻分析探讨了小说《普拉克西斯》中女性自我意识的建构，然后有层次、有逻辑地分析讨论小说建构女性自我意识的多元话语叙事。张丽秀的专著指出，《普拉克西斯》是维尔登最为出色的作品，格调也最为阴郁。维尔登在现实生活中经历过因胎盘脱落而生命垂危的危险处境，因此她把这部作品当成了其生命中最后一部作品来创作，创作时格外用心。这部小说集中了维尔登50年全部小说所表达的主题。《普拉克西斯》是维尔登所有女性题材作品中对女性解放最充满信心的一部，人们从作品中看到的是为自身的解放义无反顾地行动起来的新女性形象。这部作品无论其简洁明快的叙述语言，还是栩栩如生的人物塑造，都达到了较高的艺术水准。普拉克西斯表面上是一位年迈的妇人，头发灰白而稀少、腿上的血管肿胀、笨拙的身体、含泪无神的眼睛、关节炎导致的脚趾疼痛、人们对她视而不见。在这种生存状态中，普拉克西斯自己起身走向医院，她的病得到了治愈，并进行了一番庆祝："我没有我所想象的那么老"。读者也许会感到被这位不可靠的叙述者所误导，但是维尔登认为是普拉克西斯事先误导了她。普拉克西斯说，"我已经放弃了我的生命，然而却又被重拾回来。围绕在我周围的墙壁垮塌了，我可以触摸、感觉并看到和我生活在一起的人们了"。可怜的普拉克西斯在她生命中先前感受到的许多人和事，现在已经通过讲述自己的故事而解放了自己。同样，维尔登暗示语言构建本质能够帮助女性通过书写她们的生活来进行自我分析和意识建构。维尔登采用了插话式的叙事方式来书写普拉克西斯的作为女性的人生体验。

《维尔登研究》认为，小说《普拉克西斯》中女性自我意识的建构是通过多元话语叙事来实现的：叙事视角的灵活转换、意识形态的叙事。后现代小说的特点打破了传统上的第一和第三人称两种视角，在小说中将直接作用于被叙述的事件的第一人称叙述视角和间接作用于事件的第三人称视角交替转换使用。小说《普拉克西斯》第一章采用了第三人称的叙述视角，描写普拉克西斯和海芭夏在母亲的陪伴下，在布莱顿的海滩边照相的情景，通过摄影师亨利拍摄的画面，向读者展现了两个孩子的外貌和性格特点。接下来在第二章里，普拉克西斯和"我"被联系起来，让读者明白作者要以第一人称去讲述普拉克西斯的故事了。"我，普拉克西斯·杜温，上了年纪，脑子里几乎没什么回忆了，但我还是想给你们讲述一下我的过去。"然而，第三章维尔登又一次用第三人称的口吻来讲述普拉克西斯一家人的故事："普拉克西斯却更像一只笨拙的小狗，爪子脏兮兮地蹦来蹦去，既热情奔放又滑稽可笑。"第四章开篇以"我"开始讲述"我现在不尿床了……我不想变成一个大小便失禁的老太太。"第五章又是以第三人称讲述："普拉克西斯……毫无顾忌地愉快地生活着，走在路上脚下……随意踢着东西。"第六章使用第一人称；第七章使用第三人称……几乎在小说所有章节中第一人称和第三人称的叙述视角一直在不断地交替转换当中，这种多元化的叙事和人称灵活变化表现出作者反传统的后现代主义倾向。

此外，《维尔登研究》认为，《普拉克西斯》用意识形态叙事表现女性自我意识的建构，指出叙事学经历了由单纯的叙事分析向叙事与社会、文化、读者和意识形态间相关联的方向发展。尽管女性的身体是人类繁殖最具特权的地方，但是她在男性统治的社会中受到法律条文、宗教和医药学的控制。法律和实践没有得到女性自身的许可，却在女性身体上刻下了许多条文规定。普拉克西斯和海芭夏是私生孩子，也就是说她们是没有得到法律许可的情况下而出生的，是不合法的，因此她们和母亲就丧失了许多权利。小说家维尔登通过普拉克西斯这一人物形象和意识形态叙事来批评男性中心主义的社会，指出普拉克西斯尽全力帮助朋友里奥纳德找到堕胎的地方，"让我感到震惊的是，在这个世界中男人们数以万计地互相残杀，他们却对一个未出生的胎儿采用这样的态度"；作为对男权社会的抵制，普拉克西斯与情人威利公开地住在一起，并允许她所拯救的孩子玛丽成为威利的下一个情人；她去当妓女，却稀里糊涂地与自己的亲生父亲发生了性关系；作为一个郊区的家庭主妇，她参与了换妻活动，然后离开了丈夫和两个孩子，她变成了一个公认的为争取堕胎权利的改革者。《维尔登研究》将对作品的思想研究与形式研究相结合，揭示了作品的深刻思想与艺术的创新形式完美的辩证统一。

三、跨学科研读与多角度考察相结合

后现代主义小说是以非理性主义或反理性主义为哲学支柱的。后现代主义既否定了现实主义关于外部世界的"反映论"，也否定了现代主义关于人的内心世界的"表现论"，它注重表达的是叙述话语本身，关注的是无意义的语言游戏，表现出无选择性、无中心意义、无完整性，甚至是"精神分裂式"的表述特征。后现代主义小说通过元小说的创作手法，不断地显示作品的虚构特征，由此写作转向了本体展示，转向了揭露写作的虚构性。对后现代主义文学的研究批评就必须以西方马克思主义哲学、后现代社会学、符号学、叙事学等学科理论为支撑。因此，张丽秀研究维尔登后现代主义小说的论著《维尔登研究》是跨学科研读与多角度考察，从而深刻地、正确地揭示了作家通过作品对后现代人类世界的认识以及作家为有效表现后现代人类经验而在叙事艺术中的大胆创新。在论述维尔登小说中后现代主义艺术特征时，张丽秀采取跨学科研读与多角度考察相结合的方法，全面地揭示了维尔登小说的后现代主义艺术创新。

《维尔登研究》在讨论小说《宝格丽关系》中的文本艺术生产和消费时，依据德国西方马克思主义理论家瓦尔特·本雅明（Walter Benjamin，1892－1940）的文本艺术生产论的观点："艺术创作……是同物质生产有共同规律的一种特殊生产活动和过程。在他看来，艺术创作是生产，艺术欣赏是消费。小说文本艺术生产完全可以遵循与社会生产力水平相适应的艺术生产规律"，认为小说《宝格丽关系》这一文本从生产目的、生产与消费的关系以及具有后现代特点的文本创作手法，都顺应了当今社会的消费状况，指出《宝格丽关系》这部小说文本的艺术创作摆脱了过去传统小说那种追求一种宏大叙事与伦理教化的束缚。在当代经济中，小说文本的生产目的呈现出简单化和商业化趋势。小说生产目的简单化和商业化使文本原初的文学性被逐步削弱了。这部小说写就于 2001 年，作为 21 世纪早期的作品，小说的创作与新世纪社会生产力发展状况是分不开的。受到高额经费赞助的小说《宝格丽关系》也证实了作者愿意去适应当代社会的物质追求。维尔登创作这部小说的生产目的简单化特点主要体现在：为宝格丽公司进行珠宝饰品的商业宣传，使"宝格丽"这一品牌名称在小说中被提及的次数达到公司规定要求，以增强"宝格丽"这一品牌的知名度。实际上维尔登已经超额完成了所规定的宣传任务。"宝格丽"（Bulgari）一词在小说中出现的次数远远超过了之前规定的 12 次。起初，维尔登对于这种创作目的心存疑虑，但由于自身就处于经济膨胀的当代社会之中，无法摆脱经济力量对个人生活的冲击，最终她选择了坦然接受，表现了后工业消费社会的现实。

另一方面，《维尔登研究》从符号学角度指出，小说《宝格丽关系》的商业化特点主要体现在：小说文本的文学性被进一步削弱了，其商业操控性却大大增强了。小说文本作为一种文字符号体系，在为整个消费大众传播宝格丽珠宝广告信息的同时，通过文字视觉阅读的途径来操纵大众的审美趣味与欲望，从而扩大小说的销售量，并从中获取巨大的经济利润。美国学者大卫·哈维在《后现代性的条件》一书中认为，20 世纪六七十年代爆发的资本主义经济危机使得灵活积累通过采用新的组织形式和新的技术，加快了生产和消费的步伐。面对转瞬即逝的消费时尚，人们不得不采取新的应对策略，他们有意识地操纵和控制消费趣味与时尚。符号体系和视觉形象的生产占据了一个特殊重要的位置。文本中第二次提到"宝格丽"是朱丽叶夫人在儿童慈善捐助会正式出场时，对其着装服饰的描绘："脖子上戴着一条宝格丽项链，上面镶嵌着各种圆形绿翡翠石、红宝石、蓝宝石，还有 60 年代出产的制作优良的钻石，价值 27.5 万英镑……映在她那富有弹性而白皙的皮肤上光彩照人"。这番描述把宝格丽珠宝暗含的时尚尊贵概念展现得淋漓尽致。通过文字符号向消费读者设定了"宝格丽珠宝意味着爱情、美丽和尊贵"的审美观念，从而使小说文本艺术与广告文编写艺术的效果如出一辙，以此来影响读者或消费者的消费观念。

张丽秀的专著《英国作家费·维尔登研究》以理论探讨与文本分

析相结合、思想研究与形式分析相结合、跨学科研读与多角度考察相结合的科学的研究方法，得出了可靠的令人信服的结论：维尔登的小说内容丰富、体裁多变、语言简洁有力，具有极大的艺术张力；她关于女性主体意识的小说创作，证明她想用实际行动来争夺那个被男性霸占许久的文学舞台；同时她运用多种后现代主义写作技巧，开创多元化的文学创作形式，在小说作品中展现后现代消费社会和不断变化的虚拟的现实；在打破单一的、秩序的、稳定的父权叙事结构后，维尔登在虚构现实的小说文本中强调了对人道主义和女性主义"平等地位"的追求，对道德与责任的呼唤。

综上所述，张丽秀的论著《英国作家费·维尔登研究》是一部系统、全面、深刻研究英国后现代主义小说家费·维尔登的力作，在学术观点和研究方法方面都有很大创新，表现出重大的理论价值和重要的现实意义。张丽秀作为我的第三个英美文学、当代西方文论研究方向博士研究生，于 2012 年 6 月毕业于中国人民大学，获博士学位。她聪明勤奋，谦虚好学，刻苦钻研，取得了较丰硕的研究成果。张丽秀硕士毕业后一直在北京市一所高职院校教学，2017 年，她荣获北京市职业院校优秀青年骨干教师的称号。她能够坚持将英语教学和英美文学研究并行，实属难能可贵。这既表明了她高度的工作热情、强烈的开拓进取精神，也证明了她较强的科研能力和较高的学术水平。作为她的导师，我感到由衷的高兴！写到这里，我还想用 2002 年 4 月我在厦门大学读博士生时的导师杨仁敬教授为我的第一部专著《美国后现代主义小说艺术论》（2002）所写"序言"中的结束语，来结束今天我为我的学生张丽秀博士的第一步专著所写的"序言"，并以此共勉：学术的道路是漫长的。曾在哈佛大学任教的美国哲学家桑塔亚纳说过："人类唯一的真

11

正尊严，也许就是有本领说自己不行。"在他看来，一切学问都是无止境的，而人的生命是有限的。学而后知不足，任重而道远。希望丽秀同志戒骄戒躁，开拓进取，与时俱进，努力攀登英美文学和西方文论研究的新高峰。

陈世丹

2018 年 9 月 2 日

（序言作者简介：陈世丹，博士，中国人民大学教授，英美文学、当代西方文论研究方向博士生导师，全国英国文学学会常务理事、全国美国文学学会常务理事、国际文学伦理学批评研究会常务理事。完成和在研"美国后现代主义小说主题与艺术手法论"（1997）、"美国作家库尔特·冯内古特研究"（2003）、"多克特罗小说艺术研究"（2013）等国家社科基金项目 3 个，在研中国人民大学重大规划项目"西方后现代主义小说总论"（2016）；出版《美国后现代主义小说艺术论》（2005）、《后现代人道主义小说家冯内古特》（2014）、《当代西方文艺批评理论要义》（2017）等专著 11 部，发表"代码"（2005）、"论后现代主义小说之存在"（2005）、"戴维·洛奇小说《好工作》中后现代伦理的叙事手法"（2018）等核心期刊论文 70 多篇。）

目 录
CONTENTS

绪 论……………………………………………………………… 1

第一章 维尔登创作的历史与叙事技巧 ………………… 15

一、维尔登其人其作 ………………………………………… 20

二、维尔登早期的作品 …………………………………… 26

三、女性话语叙事理论与后现代创作手法……………… 48

（一）非线性叙事 ……………………………………… 53

（二）反体裁写作 ……………………………………… 54

（三）语言游戏与读者解读 ………………………… 56

第二章 维尔登的女性写作 ………………………… 59

一、父权社会中的女性文学 ……………………………… 59

二、维尔登笔下女性人物形象及女性意识的觉醒……… 65

（一）20世纪80年代现实与独立强势的女性形象 …………… 66

（二）20世纪90年代现实与心力交瘁的女性形象 …………… 68

（三）21世纪现实和邪恶幽默的女性形象 ……………………… 70

三、维尔登的多重女性主义创作……………………………………… 72

（一）自由主义女性主义 ………………………………………… 73

（二）激进女性主义 ……………………………………………… 75

（三）马克思主义女性主义 ……………………………………… 78

（四）精神分析女性主义 ………………………………………… 80

（五）存在主义女性主义 ………………………………………… 82

（六）后现代女性主义 …………………………………………… 84

（七）生态女性主义 ……………………………………………… 86

第三章　维尔登的后现代主义文本艺术 ……………………………… 94

一、后现代主义语言与幽默………………………………………… 94

（一）语言的激进主义特点 ……………………………………… 96

（二）与艾薇·康普顿·伯奈相比较 …………………………… 99

（三）隐喻与幽默叙事 ………………………………………… 102

二、后现代文本审美艺术 ………………………………………… 107

（一）《普拉克西斯》多元话语叙事与女性自我意识建构 ……… 107

（二）《总统的孩子》中女性话语与后现代主义现实 ………… 124

（三）《女恶魔的生活与爱情》中滑稽模仿与互文性 ………… 143

（四）《宝格丽关系》中的文本艺术生产和消费 ……………… 155

（五）《她不会离开》随意、非连续书写中的邪恶幽默 ……… 164

(六)《科娃!:鬼故事》中虚构的作者与读者 …………… 171

(七)《女恶魔之死》的后现代女性主义诠释 …………… 182

结 语…………………………………………………… 188

参考文献………………………………………………… 192

后 记…………………………………………………… 203

绪　论

费·维尔登（Fay Weldon，1931 - ）是 20 世纪 70 年代开始享誉全球的英国最受尊重和喜爱的作家之一。她的小说主要探讨了女性的心理、生活和感情等主题，不仅在英美两国拥有广大读者，而且被翻译成多种文字，引起了其他国家关注女性题材作品的读者和评论家的重视。1967 年，她发表了第一部小说《胖女人的玩笑》（*The Fat Woman's Joke*，1967），在之后的 30 年里，她的写作事业得到了长足的发展，相继发表了包括《普拉克西斯》（*Praxis*，1978）、《总统的孩子》（*The President's Child*，1982）、《女恶魔的生活与爱情》（*Life and Loves of a She - Devil*，1983）、《宝格丽关系》（*The Bulgari Connection*，2001）、《她不会离开》（*She May Not Leave*，2006）以及《女恶魔之死》（*Death of a She Devil*，2017）等 34 部小说、数部电视和广播剧本、5 部短篇小说集、5 部长篇舞台剧本和一定数量的短篇剧本。她曾被授予英国最高巴思爵士，享有很高的声望。

费·维尔登现受聘于英国巴斯斯巴大学（Bath Spa University），教授创意写作课程。她的作品主要集中在女性身上，她以敏锐的眼光关注着女性的生存状况，描述女性主体意识和性在父权社会中的迷失与压抑，塑造了无数个寻求生存与身份的女主角，展现了女性实现自我的心路历程。维尔登关注的是女性自我价值的实现，比起与男性的合作或"交互性"而言，她的小说人物更加接近于一味寻求个人解放而不再顾及男人是否欣赏的"女恶魔"（She – Devil）形象。她的作品几乎无一例外地与女性主义联系在一起，并具有代表性地描绘了由西方父权制度和英国社会对女性压迫的生活状态。她运用智慧而诙谐的笔法书写着男女之间的爱情与两性关系，并探讨了衰老和死亡的主题。维尔登的女性话语和书写，是一种摆脱长久男性话语的毒害、围困和束缚的尝试，也是对女性长久压抑的释放、治愈、滋养和哺育的实践。

在其作品中值得一提的是，1971 年，维尔登编写了作为其创作事业里程碑的电视连续剧剧本《楼上，楼下》（*Upstairs，Downstairs*），并因此而获得了英国作家协会颁发的"最佳英国电视连续剧剧本奖"；1979 年，小说《普拉克西斯》获得"布克奖"提名；1980 年，她为英国广播公司改编简·奥斯汀的《傲慢与偏见》，此剧捧红了影星伊丽莎白·盖尔维（Elizabeth Garvie）和大卫·蓝图（David Rintoul）；1983 年，担任"布克奖"评委会主席；1986 年，担任"辛克莱奖"评委会主席；《乡村之心》（*The Heart of the Country*，1987）获得 1989 年"洛杉矶时代布克奖"；短篇小说集《邪恶女人》出版于 1995 年，并荣获了 1996 年国际笔会麦克米伦银笔奖。2006 年，维尔登被聘为伦敦西部布鲁内尔大学教授，承担了《创意写作》课程。她曾在写作课上说："一位伟大的作家需要某种个性和对语言的天赋，当然也需要传授和学习很多知识——如何把词语快速地融合在一起并有效地使其赋有意义，如何使言辞优美雄辩，如何表达情感，如何构建张力以及如何创造可供选择的两种世界。"维尔登的小说创作关注细节和生动形象的描写，她站在女性立场上，描写了女性的生活和性体验，创造了一个个大胆而私欲膨胀的女主人公，让人们重新审视和衡量传统的道德习俗。她对小说创作从未感到疲倦，持续不断的创作使她成为一位多产的作家。她的文学创作事业成功更加坚定了这一信念：女人能够获得独立、自信和自主。她曾经说："作为一个作家，我能够摆脱让男人喜爱、欣赏和赞同的需求……我觉得比起自我实现来说，幸福只是一个次要目标。一个获得解放的女性是一个能够自由选择的人。"① 她的小说行文中充满睿智和邪恶的幽默。尽管她塑造的多数男主人公不怎么讨人喜欢，但他们并不是小说中真正的反面人物。事实上，小说中真正的反面人物是传统的男性和女性所扮演的角色身份。维尔登曾说："女性必须问问自己：怎样才能实现自我？这是我一直在思索的重要问题。"②

　　尽管维尔登非常关心女性，但她却因为把小说中的女性人物置于有限的选择境地而受到了某些女性主义团体的批评。1998 年，维尔登在接受《广播时报》周刊采访时声称，"假如你是安全的、活着的并且事后并未受伤的话，强奸并不一定是发生在女人身上最坏的事情。"③因为这句话，她受到了女性主义者们的强烈谴责。因此，《纽约时报》记者

① WELDON F. "Me and My Shadow," in On *Gender and Writing*, ed［M］. Michelene Wandor, London：Pandora, 1983.
② EDER R. Writing Off a Past to Write Freely of a Future, ［J］. The New York Times, 2003（6）.
③ WELDON F. Pity Poor Men［N］. *The Guardian*, 1997－12－09.

理查德·艾德尔（Richard Eder）曾说："维尔登既是一位女性主义者，又是一位反女性主义者。"①维尔登的作品审视不同环境中的女性生活：工作中、家庭中、游戏中、政治中、爱情中，她不仅描写了女性如何被男性所控制，而且表现了女性如何允许男性控制自己这一反常现象。她的小说创作不仅深深地受到了女性主义潮流的冲击和影响，同时也透出了后现代主义文化气息。她笔下的人物形象塑造及创作手法都呈现出纷繁复杂的女性主义和后现代主义特点。

在英国之外，维尔登作为一位英国畅销小说家，已经引起了众多文学评论家的关注。许多评论者纷纷撰文对其作品进行研究，涌现了许多有价值的新闻评论和学术研究论文。20 世纪 60 年代以来，许多英国小说家和文学批评家都默契地关注彼此的创作和评论。戴维·洛奇曾经一针见血地总结了国外对维尔登创作研究的局限性。也许这种从女性主义角度去研究这位女性作家的做法就其本身而言并没什么错误，然而这种片面性和单一性的研究方法却使得维尔登小说中所采用的叙事技巧黯然失色。洛奇对维尔登的评价是积极正面和恰到好处的。她的创作题材大多局限于家庭女性的自我意识觉醒，备受英国国内许多读者和评论家的关注（尽管大多从女性主义视角），表明她在英国文学界拥有不可小觑的地位，她是一位成功的、受读者喜爱和尊重的小说家。她的文学创作手法与叙事技巧虽然较少受到人们注意和评论，但其浓厚的后现代主义创作手法是值得我们进行一番探讨和研究的。因此，对于维尔登的后现代主义叙事技巧方面的研究仍然有待于读者和文学批评家们的挖掘，让

---

① EDER R. Writing Off a Past to Write Freely of a Future ［J］ *The New York Times*，2003 (6).

人们更加全面地去认识和了解这位女性作家。

国外比较全面研究维尔登作品的著作是由瑞吉娜·巴莱卡（Regina Barreca）编写的《费·维尔登的邪恶小说》（*Fay Weldon's Wicked Fictions*）。这本书收集了 12 位评论家关于维尔登作品中女性主义思想及其写作特点的 13 篇评论文章，同时还收录了维尔登未曾整理成册且具有深刻意义的文章。"这是第一部完整记录维尔登邪恶小说的书籍，但是肯定不是最后一部，正如维尔登所说，'通过讨论和分享经验，我们能了解自己和他人、能了解过去和未来吗？'"① 其次，由米歇尔·万德（Michelene Wandor）编写的《关于性别和写作》（*On Gender And Writing*）当中收录了一篇综合 1976 年 9 月 20 日《卫报》、1980 年 2 月 12 日《晚间新闻》和 1979 年 2 月 18 日《观察家杂志》等对维尔登的采访记录。这些采访记录具有相当大的影响力，可以说它为后来评论家从女性主义视角来关注维尔登作品奠定了基础。最后，由哈芬顿·约翰（Haffenden John）编写的《采访中的小说家》（*Novelists in Interview*）对维尔登的采访中主要讨论了小说《总统的孩子》的创作思路，同时还探讨了其文风和语言在多大程度上受到广告撰稿职业的影响。

国外比较全面研究维尔登作品的英文博士论文有三篇：2002 年，美国北卡大学劳伦娜·拉塞尔（Lorena Russell）的博士论文《女性主义超小说中的恐怖与愉悦》（*Queering The Pulpit：Fears and Pleasures in British Feminist Metafiction*）着重分析了当代英国作家安吉拉·卡特、詹妮特·温特森和费·维尔登小说中创作方法和理论观点的相互影响，作

---

① BARRECA R. "Introduction," in：Regina Barreca, ed., *Fay Weldon's Wicked Fictions* [M]．Hanover：University Press of New England, 1994.

者尤其从后结构主义与唯物主义相结合的角度去审视各种问题，在描绘后结构主义的唯物主义观点中寻求特殊理论如女性主义、酷儿理论与后殖民主义之间重叠交叉的空间，在安吉拉·卡特、詹妮特·温特森和费·维尔登的写作中寻找出相似和不同之处。

2003 年，美国南加州大学比较文学专业博士陈琼楚（Chiung－chu Chen）的博士论文《张爱玲和维尔登小说中的女性意识发展》（*The Development of Female Consciousness in The Fiction of Eileen Chang And Fay Weldon*）集中讨论了张爱玲和维尔登如何关注女性生活状况，她们是如何描述女性主体意识和性在父权社会中的迷失与压抑，关注她们的女主角是如何寻求生存与身份，以及一些女性如何完成自我实现的心路历程而另一些女性又是如何失败的。西尔薇亚·普拉斯（Sylvia Plath）的"我是我"（*I am I*）诗歌主题成为这两位作家连续不断展现的内容。张爱玲和维尔登把女性意识和女性成长结合在一起，她们的小说都采用了著名的文学体裁——教育（成长）小说。论文第一章讨论了女性意识和女性成长主题。女性意识的定义主要是从弗吉尼亚·沃尔夫、西蒙·德·波伏瓦、西苏以及其他女性作家的女性话语中提取而来。波伏瓦的女性立场，以存在主义为基础关注女性的压抑、反抗和主体意识。第二章主要介绍了张爱玲《金锁记》《怨女》和《半生缘》等小说的创作，张爱玲小说展现了女性意识的充分发展。第三章以维尔登三部小说《马勃菌》（*Puffball*，1980）、《女恶魔的生活与爱情》（*Life and Loves of a She－Devi*，1983）和《分裂》（*Splitting*，1995）为依托关注其小说中女性人物意识的觉醒与发展。这三部小说分别出版于 20 世纪 70 年代、80 年代和 90 年代，将小说与女性主义运动发展联系起来。论文还探讨了维尔登笔下的女主人公在当下物质环境中经历的觉醒和自我价值的实现过程。结论部分谈到了张爱玲和维尔登创作中的异同：张爱玲对中国作家的影响，尤其是对女作家的影响，还强调了维尔登对新世界的男人和女人的期望。

2006 年，美国康涅狄格大学马拉·伊丽丝·雷斯曼（Mara Elise Reisman）的博士论文《小心！她们什么都会说的：费·维尔登与 1967 - 2002 年间的女性主义文化历史》（"*Mind You，They'll Anything*"：*Fay Weldon and Cultural History of Feminism*，1967 - 2002），从女性主义角度系统地分析了维尔登及其部分小说作品。论文探讨了每十年期间的历史、文学、个人和文化文献是女性主义社会和文学历史发展过程中的深刻根源，历史的、文学的、文化的以及个人的不同视角对女性主义的发展产生了不同的影响，并表达了来自不同方向的声音有权利打破历史的单一版本。论文具体讨论了 20 世纪 60 年代的生活与文学对于熟悉叙事的不满。20 世纪 60 年代的特点是：富足、社会进步、政治和文化剧变影响着女性的生活。尽管女性主义运动在不同国家兴起的时间不太相同——美国女性主义运动起始于 20 世纪 60 年代，而英国女性主义运动真正开始于 60 年代晚期和 70 年代早期——但导致女性主义运动兴起的许多力量却是相同的。因此，女性主义运动的全球实质、女性主义运动对女性生活与女性小说的影响、女性文学在女性主义运动中所起的重要作用在全世界都是不容忽视的，进而论文讨论了 20 世纪 70 年代的女性解放运动与维尔登小说的关系。20 世纪 70 年代的女性小说挑战了故事中的男性角色，尤其挑战以男性为中心的话语叙述。通过这种拆解男性话语叙事，维尔登的作品和其他当代作家对当时的文学世界做出了悄然的改变。维尔登经常使用幽默的方式将女性被迫所处的境地轻松地描述，在幽默的情节中增加一点"邪恶"或喜剧元素，让女性逃脱不利的处境。幽默成为对男性权力的一种挑战方式，但批评家经常把幽默视作与女性主义小说不相称的元素。维尔登的喜剧或幽默元素成为区别于其他当代女性作家创作的独特风格，她的小说不仅具有娱乐性，而且更具真实的政治性。论文还探讨了20世纪80年代的道德规范习俗对维尔登小说创作的影响，维尔登的小说起初主要关注女性生活和爱情关系，后来逐渐转为关心广泛的社会问题，如社会福利体系、核战争和政治权力。维尔登在小说中即使描写一场晚宴聚会时，也会不失时机地对道德和个人责任进行关注，同时向读者表明礼仪是一种社会文明尺度。然而，维尔登所强调的礼仪在20世纪90年代却受到了读者的质疑，这个时期维尔登发表了许多引起公愤的言论，比如"女性主义已经走得太远了"，强奸应该被"降级"为攻击罪，认为对于强奸的治疗是有害的。尽管维尔登的许多言辞得到了一部分人的认同，但这些言论确实引起了一番争议。维尔登富有洞察力且极具煽动性的评论吸引了各方评论家和学院派批评家的注意力，评论家们开始关注并品读维尔登的小说，而她的小说刚好和女性主义后现代理论相契合。最后，论文提出了"21世纪社会是适宜的还是非适宜的"问题。作者概括地评析了维尔登小说《宝格丽关系》，这部小说引发了评论界许多疑惑，许多评论家在评论这部小说时开始关注她事业的初始阶段——广告撰稿人的职业。评论界存在的疑惑主要包括：一个作家应该扮演何种政治角色？我们如何定义好的艺术？作家是否应该为了娱乐、育人或是发表政治言论而去创作？这篇博士论文按照维尔登作品创作的时间顺序从女性主义视角进行了较系统化的研究，然而对于其后现代主义创作叙事和技巧却未能给出足够的重视。

除此之外，相关的英文期刊论文和评论有数篇：阿兰·王尔德（Alan Wilde）在《当代文学》第 29 卷的第 3 期《当代文学与当代理论》（1988 年秋季）的评论文章《"大胆，但并不过于大胆"：费·维尔登与后结构主义批评的界限》（"Bold, but Not Too Bold"：Fay Weldon and the Limits of Poststructuralist Criticism）中，谈论了包括《女恶魔的生活与爱情》和《致爱丽丝的信：第一次阅读简·奥斯汀》在内的维尔登小说后结构主义批评的局限性；瓦雷里·敏讷（Valerie Miner）于 1989 年 7 月《女人书评》第六卷第 10－11 期刊发的文章《生活政治化》（Living through Politics）是关于小说《母亲的女儿》与《乡村之心》的评论（Mother's Girl & The Heart of the Country）；克拉拉·考纳利（Clara Connoly）在《女性评论》第 35 期（1990 夏季刊）中撰写了关于《圣牛》（Sacred Cows）的评论；安·考特纳（Ann E. Kottner）在 1990 年 7 月份《女人书评》第七卷第 10－11 期"在变化世界中的女性变化"栏目中撰写了《女人的新世界》，文中谈到了维尔登在《乔安娜·梅的无性生殖》中探寻身份的问题，以及她在这部小说中偶然地滑向科幻小说题材的创作。实际上，这是一部现实主义小说，小说采用了现实中还没有获得合法化的克隆人技术（通过无性生殖），作为探寻"我"的思想工具，最终这本新书是让人明白：让你能够把我当成他者，而我和他者是平等的，且不要把他者当成怪物；西瑟·万德勒（Heather Windle）在 1980 年 7 月《英国医学期刊》第 280 卷第 6229 期上刊发的文章《子宫、女巫和维尔登》（The Womb, The Witch, And Weldon）中，主要探讨了小说《马勃菌》中女人如何成为自己身体的受害者，小说在怀孕了的"利菲内部世界"与充满敌意的外部世界之间来回转换，最终孩子的灵魂对利菲说一切都会好起来的。面对孩子的出生，利菲和孩子最终战胜了敌人，她们拥有了支持者。通过这部小说，维尔登表达了怀孕这一生理现象的奇迹，并表达了正义总是会战胜邪恶的。

　　然而，维尔登小说的中译本为数并不多，根据笔者的搜集情况可了解到，到目前为止只有一部长篇小说《女恶魔的生活与爱情》（《绝望的主妇：整形复仇记》）和一部短篇故事《一小窝弄学人》被翻译成中文。也许由于小说中译本的数量太少，直接影响了中国国内对于维尔登的研究十分不足。早在 1992 年，王宁等将荷兰哲学家佛克马编著的《走向后现代主义》一书翻译成中文介绍到国内，其中提到了文学批评界对维尔登女性主义研究视角的局限性，然而对于维尔登本人的评论却是只言片语，蜻蜓点水似的一带而过。2008 年，瞿世镜和任一鸣在多年研究文学课题的基础上，出版了《当代英国小说史》一书，成为英国小说创作研究的一盏照明灯。然而书中对于维尔登的介绍篇幅也不长，作者只是简要地介绍了维尔登的生平和部分作品内容，说明了其语言简洁、精炼的特点，然而对于其小说创作的叙事和技巧方面也未曾涉及。2015 年，张蔚和常亮主编的《20 世纪英国女性小说概述》一书认为维尔登作品集中反映了 20 世纪 70 年代激进女性主义观点，强调了《普拉克西斯》作为典型的激进女性主义思想的代表，揭露父权制是一个"利用男女生理区别来制造和延续社会不公"的体制，"普拉克西斯"这个名字暗示了"转折、顶点、行动"，甚至"性高潮"（praxis）——利用女性的性来挑战父权的女权主义思想。

国内关于维尔登的硕博论文，到目前为止，也只有广东外语外贸大学英语语言文化学院的硕士生孙莉在 2006 年撰写过一篇英文硕士论文，题为《一个女恶魔的成长——对〈女恶魔的生活与爱情〉的女性原型解读》（*The Making of a She Devil—A Feminist Archetypal Reading of The Life and Loves of a She Devil*），文中介绍了维尔登代表作品《女恶魔的生活与爱情》，提到在关于维尔登为数不多的研究之中，不论从心理上还是叙事方法角度来看，"颠覆"一词总是被广泛地被涉及和讨论。然而，对于基本原形故事的探讨几乎没有被人注意过。这篇硕士论文共分成了六个章节，第一章简要地介绍了维尔登的文学观点和其作《女恶魔的生活与爱情》，第二章回顾了 20 世纪 60 年代以来的女性主义批评特点和女性文学传统，第三、四、五章详细地分析了小说中展现的包括原罪、撒旦的诱惑以及撒旦王国等原形母题的改写和颠覆，第六章进一步探讨了这一改写和颠覆整体上对现代女性书写的意义。另外，她还在 2008 年第 2 期的《湘潭（下半年）》（总第 279 期）上发表了相关文章《〈女恶魔的生活与爱情〉的女性原型解读》，文中应用女性主义批评的视角和原型批评的方法对小说进行探讨，分析其对两个传统神话原型母题的改写和颠覆：原罪和撒旦的诱惑。

国内期刊论文的研究方面，只有《外国文学动态》2011 年第 2 期中，湖南科技大学外国语学院的刘白简要地介绍了维尔登的创作概况。文中她将维尔登视为英国女性文学的新坐标，大致罗列了维尔登 2004 年以前创作的小说故事概况，并阐明了其小说作品在英国文学界的重要的地位和影响，对于维尔登笔耕不辍、坚持不懈的文学创作精神给予肯定和赞赏。另外一篇是本人在博士学习期间，于《山东外语教学》

2010 年第 4 期中发表的论文《〈宝格丽关系〉的生产艺术论解读》，文中运用瓦尔特·本雅明的文本艺术生产论来阅读维尔登的一部备受文学界争议的小说《宝格丽关系》，在这篇论文中本人介绍了这部小说的创作目的以及后现代主义特点的写作技巧。

本研究立足于目前的国内外研究现状，试图对维尔登的部分小说创作进行细致研究，考察其创作中的艺术手法及主题内容，展示她创作的独特风格，以便学术界更好地了解这位英国当代女性作家的重要地位及影响，让使读者更好地理解她的作品。本研究从维尔登的女性主义创作与后现代主义审美艺术相结合的角度，对其小说创作主题与手法上进行综合分析，旨在抛砖引玉，试图为日后的维尔登作品分析与中国当代的女性作家作品对比分析提供一些参考。

本书将主要从女性主义视角和后现代主义审美角度去研究维尔登的小说和语言特色，主要包括以下三个方面内容：

第一，女性主义和女性文学的发展。女性主义发展历程可以追溯到欧洲文艺复兴时期的人文主义思潮关于"人人平等"的理念。为了能够实现"人人平等"和"男女平等"这个目标，女性主义者们从政治、经济、文化等各个生活领域努力争取自己的权利。而父权社会带给女性的压迫和长久的不平等思想，让女性逐渐明白要想获得平等的待遇，必须争取与男性平等的话语权利，必须与父权制社会的主流话语进行对抗。在 20 世纪中叶的西方国家，随着女权运动的深入发展和女性主义文学批评的兴起，女性作为一种视角，愈来愈受到西方文学创作和批评的关注，女性文学的创作和批评在争取女性话语权力方面做出了不可磨灭的贡献。

第二，维尔登受女性主义和女性文学发展的影响。作为一位当代女性作家，维尔登虽然从未在公开场合标榜自己是女性主义者，而且有时还声称自己并不支持某些女性主义者的言论，然而，从根本上说，她的小说创作从未偏离女性主义主流思想的轨迹，也从未脱离过父权社会的现实。由于受西方女性主义运动的影响，维尔登笔下所创作的"邪恶"女性形象成为后现代主义现实生活中的缩影与超越。"邪恶"而叛逆的女性在向这不公正的社会进行挑战，而这些"邪恶"女性，正是父权社会中赋予那些自我觉醒的新时代女性的特殊词汇。维尔登的小说创作开始时期正值女性主义运动兴起之时，因此她的小说创作受到了自由女性主义、激进女性主义、马克思主义女性主义、精神分析女性主义、存在主义女性主义、后现代女性主义、生态女性主义等多重的女性主义思想的影响。

第三，维尔登的后现代主义创作艺术特色。维尔登除了是一位女性作家之外，还是一位后现代主义小说家。她的小说具有鲜明的"颠覆性""不确定性""多元性"的后现代主义特点。她的语言犀利，通过讽刺幽默和隐喻叙事，塑造了无数个叛逆的女性形象。维尔登在《普拉克西斯》中采用了多元话语叙事，体现了女性自我意识的建构；在《总统的孩子》中，她通过摒弃宏大叙事和消解逻各斯中心主义，来重塑女性言说主体，并反叛传统女性家庭角色，瓦解性别化的社会意识、性别传统以及女性文学历史；在《女恶魔的生活与爱情》中，她运用滑稽模仿和互文性的创作手法，在各种文本融合和再创造的基础上，不仅表达了女性要求颠覆传统的心声，同时表达了后现代主义的不确定性。文本的意义并不是一成不变的，作者和读者都有权利对原文本进行改造和再创造。文本意义的不确定性，也表达了女性地位的不确定性，女性的处境可以通过反叛社会既定角色而得到改善或改变；《宝格丽关系》的商业性文学生产目的，降低了传统文学审美价值，文本的生产过程反映了后现代消费社会的特点。"正统"与"叛逆"相撞，使得社会的审美价值观念或者说艺术消费观念不再受限于一种固定的模式，相反而呈现出多元化和多样性趋势。小说运用复制和互文等后现代创作技巧，增强了小说文本艺术效果，拉近了作者与读者的距离，使其走进大众文学的行列；《她不会离开》中的邪恶幽默正是维尔登女性主义思想与后现代主义思想相融合的结果。她笔下女性人物身上渗透的邪恶幽默，正是在摧毁现存的"男性中心主义"思维方式，表达着对一切原叙述的怀疑和颠覆的后现代主义思想；小说采用故事套故事、作者与读者交流等方法模糊了小说和现实的界限，打破了传统小说的真实与虚构泾渭分明的二分法，击碎了传统批评在小说中寻求的"真实"和"想象"区别的梦想。维尔登运用后现代主义写作技巧，揭示了女性主体意识的建构过程，达到了女性主义思想和后现代主义审美艺术的有机统一。

第一章

维尔登创作的历史与叙事技巧

维尔登曾经说过："开始构思第一部小说时，我就意识到将会有一整套传统需要学习，男性已经在小说和戏剧舞台占据了中心地位……假如把女性置于其中，那么她们将会永远地走下去，因为那将需要许多世纪的时间去追赶。"① 维尔登是一位高产而又极具才华的作家，她能够持续不断地创作小说和剧本，而且作品质量极高。自20世纪60年代以来，她创作发表了享誉国内外多种题材形式的作品已达30多部，其中包括24部长篇小说和7部短篇小说集，以及一些戏剧作品、电视剧和广播剧剧本，创作生涯长达40多年。除此之外，她还创作了许多非小说和儿童书籍。维尔登坚持不懈的创作证明了她已经竭尽全力在追赶，追赶那个被男性霸占许久的创作舞台。维尔登的小说以女性生活经历为中心素材，她意欲校正或书写文学历史，重新书写传统上视男性作家和男性人物高于女性作家和女性人物的历史。维尔登在创作小说《中套人》（*Mantrapped*，2004）时说过："我只能书写我所见过的事情，然后

① MACKAY G. "Lives of She - Devils: Fay Weldon's Women Have a Wicked Side," Rev. of *Darcy's Utopia*, by Fay Weldon [J] . *Maclean's*, 1990 (12).

创造出一串可供选择的现实，这是真正的世界所无法提供的。"① 总之，维尔登密切关注女性的声音和平等问题，她的作品具有代表性地描绘了由西方父权制度和英国社会压迫女性的生活状态。

　　作为一位女性作家，她虽然不应该绝对地被烙上女性主义印记，但纵观其小说创作历程，"女性主义"这一灵魂总是萦绕在读者的心头。在其作品中，维尔登描绘了当代女性受压迫的处境，而这种受压迫处境正是由西方父权制度和英国社会所造成的。为了摆脱西方父权制和社会对女性的压迫，女性主义的发展经历了长期而曲折的道路，它在不同时期呈现出不同的特点并赋有不同时代意义：18 世纪和 19 世纪追求男女在教育、政治、经济各领域享有平等权利的自由女性主义，确实带来了教育和法律方面的许多改革，切实提高了妇女的生活质量；20 世纪 60 年代和 70 年代兴起的激进女性主义者参与了 20 世纪 60 年代初期席卷全美国的多场激进的社会运动，她们要求改变妇女受压迫的社会性别制度；20 世纪中后期马克思主义女性主义者认为妇女受压迫的根本原因是资本主义和父权制之间错综复杂的相互作用，通过扫除阶级对立来重建人性，男女两性共建新的社会体制和社会角色；同时期的精神分析和社会性别女性主义者相信，女性的心理，特别是女性的思维方式，成为女性行为方式的深刻根源；而存在主义女性主义者认为女性应该通过各种途径，尤其是通过获取经济地位而摆脱"他者"性和"第二性"的社会角色；当代的后现代女性主义者怀疑地看待任何女性主义思考模式，她们不承认有成为"好的女性主义者"的唯一公式；生态女性主

---

　　① WELDON F. *Mantrapped* [M]. London：Harper Perennial，2004.

义者努力展示各种人类压迫之间的联系，但它同时也集中思考人类控制非人类世界或自然界的企图。女性主义的发展历程对于许多女性作家的思想产生了极大影响，同样维尔登的创作也不例外。维尔登曾说过，并不仅仅是妇女运动影响了她的创作，事实上它们之间是一种动态的、同步的关系。"我觉得是我影响了它（妇女运动）！我在英国开始创作的同时，妇女运动开始兴起，所以我们或多或少的属于同时代现象。作家和运动开始相依为命。"① 尽管维尔登确实是一位女性主义者，正如她自己说言，"（作品）反映着世界女性的生活状况。"② 然而，在小说中她所表达的许多观点和对社会的讽刺描写与主流自由女性主义并不一致。在混乱的世界中，维尔登通过小说创作展现出对女性深深的同情、怜悯和对人性的关注。她写作中所展现的道德化的女性主义观点反映了自由主义中心价值观：个人道德的重要性以及女性或男性的自由独立、性别平等、当代社会不必求助于不切实际的极端主义就可以得到改善的信念。这些观点在维尔登 20 世纪 70 和 80 年代的小说创作中显得格外突出，比如《普拉克西斯》《总统的孩子》和《女恶魔的生活与爱情》。维尔登将小说人物置于非正常的、不切实际的生活麻烦之中而受到许多诟病。但小说人物的生活情况有时正是来源于维尔登本人不太正常的生活经历。玛丽琳弗伦奇（Marilyn French）在评价《普拉克西斯》这部小说时说："女性的历史被浓缩成精华"，"通过记录一个女性的生活来透视所有女性的生活谱系。"③

---

① KUMAR M. Interview with Fay Weldon ［J］in *Belles Lettres*，1995（10）：16.
② KENYON O. *Women Novelists Today A Survey of English Writing in the Seventies and Eighties* ［C］. New York：St. Martin's，1988.
③ FRENCH M. *The Women's Room* ［M］. New York：Summit Books，1977.

同时，维尔登写作也受到了后现代主义思潮的冲击，其创作始于20世纪60年代，这个时期正值后现代主义出现，因此她的作品中呈现出的反体裁写作、非连续性、随意性、互文性和字谜游戏等特点与后现代主义的不稳定、不确定、非连续、无序、断裂和突变等现象有着千丝万缕的关联。后现代主义是一种新的看待世界的观念，它反对用单一、固定不变的逻辑、公式和原则以及普适的规律来说明和统治世界，主张变革和创新，强调开放性和多元性，承认并容忍差异。维尔登的创作呈现出了后现代主义小说超越纯文学与大众文学、高雅文学与通俗文学的界限的特点，她大胆变革和创新小说的叙事结构，制造开放的小说结局，给读者的阅读带来充分的想象空间。后现代的时代以开放性、多义性、无把握性、可能性、不可预见性为特点，将语言引入了后现代的语言。这种后现代主义取消了现代性所确立的主体与客体、此岸与彼岸、中心与边缘、短暂与永恒等之间的对立和差异。维尔登用后现代的语言文字来构建现实，把现实的虚假性以及虚构故事置于读者面前。维尔登的许多作品中都出现一边叙述故事，一边告诉读者这个故事是如何虚构成的情形。同时，在同一部作品中还会出现多种体裁，打破传统的固定、单一的体裁模式，打破了传统小说的叙述常规，从而颠覆了"纯小说"的概念。比如，她的小说《她不会离开》《总统的孩子》和《科娃！：鬼故事》等小说的创作具有鲜明的后现代主义创作特色。维尔登在《她不会离开》的结尾处设置了一个让人做梦也想不到的惊奇而绝妙的转折，这种转折手法为小说创作带来了创新和突破。小说中保姆"抢夺"了海蒂的恋人、孩子和家庭生活，最终保姆和马丁领了结婚证书。然而，海蒂却说这个结局是她自己一手促成的，因为"事实上，我已忍受不了琐碎的家庭生活了……为我感到高兴吧，因为我是幸福的……"此处的转折隐含着一种邪恶幽默（wicked humor）的意味。如果说后现代的写作手法"黑色幽默"（black humor）已经为大多数人所熟悉，而维尔登小说创作的特点却不能简单地用"黑色幽默"来加以概括。因为黑色幽默是以存在主义哲学思想和"荒诞"观念作为基础，通过奇异的手法，使荒谬和真实之间建立起一种似非而是的关系。可以说，"黑色幽默"是在绝望条件下做出喜剧式的反应。在黑色幽默作品中，普通人往往被描写为荒诞世界中的倒霉蛋。然而在《她不会离开》中，海蒂做出的选择并不是一个"倒霉蛋"式的选择，她"逃避家庭生活"的选择反而多了几分"幸灾乐祸"的主动色彩，少了几分"迫不得已"的被动成分。因此，英国评论界总是用"wicked humor"或"a wry sense of humor"来界定维尔登的作品。除了这种"邪恶幽默"的创作手法之外，维尔登曾经承认，她的写作风格有时几乎接近于随意书写。《她不会离开》中的某些章节初读起来确实给读者一种随意的感觉，这些章节与叙述主线关系不大，有时让读者感到厌烦，因为这些与故事无关紧要的情节本身让读者感到莫名其妙。例如，小说第一章开宗明义地介绍了马丁和海蒂雇用了一个保姆，第三章介绍了马丁和海蒂关于雇用保姆的不同意见，这两章的故事情节完全可以紧密衔接在一起。然而第二章却穿插了祖母弗朗西斯关于故事背景的介绍，让读者不得不驻足聆听这位老祖母的"唠叨"："让我来澄清一下是谁在说话，是谁在讲述海蒂，马丁和阿格尼丝卡的故事，是谁在解读他们的思想，是谁在评判他们的行为，是谁督促他们要仔细审查保姆身份。是我，弗兰西斯·沃特，72岁，我的娘家姓豪森－科，之后改姓海默尔，先前我是斯巴格鲁夫小姐，后来差点成为奥·布赖恩夫人——就要与奥·布赖恩结婚时，他却死了。我是拉莉的坏母亲，海蒂的好祖母。我决定用笔记本电脑写作挣钱，这个电脑是姐姐塞丽娜为我买的。我写、写、写，就像姐姐那样……”除了老祖母的“唠叨”之外，维尔登还漫不经心地介绍了祖母的姐姐塞丽娜的写作生活，仿佛是维尔登在记录自己的日常写作生活，“塞丽娜从30多岁就开始每天不停地写作，用写作挣来的钱去支付家佣、秘书、出租车司机、会计、律师、税款、朋友、杂物等消费开支，也为了打发他们赶紧离开，这样她又可以继续写作。但这并不意味着她具有多么高的写作技巧……”这些文字实际上接近于漫无目的的书写，它们中断了读者正常的阅读进程，读者只能“被迫”徘徊于这些随意书写之中，在读者的脑海里却隐隐地闪现出作者维尔登写作时的影子。

　　总而言之，维尔登的创作不仅受到了西方女权主义政治运动的影响，同时也在很大程度上受到了后现代主义思潮的冲击，这样的理论语境对于其复杂多变的小说样式和创作风格形成起到了推动的作用。因此，梳理她的生平创作，勾勒出其创作时期大的时代理论语境，将有助于更全面、更深入地理解她的小说创作。

一、维尔登其人其作

　　费·维尔登于1931年9月22日出生在英国伦敦北郊伍斯特郡阿尔维彻奇市（Alvechurch）的一个具有文学气息的家庭。她的外祖父埃德加·杰普森（Edgar Jepson, 1863 – 1938）是19世纪末20世纪初著名的畅销小说家，专写浪漫传奇作品；她的舅舅塞尔温·杰普森（Selwyn

Jepson）在 20 世纪上半叶英国文坛中也是位活跃作家，以写神秘恐怖小说见长，并兼写影视剧本及广播剧；她的母亲玛格丽特·杰普森（Margaret Jepson）在 30 年代也发表过一些文学作品。维尔登幼年在新西兰的奥克兰度过，父亲是一位医生。6 岁时其父母离异，14 岁时她便跟随母亲和姐姐珍妮回到英国，从此再也没有见过父亲。回到英国后，她就读于南汉普斯德高级中学，1994 年在苏格兰圣·安德鲁大学学习心理学和经济学，并获得双硕士学位。1960 年，29 岁的维尔登与一位爵士乐音乐家兼古董商人罗恩·维尔登（Ron Weldon）结婚。婚姻给她带来了作为女性应有的快乐，差不多在整个 20 世纪 60 年代中，她都像个真正的女人那样，品尝着为人妻和为人母的幸福。然而在与罗恩·维尔登的婚姻中，他们夫妇定期地去医院看病。一位笃信占星术的医生曾经说过，他们夫妇的星象不合，也许这位医生的话对于维尔登夫妇的生活产生了一定的心理暗示，二人于 1994 年离婚。随后，她与尼克·福克斯（Nick Fox）结婚。尼克·福克斯是一位诗人，同时也是她的经纪人，他们现在居住在多西特。维尔登在新西兰的女性家庭中养大，好像是为了平衡性别比例，自己生育了 4 个儿子。为了生计，她打零工度过了 10 年的艰苦岁月。为了养活自己和儿子，并为儿子提供良好的教育，维尔登曾在广告公司上班，并成为当时广告编写行业中的佼佼者。她曾在公开场合说过："吃一个鸡蛋，开始一天的工作。"在接受《卫报》的采访中，她还说过："伏特加会让你醉得更快……很明显，想醉得更快的人需要知道这一点。"她的上司不同意这个观点，并对此进行了查禁。维尔登小说的语言极富个性色彩，她的广告撰稿人生涯使她的小说创作获益匪浅。在一次采访中，维尔登被问及关于广告编写是否有助于其写作风格的形成时，她回答道："广告风格依赖于消费成本，其中并不蕴含某种特殊观点，有的只是产品，所以广告是一种工艺。金钱的压力创造了广告风格，内容的压力创造了作家的风格。广告给人一种权力的感觉。在电视商业广告中写一句'这是个寒冷的北极之夜'，接着一大群人就会奔赴北极。"① 不管怎样，广告文编写这一职业削尖了维尔登的笔锋，练就了其对语言措辞的精炼而准确的把握能力，对其日后的文学创作起到了重要的促进作用。因此，她的作品语言以简明精炼著称，以浓缩、简短的句子表达丰富的内涵。维尔登的小说创作与她涉足荧屏也有密切关系，可以说她是从创作电视剧本开始步入小说创作的。她的第一部小说《胖女人的玩笑》，就是根据电视剧本扩充而成。从电视剧本扩充成小说的还有《忠告之言》（*Words of Advice*，1974）等，而她的一些小说又改编成电视剧，如《普拉克西斯》等。维尔登创作的剧本还有《再次行动》（*Action Replay*，1980）和《我爱我的爱》（*I Love My Love*，1984）等。电视剧的写作使维尔登在创作小说时能恰如其分地把握人物之间的对话，通过人物对话来交代故事发展进程并展示人物心理活动。

维尔登在 20 世纪 50 年代开始进行小说创作，她一边在广告公司全职工作，一边抚养着四个孩子，在这样繁忙的生活中，她仍然坚持利用业余的时间，创作了大量的小说和戏剧作品。她的作品探寻并重现了女性关系、女性生活中的权力结构角色、女性本质的弱点等广泛主题。女性的身体作用总是被置于小说文本中，表现出道德上的关心。她运用对

---

① HAFFENDEN J. Fay Weldon *Novelists in Interview* [M]．London：Methuen，1985．

话、散文中的戏剧片段、故事套故事、交互的叙事观点、时间上的流动性、体裁冲突、如《香迪传》中的香迪式的离题（Shandyesque digression）、作者介入以及超自然讽刺和文学暗喻等叙述技巧，进行了一系列让人印象深刻的试验。维尔登采用在行文中穿插短文的后现代主义式插话法进行写作实验，在家庭主题中引入科学和社会学相关词汇或事件，打破小说体裁传统写作模式，从浪漫和现实主义体裁到科幻和惊悚小说体裁中进行多种体裁的转换或合并。她的创作以讽刺式幽默为特点，运用反讽的语言来消除由传统和现实主义叙事方式所歪曲地对个人和社会现实的描写。女性作家阿妮塔·布鲁克（Antina Brooker）曾评价维尔登是"当今最机敏而与众不同的女性小说家之一"。戴维·洛奇（David Lodge）对于其小说中的试验和叙事技巧大加赞赏，认为其通过"惊奇、智慧、讽刺和抒情"而形成了复杂而多层的叙事方式。还有其他许多作家和评论家比如伯纳德·列文（Bernard Levin）和约翰·布莱恩（John Braine），对于维尔登小说的创新性和艺术鉴别力都给予了很高的评价。但是维尔登有时因为所塑造的人物形象过于软弱，尤其是对男性角色的塑造而受到了许多诟病。除此之外，维尔登有意将童话和传奇故事改写成以歹徒为体裁的故事，对社会的讽刺更加犀利、更加耐人寻味。

维尔登能够有效地结合早期作家与当代作家写作特点，形成一种新颖的小说创作风格。她借助对话来充实故事情节并以此来替代叙事描写，也借鉴艾薇·康普顿·伯奈（Ivy Compton – Burnett）专写琐碎家庭生活的小说写作风格，这些特点尤其在作品《女性朋友》（*Female Friends*，1975）和《记住我》（Remember Me，1976）中得以体现。在

《记住我》中，维尔登使用了康－伯（Compton－Burnett）式的分析，将充满敌意的暗讽隐藏于表面清白却意义暧昧的评论之中。维尔登找到了一种新的小说形式，这种新的小说形式更加接近于广大的阅读群体，同时摆脱了现实主义意识形态的制约。这种新的创作形式具有实验性，在道德性的文本中，她涉及个人责任的人性尺度以及对社会力量削弱人性的理解。

如同安吉拉·卡特（Angela Carter）、马格丽特·阿特伍德（Margaret Atwood）以及其他的早期作家一样，维尔登利用童话故事、神话、民间故事以及早期文学探索了传奇人物类型的可能性。她的人物并不像某些批评家所评论的那样平淡，而显示出有趣的怪异特点，从而折射出她对个人观察的机敏和精明。维尔登在小说中保留了日常生活中的平常性，"自然主义"特点也是其最显著影响之一。

在维尔登近期的小说，比如《马勃菌》（*Puffball*，1980）、《总统的孩子》（*The President's Child*，1982）、《施莱普诺学院》（*The Shrapnel Academy*，1986）和《男人的生命和心灵》（*The Hearts and Lives of Men*，1987）中，她拓展了小说主题和背景，通过多种创作技巧来处理来自各个方面的压迫（性、种族、经济和阶级）。人类精神中的暴力和战争的起源，以及社会结构的制度化，生物或自然、科学和日常生活的作用都想随心所欲地战胜基因、命运和外界力量。个人与国家的关系、都市与郊区神话的分析、性的神话、浪漫爱情、女性的"位置"、男性的"权利"以及对金钱的追逐和占有等问题，在其小说中都得到了审视与检验。维尔登通过叙事、文体和结构技巧实验使其小说充满活力与智慧，并受到了广大读者的欢迎①。

　　也许维尔登婚前的大部分时间是生活在母亲和姐姐组成的女性世界中，而婚后的大部分时间又扮演着贤妻良母式的家庭主妇角色，因此，她的作品多以探讨女性的生活、情感为主题。维尔登的小说内容涉及生活中极为平常的事情，或者说生活中一个横切面作为故事的背景，她对家庭琐碎生活的描写正是向传统的宏大叙事主题发出挑战。在当代社会的婚姻图中，维尔登细腻地描绘了丈夫与妻子之间、妻子与丈夫和情人之间的种种冲突以及女人在这些冲突中所经历的痛苦，从而突出那无所不在、无时不在的压抑和桎梏，控诉女性对现实的不满。这样的女性选题和书写使得批评家和出版家把维尔登定位成女性主义作家，把她的小说文本定位成女性主义小说。20世纪70年代晚期和80年代早期，女性主义运动出现转变，维尔登小说没有跟风分离的女性主义运动，她拒绝标榜自己是女性主义者。因此，维尔登对女性主义的忠贞程度受到了许多女性主义者的质疑。维尔登的小说创作在不同的时代创做出的女性人物具有不同特点。20世纪80年代的女性人物以彪悍强势的姿态呈现在读者面前，90年代的女性人物心力憔悴地继续投入到同性和异性之间的战斗之中，21世纪初期的女性人物以邪恶幽默的态度看待世界，诙谐而幽默地揭露出女性视角下的社会道德判断标准。然而这些女性人物的共同特点在父权社会中可以概括为两个字——邪恶。所谓的"邪恶"女性，正是父权社会中赋予那些自我觉醒的新时代女性的词语。"邪恶"的女性是追求自我的独立女性，是反抗邪恶男性的代表。女性的

---

① WHEELER K. *A Guide to Twentieth – century Women Novelists*［M］. Oxford：Blackwell Publishers Ltd，1998.

成长过程，在父权社会中注定离不开"邪恶""恶魔"式的成长和转变过程。邪恶的女性必定来源于邪恶的社会，邪恶的人当然不仅包括邪恶的女性，同时也包括邪恶的男性。不管怎样，叛逆的女性已经在向这不公正的社会发起挑战，抗议的文学可以孕育出真诚而有力的作品。"今天，女人坚持自己的权利已不是多么困难，但她们还没有完全克服由来已久的、把她们隔绝于女性气质的性别限制。"① 21 世纪的女性仍然在试图隐瞒自己对家庭、对男人、对孩子、对职业等现实的依附性，而暴露这种依附性本身就是一种解放。正如维尔登通过敏锐的洞察力，运用后现代主义式的"邪恶幽默"（wicked humor）方式书写着现实生活中"女恶魔"般的玩世不恭及复仇行动。这种对现实的玩世不恭和叛逆正是对屈辱和羞耻的防御，正是一种为妇女事业所服务的重要的途径。

二、维尔登早期的作品

维尔登早期的作品着重展示女性与女性之间的微妙关系。当维尔登第一次以小说家的身份而闻名时，人们称她为"英国女性主义意识觉醒的声音"②。小说《胖女人的玩笑》《到女人中去》（*Down Among the Women*，1971）及《女朋友》都被认为"也许是与第二次女性主义浪潮最相宜的（作品）"③。维尔登的第一部小说《胖女人的玩笑》，批判

① 西德蒙·德·波伏娃. 第二性［M］. 陶铁柱，译. 北京：中国书籍出版社，1998：803.

② RUBENSTEIN R. "The feminist novel in the wake of Virginia Woolf", in：Brian W. Shaffer, ed., *A companion to the British and Irish novel* 1945 – 2000［M］. Oxford：Blackwell, 2005.

③ HEAD D. *The Cambridge introduction to modern British fiction*：1950 – 2000［M］. Cambridge：Cambridge University Press, 2002.

了传统社会既定的女性形象局限性。因为丈夫试图改造女主人的形象——要求她保持苗条的身材，女主人毅然逃离了家庭。这部小说在第二部电视剧本的基础上修改完成，因此与后期作品相比较，这部小说的语言具有很强的趣味性和易读性，但缺乏深刻性，突出了女性与自己身体紧密相连的命运。维尔登在后来的小说和剧本创作中增加了许多主题：对婚姻的不满、商品消费社会的负面影响以及传统角色给女性带来的痛苦。

加拿大女性作家玛格丽特·阿特伍德（Margaret Atwood）的第一部小说，也描写了女性试图变成广告宣传的女性形象，女主人公迷失自我，无法找到自我实现的出路。1969 年，玛格丽特的小说《可以吃的女人》（*The Edible Woman*，1969）尽管比维尔登的《胖女人的玩笑》创作时间略早一些，但却晚了两年与读者见面。然而，两位作家都结合了现实主义和讽刺手法来解构家庭女性的传统形象，她们采用象征手法集中体现了男性一点点控制女性的过程。她们向食品广告发起了反击，小说中反映了食品既是安慰品（必需的），又是一种罪恶（因为体重）。《可以吃的女人》中食欲减退的女主人公为了反抗压迫自我的婚姻，选择拒绝进食。相反，维尔登笔下故意进食过多，吃成一个大胖子的女主人公，开始反抗丈夫的控制，反抗广告中年轻、苗条的女性形象。苏茜·奥巴克（Susie Orbach）在《肥胖是一个女性主义问题》（*Fat is a Feminist Issue*，1978）中分析了社会对女性身体的限制大大地超过了对男性身体限制的深刻思想根源，鼓励女性对父权制度要求的女性形象进行颠覆和反叛。阿特伍德和维尔登在"食欲减退症"和"饥饿症"两个词汇被发明前就开始了对两种病症的描写。作为小说家，她们关注边缘化的女性感受，并试图在男性为女性确定病症名称之前为女性"诊断病情"。维尔登敏锐地洞察社会现状，为其小说带来了强大的读者群体，其中包括女性读者也包括男性读者。

《到女人中去》这部小说自从首次出版以来，已经再版了多次。小说犀利精练的语言和幽默手法帮助维尔登在女性主义方面取得了很大成就。维尔登在这部小说中重现了女性的遭遇及其荒诞的生存方式。通过三代人的经历及其不同时代女性的追求，她阐释了对待女性主义运动的不同态度。对于女性艰难困境的愤怒成为她的写作动力之一。小说题名中的"Down"蕴含了多种含义：堕落、低级和下等，"我们生活在地板上"，不停地擦地板。维尔登描写为他人清扫污垢来表达内心的怨恨和反叛。女主人公斯佳丽（Scarlet）与她的几位女朋友是 20 世纪 50 年代具有反叛精神的女性形象代表。斯佳丽的母亲旺达（Wanda）是一位非常独立的女性，在她看来，男人是脆弱的、可怜的。斯佳丽很小的时候，父母便离婚了。母亲独立的性格深深影响了女儿，斯佳丽长大成人后，在追求性自由方面比起母亲有过之而无不及。她在结婚前便怀孕了，偷偷生下私生女拜赞西亚（Byzantia）。小说中写道，女人们若是抬起头来，那么，她一定不是在看星星，而是在看窗户上的灰尘。小说通过斯佳丽的女友乔斯林（Jocelyn）以第一人称的方式展示了 50 年代女性的生活状况。20 世纪 50 年代的女性整日沉浸于琐碎的家务劳动当中，狭隘的生活圈子使她们无法认清自我和社会。女性们依靠男性来生活，女性之间相互背叛、钩心斗角。拜赞西亚代表着 20 世纪六七十年代的西方女性，这个年代的女性在反叛传统中陷入了虚无主义。因为她们既反叛恪守妇道的女性，又反叛追求绝对自由的女性。

"女性的生活包含了重大的主题"①，它们表现了女性自治的偶然性和局限性，表现了自然的残酷性，还表现了女性所遭受的挫折和经济困境。当然，男性生活也包含类似的主题，但是"他们能够照顾好自己。作为一个作家，我能够摆脱让男人喜爱、欣赏和赞同的需求，幸亏我是在一个由女性组成的家庭环境中长大，并在女修道院学校接受教育"②。维尔登认为无须去爱、去安慰男性，所以她能够更加专注于描写女性的经历以及女性力所能及的事情。

维尔登的女性主义思想，表现为尽力提高女性对自身和姐妹情谊的认识。"我想引导人们去考虑并探求新的观念。"③ 她痛恨贬低女性的价值，把她们当成没有思想的性目标，痛恨母亲喋喋不休的教诲带给孩子们的恐惧和依赖。她的小说表现了无权力者的无知和茫然，透露出这样的信息：女性不应该再与男性一伙，而应该为自己的生活、自己的选择、自己的身体担负起责任。

维尔登继承了多丽斯·莱辛和马格丽特·德拉布尔（Margaret Drabble）的女性书写传统，公开地讨论女性妇科生育经历。她们通过描写关于生孩子、月经及堕胎等不适宜出版的文字，帮助女性了解自己的身体和命运。"多丽斯·莱辛（Doris Lessing）第一次提及月经为我指明了方向。虽然我没能说出她笔下的人物和想法，但是她却让我意识到女性经历不是我原以为的那样孤立无援。"④ 莱辛、德拉布尔和维尔

---

① KENYON O. Women Novelists Today A Survey of English Writing in the Seventies and Eighties ［C］. New Your：St. Martin's Press，1988

② 同①.

③ 同①

④ 同①

登对女性生理经历的描写是为了理解生理对思想的影响，从而可以解放自己和其他女性。个人的如今即是政治的，"其他的宇宙也可以居住；我一旦明白这一点，任何合理的事情都将成为可能。"

维尔登在这部小说中的结构安排比其第一部小说更加灵活，框架更加趋于完善：一群女性的生活呈现出不同形式的虐待与受虐特点，许多女性都可以从中找到自己的特点。维尔登正如人物斯佳丽（Scarlet）的名字所暗示的一样，"是 20 世纪 50 年代一位未婚母亲，那是一段有益的经历。我所遭受的困难、无助、妥协和绝望都融进了我的人物当中。"① 作者采用幽默、简洁而尖刻的讽刺来表现绝望与挫折，她的尖刻语言是为了增强人们的反思。正如去经营没有余粮的农场夫妇不能种植出粮食一样，过多的滑稽闹剧场景反而会减少人们的反思。她是一位反讽高手。在她的笔下，穷困潦倒的妻子被迫振作起来外出去工作，第一任妻子劝说第二任妻子振作起来时这样说"只有好人才受到惩罚，我觉得菲尔（Phil）并不是好人。"这句话是对我们社会悲哀的正义文化传统尖刻的讥讽。

小说中年轻的女孩和年长的女人们一起展示着女性的经历，她们的评论仿佛希腊教堂的合唱队哀悼着女性的命运。遗憾的是，全世界的妓女"在梅毒、死亡和劳苦中迷失了自我"。维尔登和其他女性主义者一样，抨击传统既定的"妓女"概念，揭示出她们是受害者甚或是偶然的胜利者。正如 1984 年的两部小说所反映的：维尔登的《女恶魔的生活与爱情》和安吉拉·卡特的《马戏团之夜》（*Nights at the Circus*,

---

① KENYON O. Women Novelists Today A Survey of English Writing in the Seventies and Eighties ［C］. New Your: St. Martin's Press, 1988

1984）。维尔登利用女性合唱书写了散文诗，让女性以新的方式团结起来。她创作了简短"堕落者的诗篇"来消除女性的羞辱，遗憾的是，在《施莱普诺学院》中这种技巧成了轻率的嘲弄。"未婚、无子并青春已逝的女人内心的恐惧却极易被那些成为主流的、积极的成功女性漠视。读者，为了你好，我希望你属于后一种。"

维尔登将女性半沉默状态下的经历置于台前，她笔下的女主人公既坚强又柔弱。"到女人中去。那将是个什么样的地方啊！在这儿我们都是偶然地降生，乳房和肚子偶然地鼓起，与大自然的循环一样，月亮为我们计算着时间。"维尔登在这段文章中公开地讨论女性身体所遭受的屈辱。她对于调节两性之间的矛盾不再感兴趣，觉得确实没有必要对男性令人震惊的行为加以解释和评判。她将女性置于小说的中心位置，去挖掘她们所遇到的限制和障碍，帮助女性从顺从男性无理要求中解放出来。

在一次采访中，维尔登详细而清晰地阐明了自己的创作目标和方法："我的愿望是想更新事物。我关注着世界女性的生活状态，所以我不会没有话说。我是一个思想处理器，人们怀疑我是否拥有这方面的职业技能学位。我没有时间研究小说应该是个什么样，我只是在书写我想阅读的小说。我能驾驭小说。当我写电视剧本时，只是为导演提供了可以改编的计划书而已。我的小说由短小而意义深刻的段落构成，如同广告语一样，因为我有很多话要说，但确实没有太多时间。我常常早上6点钟起床，利用上班前这段时间进行写作。我显得有些不太正常，因为为了养活孩子，我需要全职地工作去挣得微薄的工资。所以直到30岁，我才能够开始自己的写作事业。"①

《女朋友》讲述了三个女人之间所发生的故事。女主人公乔欧（Chloe）和她的两位密友马乔里（Marjorie）和格雷斯（Grace）三人都与同一个男性帕特里克·贝茨（Patrick Bates）保持着两性关系，乔欧和格雷斯还为他生育了私生子。她们一方面与对方的丈夫、情人偷情，相互嫉妒、相互攻击、相互背叛；另一方面又因为共同的命运走到一起，相互同情，相互帮助。当朋友们劝说乔欧离开自己的丈夫与贝茨结合时，乔欧却表示退出的应该是她。因为马乔里尚未结婚，而格雷斯则已离婚寡居。乔欧不敢也无能力向命运发起挑战，她对两位女性朋友体贴和关心，同时又不敢放弃自己的婚姻，因为那样会自找麻烦，牺牲最惨重的将是自己。通过乔欧的做法，维尔登表现了女性在命运面前的无可奈何。乔欧认为女人所要做的不是考虑应该做什么，而只要对命运摆在面前的现实做出选择。所以，最终乔欧带着五个孩子离开了丈夫。然而，她并没有获得她所希冀的那种自由，只不过在命运面前作了一次明智的选择而已。

《普拉克西斯》是维尔登最为出色的作品，格调也最为阴郁。维尔登在现实生活中经历过因怀孕中胎盘脱落而生命垂危的危险处境，因此她把这部作品当成了其生命中最后一部作品来创作，进行创作时格外用心。这部小说曾经获得布克奖提名。小说描述了女主人公普拉克西斯的成长过程：她的童年、她的朋友以及她的婚姻，在她的成长过程中展示了在战争期间出生的女性随着社会的发展和变化是如何思考和把握自身

---

① KENYON O. Women Novelists Today A Survey of English Writing in the Seventies and Eighties [C]. New Your: St. Martin's Press, 1988

命运的。这部小说可谓集中了维尔登 70 年代以来全部小说所表达的主题。主人公普拉克西斯也是个极富典型意义的形象，大多数英国妇女都能从她身上找到呼应点。普拉克西斯从一位附属于男人的典型家庭妇女，到成为男人的玩偶，继而又与女友的情人偷情，最后成为一名女权主义者。她的变化代表着战后 30 年来英国妇女的发展轨迹，她们的觉醒和困惑，以及妇女解放运动给她们带来的震动和思考。《普拉克西斯》是维尔登所有女性题材作品中对女性解放最充满信心的一部，人们从作品中看到的是为自身的解放义无反顾地行动起来的新女性形象。这部作品无论其简洁明快的语言叙述，还是栩栩如生的人物塑造，都达到了较高的艺术水准。

随着时间的推移，维尔登的名声越来越大，《马勃菌》是现在最成功的新小说。维尔登的读者知道她可以给人带来惊奇。在《马勃菌》中，她愤怒而讽刺地为我们讲述了一个关于魔法和分娩的故事。因为利菲的坚持，她和理查德从伦敦别致的公寓搬进了一座神秘的开满蔷薇花的别墅里。他们的邻居麦布斯和塔克尔看到理查德任性地抛弃了利菲，去伦敦寻找自己的事业时，感到非常的高兴。他们开始对这个来自于城市的朋友进行一次教训。利菲是在那次教训中怀孕的，还是与理查德在一起时怀孕的，没人能搞清楚。但是麦布斯认为利菲肚子里的孩子应该是自己的。出于愤怒，麦布斯开始诅咒利菲。利菲的孩子长啊长，直到变成了维尔登独特的小说中的人物。村民们要对未出生的婴儿采取行动，利菲将面临极大的威胁。欢闹与恐怖轮流出现在《马勃菌》中，维尔登的文字告诉我们自然是不可更改的，生命仍然会继续，不论是朋友还是敌人都无法阻挡。与《普拉克西斯》的凝重相比，《马勃菌》就显得像一部轻喜剧。女主人公利菲的丈夫是一位广告代理商，经常因业务驻留伦敦，利菲即与其邻居兼好友梅比丝的丈夫通奸。于是利菲的怀孕引起了风波。最终，尽管利菲的丈夫认为孩子不是自己的，但他还是接受了它，因为他不愿为此失去利菲。小说着重描写了怀孕和分娩过程给女性带来的痛苦，认为女性分娩时的状态与躺在农田里分娩的兽类并无两样。作者用了一个象征物：蘑菇（马勃菌）。膨胀的蘑菇既像怀孕时隆起的腹部，又像人类的大脑，使女性作为生育机器的动物性的一面和她高级的精神思想活动形成了鲜明的对比，对妇女一方面追求自由高尚的境界，一方面又摆脱不了生理因素束缚的困境构成了一定的讽刺。

从第一部小说《胖女人的玩笑》到《马勃菌》，维尔登总是给人以惊奇。像催眠术一样迷人而有力的新书同样带来了惊奇。《总统的孩子》（1982）中伊莎贝尔·阿克力的生命旅途把她从澳大利亚内地，经过英国新闻界的床与通道，与华盛顿上流生活擦肩而过，最终来到了伦敦舒适的家。她是一位享有声誉的记者，并且有一位能够分担家务、养育孩子的新型丈夫。然而，伊莎贝尔身后的那种安全生活却成为身体上危险的源泉，令人恐怖的轻松、政治和谋杀阴谋都侵入了安逸的家庭生活。她能够相信谁呢？男人们？她向丈夫坦言说很久以前她曾经和一位年轻的美国参议员谈过恋爱，这个男人获得了总统提名，现在的儿子正是他们爱情的结晶。她依然预见不到结果如何。爱情使她陷入过困境，在困境中她找回了自己。但是，爱情现在会把她驱逐出去吗？《总统的孩子》讲述了一个意想不到的故事：关于从邪恶到正义，再回到邪恶的方式；关于真理与谎言的战争；关于外界的盲目与内心的想象；关于男人运用权力与女性抵抗权力之间的故事。维尔登出色地使用了惊悚小说的特点和方式，展现了小说家在全盛时期的实力。

《女恶魔的生活与爱情》（1983）是维尔登最好、最有趣也是建议读者必读的一部小说。小说描写了两个女性之间的情战，每一位受到虐待的妻子可以任意想象出如何报复那些被宠坏和爱追逐女人的丈夫，这部小说把他们扔进一个关于男人和女人战争的故事中，让他们在疯狂、急速而愤怒的故事中爆炸开来。可怜的鲁思是一个粗陋而笨拙的家庭主妇和母亲，不顾每天的羞辱，曾经竭尽全力去取悦自鸣得意的会计师丈夫和两个讨厌的孩子，还有家里的狗、猫和宠物豚鼠们。玛丽·费什，是一位迷人的女作家，如同她的畅销爱情小说中的女主人公一样的，皮肤白皙、金发碧眼、优雅秀美。当潇洒的波波为了玛丽而贬低自己时，鲁思内心充满了仇恨和嫉妒，她受够了。鲁思受够了家庭生活的苦工，受够了奴隶式的奉献。她决定成为一个"女恶魔"，毫无羞耻和罪恶感地去追逐她所想要的东西：权力、金钱和性，尤其是报复丈夫和她的情人。她烧毁了自己喜欢的郊区房子，把孩子甩给了玛丽·费什，烧死了宠物豚鼠。在与玛丽争夺情人的过程中，她的强悍表明女人同样有足够的勇气和力量来争取自己的幸福。而相反，男性在这部小说中则显得软弱无力，像个玩偶般任女人争抢。女性形象的强悍与男性形象的脆弱是维尔登在其20世纪80年代作品中出现的新趋向，在这些作品中，男性反而表现出对女性的依赖和顺从，而女性则越来越强有力地把握着两性关系的主动权。《女恶魔的生活与爱情》是维尔登20世纪80年代作品中较有代表性的一部，后被改编成电视剧，获得了极大的成功。

在维尔登很多作品中，女性的境况都被描写得极为悲惨。《施莱普诺学院》（1986）讲述的是，主人公们想去施莱普诺学院参加一场良好的军事讲座的故事。这个学院坐落在英国的一个大庄园中，为纪念天才炮弹发明家亨利·施莱普诺而建。但这个周末并不平静。也许良好的军国主义总是一场虚假的妄想。70 岁的将军里欧·马克施福特，负责进行每次的惠灵顿讲座，他坐着一辆劳斯莱斯已经到了。比将军小很多的情人贝拉穿着一件紧身的黑裙子和接缝的长筒袜也出现了。另外，米优由于摩托车没汽油了，只好搭便车来到施莱普诺学院。米优是《女性时代》的记者。对，这种场合让一位女性主义记者出席是错误的。在接待时，委员会成员有学院的主任琼·拉姆布、圆滑的秘书马芬和管家阿考恩，他是一位极其英俊的南非人，他的第三世界女仆军队最初是反对统治阶级的。命运安排了暴风雪，使得逃跑变得可能。在惠灵顿的周末，性欲、嫉妒、顽固、沙文主义和纯粹的贪婪为全面的战争提供了必要的成分——在楼上和楼下之间、在男人和女人之间、在第一和第三世界之间、在焦灼的情敌之间。作为一位年代记录者，维尔登从没有把人类关系的愚蠢展现得这样无情和淋漓尽致。《施莱普诺学院》是英国家庭小说中一种彻底的创新。

　　《乡村之心》（1987）中男人经常抛弃女人，纳塔莉·哈里斯的丈夫与当地的色情女王私奔了，这一点儿都不足为奇了。她长得迷人、心地善良、穿着考究，但现在突然间却没有汽油开车送孩子上学，也没钱交学费了。事实上，纳塔莉有一位情人，认识许多年了，他们只在周二和周四的下午见面。但她丈夫的离开仍然让她感到无助与羞耻，她是那种令男人着迷的女人，当然男人只会按照自己的意愿决定是否帮助她。《乡村之心》对读者展开了关于纳塔里·哈里斯果断而不动感情的教育。她没有丈夫、没有家，拒绝银行经理和福利官员的怜悯，她依靠长期受苦的索尼娅来获得快乐。索尼娅以前也曾被抛弃过，但当面对男人想利用纳塔莉脆弱的本质和行为时，索尼娅该如何做呢？维尔登这位机智的讽刺作家触动了乡村的神话。乡村是一个宁静的地方，邻里们心地善良。但是假如乡村的心已经发生了变化，混乱也会让人变得欣喜若狂。当维尔登暴露了人类精神的弱点时，她却又去庆祝人类精神的伟大弹性。也许这些是偶然的，但纳塔莉·哈里斯的教育并不是她处于劣势的全部。在《乡村之心》中，被丈夫抛弃了的女主人公很艰难地抚养着两个孩子，没有经济来源，也没有精神支柱，而丈夫则在西班牙陪他的情妇。作品指出，贫穷和失业将是妇女独立最大的障碍，挣脱了男性束缚后的妇女在获得精神独立的同时，却面临着生活和扶养孩子的艰难。妇女解放运动给妇女带来了自我意识的觉醒，但当她们把追求自由的愿望付诸行动以后，却又面临着新的苦难。总之，维尔登的作品对女性解放问题更多的是严肃的思考和忧虑，而不是乐观的展望。

诙谐、邪恶而极具艺术性的维尔登在小说《男人的心和生活》的第一页声称，她写的是一个爱情小说，但却放弃了幸福的结局。"一见钟情——太过时的事情了！海伦和克利福德互相看着对方……他们之间有着某种东西在空气中颤抖，不知是好是坏，内尔出生了。"这个爱情故事到处充斥着邪恶而神圣的障碍。故事是关于天真被摧毁破坏，自私被重新改写。海伦拉里，22 岁，是一位穷困潦倒画家的出色女儿。这位画家不久就会出名并获得大量财富，悲哀的是，她是为了获得克利福德的注意。克利福德是一位 35 岁的艺术商人，具有贪婪的野心。他见多识广，但只关心自己城市的生活，对其他的一切都不在乎。在动荡的60 年代，海伦和克利福德相见了，并且一见钟情，结婚之后生下了一个招人喜爱的女儿内尔。然而美好总会转变,它会在引诱的行为中一次一次地转变。"有些人,在有些时候,一定是邪恶的。"叙述者说,"或者世界不会处于它以前的状态。"克利福德陷入了精心设计的女继承人陷阱中。完美的婚姻最终破裂,小内尔由于父母的软弱和贪婪被弄丢了。直到数年后,他们经历了很多事情,最终找回了她。在作家全盛时期完成的小说《男人的心和生活》,以一种优雅的姿态为成年人讲述了一个现代的寓言故事。正义战胜邪恶;真正的爱情战胜欲望与贪婪;假如有些人无可救药,那么正义将会使事情变得完美。

在小说《生活规则》(1987)中,加百利·萨姆特体形优雅,并且头脑敏捷,却死了。但是从她的墓地里却传出她的声音,勾起了她对往事"完全自私但极惬意的生活经历"的回忆。她讲述了与她相处时间很久的情人蒂莫西·托维和妻子贾尼斯之间的争斗,讲述了她"希腊的等候",讲述了沃尔特·詹姆士在嫉妒不满的状态下烧毁了她的房子。阿尔弗雷德·雷和克莱夫·坎宁安,通过讲述爱情的失去和消除,加百利告诉我们所经历过的生活规则。"人们喜欢他们兴趣所在",她宣称"在活泼有趣的人们中间,一夫一妻制的太少了"。"当被发现是违法的时候,从不道歉,却是公正的。"这种"道德规范"是女主人公特有的:天生的精力充沛、无法无天,性爱本质和强烈的幽默感。她是个伟大的创造,是维尔登不灭的女主人公的传统人物创造。

邪恶而诙谐却让人着迷的小说《乐队指挥》(1988)中介绍了一位无耻的、一味追逐自己欲望的女主人公桑德拉。桑德拉是一位雅典娜行星的发现者,天文学家,还是一位一本正经的律师的妻子,然而却和一位乐队指挥私奔了。情人叫杰克,一位萨克斯手,他诱惑了桑德拉钻进树丛里，把她的白色裙子扯下。爱起初就是性欲，桑德拉决定放弃自己的一切，跟着他坐上载满混杂的音乐人的乐队旅行车去了法国——抛弃了丈夫、工作、责任，还有她那些天文学的粉丝们。《乐队指挥》讲述的既是一次以歹徒为题材的冒险，又是一次对婚姻关系尖酸的沉思冥想，也是对爱情的呼吁，对金钱的呼吁，更是青春期的本质反映，对行动的追求。每一个主题通过维尔登的智慧与诙谐以轻松愉快的方式被扭转，维尔登在此创造了一个大胆而私欲膨胀的女主人公，她那毫无边际的幻想使得人们对道德习俗得以重新审视和衡量。

《乔安娜·梅的无性繁殖》（1989）中主人公乔安娜梅是核企业家巨头卡尔·梅美丽温柔近乎完美的妻子，后来却发现妻子与一位埃及古生物学家居住在神圣的私家美术馆里。情人被谋杀了，乔安娜感到羞耻，婚姻随之破裂了。60 岁的乔安娜发现了 30 年前与埃及古生物学家所进行的试验，乔安娜作为独生女，却找到了和她一样可爱的四个女孩儿。确认她膝下无子，却见到了长得异常像她的四个女儿。然而，这四个女儿却一无所知——直到她们 30 岁时才知道彼此的存在。珍妮、吉娜、朱丽和爱丽丝，还有乔安娜，她们的基因相同，都主张混乱的追求和生活方式，支持新一代女性开放的选择，和为老年人开创先锋。作为那个时代闪耀的、非凡而敏锐的观察者，维尔登的创作更进一步地观察到了未来让个人变得更加难以捉摸。尽管如此，但未来女性的团结和女性的怜悯（对男性的）是和谐一致的。卡尔·梅因为自己大胆的谋划最终落得个可耻的下场。但是他身上的某种东西——科学和计算的反面——却被保留下来，甚至得到了珍藏。这种东西比乔安娜的力量强大、聪明和豁达得多。在《乔安娜·梅的无性繁殖》这部小说中，维尔登创造了莎士比亚式的混乱个性的故事，这是一部关于摆脱男性控制和女性力量的迷人小说，关于几乎无所不能的一代女人的故事。

除了长篇小说和电视剧以外，维尔登时不时会写一些短篇小说并集结出版，较著名的集子是《北极星》（*Polaris and Other Stories*，1985）。维尔登是位多产的作家，平均每年有一部新作问世。她于 20 世纪 90 年代以后出版的小说主要有：《达西的乌托邦》（*Darcy's Utopia*，1990）、《增长的财富》（*Growing Rich*，1992）、《生命力》（*Life Force*，1992）、《苦恼》（*Affliction*，1994）、《分裂》（*Splitting*，1995）、《最大的恐惧》（*Worst Fears*，1996）、《大个儿女人》（*Big Women*，1997）、《母亲说过》（*My Mother Said*，1998）、《罗得岛蓝调》（*Rhode Island Blues*，2000）、《宝格丽关系》（*The Bulgari Connection*，2001）、《中套人》（*Mantrapped*，2004）、《她不会离开》（*She May Not Leave*，2006）、《温泉十日谈》（*The Spa Decameron*，2007）、《沙勒考特新月》（*Chalcot Crescent*，2009）、《科娃!：鬼故事》（*Kehua!：A Ghost Story*，2010）。

《生命力》（1992）是继第一部电视剧本《楼上，楼下》之后，维尔登在《生命力》中开始集中书写生活中的道德与风俗。维尔登因小说《乡村之心》成了"洛杉矶时代布克奖"的获得者，同时许多读者和评论家认为她从此成了男女两性战争中的伟大仲裁者——有时也是两性战争的煽动者。但是当男性和女性不发生战争时是什么样子呢？男女之间给予对方的极大的快乐如何呢？至少一段时期的快乐。维尔登的第 16 部小说《生命力》讲述了难以抵抗的性快乐和为此我们做出让步时带来的巨大破坏力。它是关于婚姻与不忠，关于两者为了生存有时不得已而为之的事实。许多年前，莱斯利·贝克进入了四个女人的生活中：

诺拉、马里恩、罗莎丽和苏珊。她们中有的结婚了有的没有，有的天真有的不那么天真。现在，他重新开始激起从前的欲望和竞争，可能去重新点燃过去的私密、热情和不忠（同时激起许多关于父子关系的愤怒话题）。在《生命力》中，维尔登集中了她的"贪婪和休闲式的诙谐"特点（来自《纽约时报评论》）来突出了快乐——我们如何去追逐快乐，如何将快乐融入我们的生活，如何去评判快乐。作者暗示出生命的力量是绝不能被否定的。这部伟大的小说不仅有恶作剧特点，年老的维尔登还在这部文学作品中展现了我们的过去和未来的生活。

维尔登的新小说《增长的财富》（1992）是旋转的涡轮，它把爱与复仇、价值与道德幻梦般地搅在一起，是一剂诙谐而惹眼的万能药。伯纳德·贝拉米做了一笔交易，他以各种形式把自己卖给了魔鬼，作为回报，他被许诺可以实现三个愿望。其中一个愿望是关于年轻的卡门·外德摩的生活挑战。卡门、劳拉和安妮居住在英国东部的芬妮之新镇，她们梦想着有一天能够摆脱无聊至极的生活。谁会责怪她们？对于芬妮之镇来说，具有统一的、无法区别的房子，这里拥有着比其他地方更合适的住宅。这三个女孩的友谊在她们离开学校后开始面对一系列的挑战，依次开始了她们命运的征程。劳拉住在兰斯菲尔德大街，结了婚并将生活过得很舒适；安妮正摆动着飞机飞向大雪封顶的山峰，急速飞向新西兰，飞向梦中的男人；卡门留在了芬妮之镇，被司机伯纳德先生（魔鬼的代理人）紧紧地搂在怀中。伯纳德先生开着他那豪华而险恶的轿车一步步接近卡门，为什么她的胸脯从 B 罩增大到 D 罩，她的腿加长到优雅迷人的程度，晃动的丘疹在最不合适的时刻出现在她的鼻尖？当卡门的纷乱持续的时候，她决定抵制住设在她生活道路上的诱惑，不出卖自己的灵魂。但她最终会屈服吗？魔鬼这次会得逞吗？

维尔登是以"一位有见地的、令人信服的、头脑灵敏的社会评论家"（苏珊·艾萨克语）而闻名于世。没有人曾按时间的顺序把婚姻态度编纂得如此诙谐而邪恶。她的上部作品，隐含色情的小说《生命力》高度赞扬了男性生殖器的阳具标本。在《麻烦》（1993）中，她又重新提醒我们，在许多时代，婚姻对于大多数妇女来说就是一场噩梦，而现在丈夫们拥有精神病医生从而使得婚姻变得更糟。小说中安妮特·郝尼克斯没有理由感到不幸福，她和忠诚的丈夫斯白塞，还有上次婚姻后各自带来的两个孩子住在伦敦一个可爱的房子中。她的第一部小说即将出版。经过十年的尝试，她终于怀孕了，而这个孩子将为这次婚姻结合带来光荣。但是斯白塞残酷而冷漠，他过去常常躲避精神治疗，而现在他开始大讲特讲新时代的占星术，还控告安妮特谋杀了他心中的孩子。更糟糕的是安妮特的朋友吉尔达揭露说斯白塞有一段婚外情，安妮特几乎要发疯了，可那还不是结束。这部小说写给每一位曾遭背叛或被控制过，或者不能自制的妻子，同时也写给每一位应该警醒的丈夫。精神病学家也要谨慎了。维尔登在《麻烦》中展现了最强烈的复仇心和诱惑技能。

因为那些关于性和《女恶魔的生活与爱情》式的婚姻战争中黑暗而欢闹的讽刺文学而获奖的作家维尔登，现在又增添了一部作品《分裂》（1995），一幅关于邪恶而尖锐的离婚画像。《分裂》轻松地描写了一个女人在矛盾冲突中的各个侧面，在离婚来临时，这个女人的内心充满着争吵，每次争吵都具有独特的体验和内容。从以前的一个十来岁的明星到不幸的妻子，安吉丽卡让英俊的无赖拉姆开车从伦敦到郊外到处胡闹，拉姆试图跟她扮演的各种角色上床，甚至有时同时。《分裂》是一幅尖锐而滑稽的离婚画像，它出色地捕捉到陷入危机的女人那种混乱的生活节奏，因为它记录下了安吉丽卡千疮百孔的个性瓦解。没有人比维尔登拥有更加精明的洞察力来书写女人，来书写生活中与她们暧昧的男人了。这是一次充满着诙谐、睿智和传统叙事力量的旅程。

维尔登具有让人难以抗拒的复杂思想，既拥有富有同情心的智慧，又有一种别样的低级诙谐，《最大的恐惧》（1996）从欢闹的开场到令人满意的突然结束，是一次紧张的、严厉的对婚姻亲密关系实质的揭露。从安全的婚姻家庭中解放出来，到一段疯狂的寡妇生活，很难辨别出是亚历山德拉疯了还是她的朋友疯了。当亚历山德拉从伦敦舞台上回到现实生活中时，发现她真正的丈夫神秘地死于心脏病，而她的朋友恶意地消除有关这场悲剧所有的复杂疑虑。她开始怀疑了。起初，她把这些疑虑归因于伤心，或妄想症——也许她仅仅是有点疯了而已？但是阿比那自鸣得意的管理技能，对老年人的侍候，依旧迷人的维尔娜，对可怜的珍妮林顿的虚假悲哀等场景交织在一起形成阴谋的面纱，掩盖了亚历山德拉自以为美满的婚姻真相。她发现自己开始分裂、爆裂，给朋友的精神病医生打电话，用厨房的椅子打人，并破门进入别人家，搜索丈夫猖獗的通奸证据，还有她自己的最大恐惧。《最大的恐惧》获得惠特布莱德奖提名。

《大个儿女人》（*Big Women*，1997）是维尔登反映新世界勇敢女性和男性生活的新小说。在这个新世界中，女性们进行着战斗、挣扎着想要继续传承下去。在 70 年代那个难忘而昌盛的英国，充满着希望、自由、平等和姐妹情谊，然而接下来会发生些什么？这部小说包含了我们所期望看到的一切。它不仅仅是一部文学作品，更是一次集合了社会经济生活飞跃发展和四个女人试图创造新生活而屡遭失败的经历。雷拉是一位吵闹的、招人喜欢的、态度鲜明的人。我是唯一思想正确的女性主义者，其他人阻止不了我。爱丽丝是一位学术哲学家，最终却成为女巫。南希，令人讨厌和敏感的南希是唯一具有商业头脑的人。斯蒂芬妮，一位离开丈夫和孩子去拥抱政治、男人和其他女人的人……这些故事把我们20年的生活经历缠绕在一起——有幸福的、有愤怒的、有背叛的，还有救赎的。这也是一部关于金钱、权力、痛苦，以及男人的小说。

《罗得岛蓝调》（*Rhode Island Blues*，2000）这部小说讲述的是索非亚，一位34岁的影片剪辑师的故事。她唯一的亲人（她自己认为）是她的祖母费利西蒂，一位生活在美国康涅狄格州的83岁寡妇（守寡好几次）。索非亚喜欢寻找自由，因此，家人的唠叨和挑剔让她倍受折磨。家中的每个人都抱怨：随时跟男人发生性关系是好事，但谁会跟你一起共度圣诞节？索非亚的同居伴侣好像正与好莱坞影星谈恋爱（当然索非亚并不在乎，因为她是新女性）。她那变疯了的妈妈死了，她只有费利西蒂一位亲人。然而费利西蒂并不是普通的老太太，她喜怒无常、老于世故、穿着别致、行为古怪，她拥有丰富的爱和性生活经历，而且时刻准备着偷窥别人的性生活，从昏暗的家中偷窥，偷窥孙女的性生活。小说中当这两个女人的行为被拆穿后，冷酷而讽刺地呈现出过去的经历，同时也指出了挽救她们两个人的未来之路。

《宝格丽关系》（2001）描写了年龄上相差26岁的格蕾丝与崴尔特恋母式的恋情，以及年龄也相差26岁的巴利与桃丽丝恋父式的恋情。在恋情发生的过程中，维尔登故意将意大利宝格丽珠宝作为不可缺少的爱情象征物放在小说情节发展的过程中，与电视剧中的植入性广告如出一辙。这部为宝格丽珠宝公司进行商业宣传而创作的文学作品，受到了当时许多文学界人士的诟病。

在小说《中套人》（2004）中，特丽莎曾经富裕过也贫穷过，所以她知道富裕的生活更加美好。然而现在她又一次变穷了，这一次不只是穷，同时她还失去了自己的身份。她和年轻、英俊、时髦的彼得·沃森交换了性别和灵魂。维尔登在这部书中写的有些失策，她的小说有时是高境界的小说，有时是回忆录，有时是新文化史，但这次却是有些神话般的，两个人身体上的碰撞竟然从此交换了性别和灵魂。古老的神话也许是对的，你可能会很轻易地丢掉你的灵魂。《中套人》是一部关于作家、母亲、女儿、姐妹、烹饪、竞选者、生活的欺骗者、时间、工作和金钱的连续故事。维尔登和特丽莎一样曾经贫穷过，和特丽莎一样她曾经富裕过并的确掉入陷阱，与特丽莎不同的是，她没有感到后悔。从20世纪60年代的伦敦到20世纪70年代的萨默塞特郡，维尔登过着充满挑战的生活。正如维尔登所说，你感到遗憾的事情，是你没有做过的事，而不是你做过的事。

《她不会离开》（2006）讲述了一位保姆作为第三者介入了一个家庭，勾引并利用男主人的身份，帮助自己取得了合法的居住权，并成功破坏了一个完整的家庭，最终使得女主人海蒂与丈夫离婚。然而，维尔登却使用了邪恶幽默的笔法，让读者看到的并不是痛苦伤心的海蒂，而是一个曾经被家庭拖累，最终成功摆脱繁重家庭生活之后幸灾乐祸的海蒂。

《温泉十日谈》（*The Spa Decameron*，2007）讲述了在偏远而奢侈的城堡温泉区举办的一次聚会，许多成功的女士们在圣诞节和新年的十多天期间一起聚会，她们之前都未曾谋面。她们来温泉寻找按摩和放纵，并寻找对生活意义更好的理解。这些女士们是任性的，她们在浴缸里消磨时间、喝香槟酒、吃着美味的鱼子酱和巧克力，诉说着她们生活中令人惊奇并带有诽谤性的故事。也许她们找到了一种更好的疗养方法，所有女人的生活都在这部小说中。这部诙谐的、富于同情心的，但有些色情的新小说，描述了女人们十天里的故事，让我们想起了毕加索的《十日谈》——谨献给他那个时代的女士们的书。女人在道德判断的面纱下隐藏起她们的情爱，而男人们却可以自由地放纵情欲。但在维尔登的《温泉十日谈》中，女人们不再是毕加索时代的女人，而是当今的女人，她们揭开了道德判断的面纱。

《继母的日记》（*The Stepmother's Diary*，2008）中描写了恶毒的继母是文学中的典型人物。从"灰姑娘"到"哈姆雷特"，她被描绘成欺骗丈夫孩子的邪恶操控者。现实总是与理想相反的，这部作品中的继母萨福爱着丈夫加文，然而结婚时从未慎重考虑过加文的女儿伊泽贝尔作为继女的难以相处，因为萨福想通过爱与继女相处融洽。然而伊泽贝尔却狡猾地欺骗爸爸的新妻子，并导致萨福的死亡。正如维尔登的女主人公告诉你的那样，女性受到这样的攻击而作为结尾一点都没趣。同时告诉你她唯一的安慰——她的私密日记是她的生命轨迹。维尔登对于女性思维方式独特的洞察力、对于家庭关系的综合认识以及对生活的智慧都出色地囊括在这个故事当中。

《科娃！：鬼故事》（2010）甫一出版，就在英国引起了许多杂志报纸的关注。科娃是源于新西兰毛利族的幽灵，"从他们祖先居住的地方游荡而来。他们并不危险，这些迷途的灵魂只是想使自己变得有用。"

这些蝙蝠似的全身裹有胶质的灵魂悬吊在分散的家庭成员周围，试图把这些家人重聚在一起。维尔登的技巧是把科娃作为一个暗喻，喻示着一种悲剧能够玷污家人的方式。但是在小说中科娃与家人所赋有的任务是什么？小说是从斯嘉丽开始的，斯嘉丽是个性急的记者，离开她的"丈夫"路易斯（他们其实从来没有结过婚，但是确实是同居过）投入了贪婪的演员的怀抱。她妹妹西纳拉离开了同性恋情人德多拉。母亲爱丽丝信奉了耶稣基督。祖母贝弗利总是回忆着她那死去的三个丈夫和血腥的过去。斯嘉丽 16 岁的外甥女吸毒并企图勾引路易斯，但路易斯可能是男同性恋者。其间，维尔登坐在自家的地下室里，好像受到了维多利亚时期家庭生活和性生活荒淫无度的主人鬼魂的追扰。这部小说融入维尔登童年的回忆，利用毛利族的传说，从女性主义和家庭生活方面，散发着智慧的火花。

除此以外，维尔登通过文化历史、社会现实主义以及个人叙事手法把小说置于受人注目的历史发展运动中。例如：1963 年维尔登怀孕时，她从一个年轻女性的角度来看待世界，并且通过个人叙述来建构新世界："世界展现在我们的面前，充满着新事物和喜悦。事实上，世界因为古巴危机几乎一度走向结束，但是我们暂时得到了解脱。恒星被发现了，金星的第一张照片传回地球，俄罗斯妇女进入了太空，克莉丝汀·基勒丑闻的爆发，马丁·路德·金的一个梦想，罗纳多·比格斯劫持火车，哈罗德·威尔逊即将成为首相，而我正变得越来越胖。"①通过否定社会历史或个人的特权地位，维尔登在文本书写中逐渐显露出了女性主

---

① WELDON F. *Auto Da Fay* [M]. London：Flamingo, 2002.

义。为了增强这种女性主义叙事方法，维尔登对于时代的记录包含了多重声音、多重角度和多重现实。对这些不同声音的关注和评价在新近的女性主义社会和文学历史中建立了自己的根基，使得大量的声音更加有权利打破历史的单一叙事版本。盖尔·格林（Gayle Green）认为女性主义小说影响了女性运动，并且女性主义小说也是社会历史不可分割的一部分："这种小说如此地接近于时代的脉搏以致我们可以把它当作反映社会和政治场景的文献和评论来对待……把历史纪录与女性作家的各种声音与她们笔下的人物结合起来。"① 在女性主义运动、女性生活以及当代小说之间存在着一种互相促进和协作的关系。正如格林所说，一段时期的女性主义小说既反映又帮助形成了此时期的文化："女性主义小说实现了对社会产生影响的反霸权干涉：它影响着事情的发生。"② 总之，维尔登对文化和政治的密切关注使得她的小说成为重要的社会参考文献，她的小说定义并瓦解性别化的社会意识、性别传统以及女性主义文学历史。

三、女性话语叙事理论与后现代创作手法

"女性主义"（feminism），这是迄今最为复杂的术语之一，主要是由于其内涵在过去的一个世纪中不断发生着变化。中文译文从最初使用的"女权主义"到现在更为常用的"女性主义"，就清晰地体现了这一变化：如果说早期的 feminism 主要表达了女性争取各种政治权利的诉求，后来的 feminism 则更关注身为女性的独特心理状态以及作为女性所

---

① GREEN G. *Changing the Story*：*Feminist Fiction and the Tradition* ［M］. Bloomington：Indiana Up，1991.

② WALKER NA. *Feminist Alternatives*：*Irony and Fantasy in the Contemporary Novel by Women* ［M］. Jackson：UP of Mississippi，1990.

经历的生活现实。根据维基百科，"女性主义"这一术语可以用来描述政治、文化或经济运动，其目的在于为女性赢得更多的权利和更多的法律保护。女性主义也包括与性别差异问题相关的政治和社会学理论以及哲学思想……这一术语携带的理念可以追溯到18世纪，甚至回溯到欧洲文艺复兴时期人文主义思潮中的"人人平等"的理念①。女性主义者们意识到争取话语权的重要性，是否拥有话语权意味着女性是否能够获得平等的文化地位和发展的权利。而想要获得平等的话语权，女性必须与父权制社会的主流话语进行对抗和解构。

克丽丝维登在《后结构主义和女性主义实践》中指出后现代主义关于语言、主体性和话语论述能够为女性主义提供一条理解女性经验和社会权力之间关系的途径。为了对抗主流话语，女性主义的边缘话语位置必须开拓主流话语之外的其他知识形式。"在个体的主体层次上对主流话语的抵抗，是生产其他知识形式的第一步，而一旦其他形式已经存在，这种抵抗可使个人转向其他话语，进而逐渐增加话语的社会权力。"② 福柯理论为女性主义带来了启示，他强调话语对权力的阻碍和抵抗作用，为"倒置话语"（Reverse discourse）或"对抗话语"（counter discourse）提供了存在空间。"倒置话语"具有典型的后现代主义颠覆色彩，它通过反转和重新评价被主流话语贬低或压抑的话语，从而颠覆主流话语。激进女性主义或同性恋分离派女性主义正是运用这种"倒置话语"重新评价传统上对女性贬抑性价值、反转异性恋的主

---

① 赵一凡，张中载，李德恩．西方文论关键词［M］．北京：外语教学与研究出版社，2006：362．

② WEED C. *Feminist Practice and Poststructuralist Theory*［M］．New York：Basil Blackwell，1987.

流价值观。这种反转和重新评价的话语直接导致了"对抗话语"的出现。"对抗话语",就是以对立的态度挑战主流真理或知识。维尔登的后现代主义创作符合"倒置话语"和"对抗话语"的颠覆性、反叛性特点,同时她用幽默、讽刺的话语挑战了传统的女性主义形象,构建多元的女性话语叙事,从而打破传统的女性既定形象。思安迈尔(Sian Mile)称维尔登是一个"女性主义朋克"(feminist – punk),她认为"女性主义"(feminist)只是表达出了维尔登及其文本的政治观点,而"朋克"(punk)却表达出了她的角色和创作风格①。正如"计算机朋克"(cyberpunk)是指以发匿名电子邮件为乐事的网络迷,他们只是在表明一种"对科学技术的态度"②,那么"女性主义朋克"以书写关于女性主义文字为乐事的人,表明了"对女性主义的态度"③。维尔登在建构自己的文学事业中模仿朋克的做法,她通过四种方式来创作朋克式的小说人物:她彻底改造女性主体身份、摒弃专家的意见、抛弃意识形态概念、拒绝给予观众"应得的"尊重。这种对朋克风格的模仿,结合对女性主义的认识使维尔登成了一位"女性主义朋克"作家。

维尔登的创作从 20 世纪 60 年代一直持续到现在,经历了 50 余年。在 50 多年的社会思潮影响下,当代英国小说家也开始反思文化思潮与小说艺术风格的关系,重新评估小说艺术形式。现代主义与后现代主义小说家在形式技巧方面的实验创新,已经作为文学艺术中新的传统因素而被当代英国小说家消化吸收,失去了当初那种反传统的势头和令人耳

---

① MILE S. "Slam Dancing with Fay Weldon," in: Regina Barreca, ed., *Fay Weldon's Wicked Fictions* [M]. Hanover: University Press of New England, 1994.

② 同①.

③ 同①.

目一新的效果。维尔登作为当代英国小说家之一，也开始反思自己的小说创作，她的创作不仅仅把小说看作纯粹的艺术形式，而且关注社会问题。瞿世镜在评价 20 世纪 70 年代后期至 80 年代的英国小说家时曾说过："老作家莫克多、中年作家费·维尔登、青年作家拉什迪和本奥克里都曾被评论界认为带有某种程度的魔幻现实主义倾向……"[①]。可见早期的维尔登创作已经开始突破传统的现实主义创作，朝着创新和实验的方向发展，体现出一种折中主义的文化思潮与兼收并蓄的艺术风格。20 世纪 80 年代到 90 年代的小说创作形式已经表现出了后现代主义特点的创新，同时女性主义的反叛情绪也达到了顶峰。比如小说《马勃菌》中，作者用了一个象征物：蘑菇（马勃菌）。膨胀的蘑菇既像怀孕时隆起的腹部，又像人类的大脑，使女性作为生育机器的动物性一面和她高级的精神思想活动形成了鲜明的对比，对妇女追求自由高尚的境界，而又摆脱不了生理因素束缚困境的讽刺；《总统的孩子》采用了反体裁的小说创作形式，一部小说中融入了三种体裁，呈现出"体裁混杂"的后现代主义特点；《女恶魔的生活与爱情》中塑造的具有极端颠覆性的女性人物形象，本身就已经打破了具有限制性的传统"贤妻良母"形象，这种玩世不恭的叛逆女性形象正是后现代"颠覆"性的集中体现。

20 世纪末至 21 世纪初时维尔登的小说创作形式已经具有了鲜明的后现代主义特点，小说以其创新的形式和技巧恢复了"枯竭文学"的活力。作为后工业大众社会的艺术，后现代主义小说"摧毁了现代主

---

① 瞿世镜，任一鸣．当代英国小说史［M］．上海：上海译文出版社，2008：27.

义艺术的形而上常规，打破了它封闭的、自满自足的美学形式，主张思维方式、表现方法、艺术体裁和语言彻底多元化。"① 后现代主义认为，"现实是用语言造就的，用虚假的语言造就了虚假的现实。传统小说（包括现实主义和现代主义小说）的叙述方式便是虚假现实的造就者之一：它虚构出一个虚假的故事去'反映'本身就是虚假的现实，因而把读者引入双重虚假之中。小说的任务就是揭穿这种欺骗，把现实的虚假和虚构故事的虚假展现在读者面前，从而促使他们去思考。"② 虚构文本的写作仅仅是一种语言游戏。任何文本都是开放的、未完成的，它依存于别的文本，特别依赖于读者的解读，是读者的解读使这种符号组合获得了某种意义。维尔登的短篇小说《快去问爸爸要钱》（*Run and Ask Daddy If He Has More Money*）就大胆地采用斜体字突出标题的方法，使得小说结构更加紧凑。让人读上去感觉斜体标题仿佛就是作者在进行小说创作前的提纲，读者只需浏览几个标题就能明白小说的大意了，这种后现代式的写作形式颠覆了过去铺垫、循序渐进、引人入胜的传统小说创作形式。另外，2010 年维尔登又创做出一部神秘小说《科娃！：鬼故事》（*Kehua*：*A Ghost Story*！，2010）。这部小说描述了逃跑与和解、净化与涤罪的主题。这部小说既是一部戏剧，同时也是对小说功能的深刻思考：小说不能再摆放在书架上而假装现实，它们是虚构的产物而且必须展现自己的虚构性。维尔登也曾说："这是一种让我自己感到担心的小说。小说如同河水泛滥于河堤、蔓延于路旁，而没有形成两股水流向前涌去，并未按照情节的发展顺势而去。"这种令维尔登本人担心的

---

① 柳鸣九. 从现代主义到后现代主义［M］. 北京：中国社会科学出版社，1994：13.
② 同①：16－17.

小说创作形式，正是一种富有后现代特色的小说艺术形式，在小说创作过程中揭示自己的虚构和戏仿，揭穿世界的虚构性和伪造性。

（一）非线性叙事

后现代主义主张变革和创新，否定稳定性、有序性和线性关系，用一种变化的、无序的和断裂意识去看待世界。因此后现代主义小说解构了传统小说线性叙事模式，"提出了一种非线性叙事模式，这种模式创造了历史与想象、现实与幻想、历时与共时、作者与文本之间重要的关系。"

《总统的孩子》中讲述伊莎贝尔与艾弗、霍默情感故事的是一位盲人老妇人梅阿（Maia）。梅阿作为故事的话外音在这部小说中现身近十次，她的声音总是悬于主要情节之外。作为伊莎贝尔的邻居，默默地接受伊莎贝尔和其他邻居生活上的照顾，静静地倾听着伊莎贝尔讲述自己的故事。梅阿倾听着窗外"啪嗒啪嗒"（Pit‐pat, spitter‐spat）的雨声、"嗡嗡嗡"（Buzz‐buzz）的蜜蜂叫声、"砰砰‐啊哟‐噗噗"（Wham. Whee. Plop）修建网球场的声音、"哼哼哼"（Suffle‐snuffle）感冒时发出的鼻音、"哒哒哒"（Patter‐patter）危险到来的声音，这一连串象声词的使用说明了梅阿在用听觉去感知这个嘈杂的世界。这些象声词暗示着伊莎贝尔的遭遇从平静到遇到危险的艰难处境。梅阿看不到，也不愿意去看这个世界，当她已经适应去听世界的时候，她又突然恢复了视力，她并未感到兴奋而是感到莫名的惆怅和失望。"我把房子卖了，我要回老家看望母亲。但是我想先给你讲个故事，这样你就能继续讲给别人听了。"结尾处这些伊莎贝尔的话让读者搞不懂小说中的故事是伊莎贝尔讲述给梅阿的呢，还是梅阿讲述给读者听的。小说中梅阿代表的是现实生活，伊莎贝尔代表的是一种亦真亦幻的世界。现实与幻想的关系展现在维尔登非线性的叙事中。《普拉克西斯》中使用了多元叙事视角的非线性叙事。小说同样借助年迈的普拉克西斯之口来讲述自己的全部人生经历，第一人称和第三人称的不断转换。作者既作为一个旁观者的身份去审视海芭夏和普拉克西斯的女性遭遇，又作为年迈的普拉克西斯在小说开头和结尾进行穿插讲述。《她不会离开》中作者成为小说文本的解释者。作者通过祖母弗朗西斯之口来讲述海蒂和马丁的故事，并提醒读者注意作者在讲述故事时的身份。小说中运用第一人称和第三人称的相互转换，祖母（或作者）的自传性生活穿插在主要情节当中，干扰读者的线性阅读进程。

作者借助老妇人讲述故事、穿插故事、打断读者阅读进程的非线性叙事颠覆了传统小说的整体性。小说作者只是小说中的一个人物兼叙述者，最多也只是一个文本的解释者。这种非线性的叙事技巧打破了作者赋予文本以单一的和权威的意义。

（二）反体裁写作

后现代主义文学是一种危机文学，后现代小说家与前辈的"严肃小说"① 相对立，它们既不同于"严肃小说"又不同于"消遣小说"。"反体裁已经成为我们时代的一种主导模式，传统体裁就如同过去的雅语一样被看作对头。"② 后现代主义作家是勇于颠覆旧秩序、以从事消解游戏为业的一代人，他们消解自由解放之类命题的同一性，代之以一种多元性的无中心的离心结构。小说写作成为一次大胆的冒险，边界不

① 陈世丹. 美国后现代主义小说详解［M］. 天津：南开大学出版社，2010：8.
② NEWMAN C. "The Post－Modern Aura," *The Act of Fiction in an Age of Inflation* ［M］. Evanston：Northwestern University Press，1985.

复存在，只要是写作就可以被命名为"小说"。从而，小说势必会侵占其他体裁的领域，表现出"种类混杂"的特点。《总统的孩子》其实就是一部文学作品、家庭故事以及惊悚小说三种体裁的混杂。

维尔登在短篇小说《快去问爸爸要钱》中大胆地采用斜体字突出标题的做法，正是一种无体裁的写作模式。假如读者没有时间去阅读整篇小说，只需要一分钟时间浏览一下所有斜体标题，就可以了解这篇故事的主要情节了。"Well now! It was *Easter*（复活节）and my friend *David*（戴维）was helping his wife *Milly Frood*（米莉弗鲁德）in the *shop*（商店）when he heard a *voice he recognised*（听出了一个声音）crying loud and clear across the crowded room. 'Run and ask *Daddy*（爸爸）if he has any more money.' and his *blood run cold.*（血液立刻凝固了）"这是小说第一段的内容，作者通过运用斜体词语一目了然地介绍了故事发生的时间、地点、人物和主要情节。接下来的斜体标题暗示了故事情节的进一步展开："*The little girl*（小女孩），*The Easter cards*（复活节日卡片），*The familiar hand*（熟悉的手），*Another baby*（另一个孩子），*Let off the hook*（甩掉），*I just love the shop*（我只是喜欢这个商店），*Happy Easter, everyone*！（祝每个人复活节快乐）"原来，买节日卡的小女孩是戴维的另一个孩子（私生女），戴维与之前被甩的旧情人在共同喜欢的商店相遇，经过痛苦的心里煎熬，最终戴维轻松地迎接复活节的到来。维尔登在这篇短篇小说中采用了无体裁的写作模式。她采用斜体词语和标题的手法，呈现出如同广告语简洁、明晰的特点，不再为读者设置悬念，而是让读者一目了然、快速地了解故事大意。这种无体裁的写作成为一种文学革命的行动，一种冲破边界、填平鸿沟的行动。

（三）语言游戏与读者解读

在后现代世界里，思想家、文论家们的运思活动基本都是在语言层面上，他们的语言表述只是一种纯粹受语言自身逻辑左右的语言建构，与实际的存在、客观的社会现实并不是一回事儿。在后现代主义作家们看来，一切都不确定，世界上本来就不存在什么先验的、客观的意义，只有寄情于写作本身。写作不过是作者"内省的符号化过程，亦即指示自身的一种信息"①，指望在写作本身的探索过程中逐渐建立起自身的意义。价值来源于虚构，意义产生于语言符号的差异，即符号的排列组合所产生的效果。因此，写作（特别是虚构文本的写作）仅仅是一种语言游戏。这一点从维尔登的小说创作中对于小说人物的命名方式可以看出。维尔登笔下许多小说人物的名字正隐喻着人物的个性特点，并喻示着人物命运。

《总统的孩子》中男主人公丹迪·艾弗（Dandy Ivel）的名字具有非常明显的寓意。Dandy 一词具有"花花公子"之意，Ivel 一词是 Evil 的变形词。有人评论 Ivel 这个名字的拼写方式是作者有意打乱了字母顺序，实际上 Ivel 在意义上等同于 Evil（邪恶）。Dandy Ivel 作为男主人公的名字可以理解为"邪恶的公子哥"，隐喻着男性"花花公子"式的作风，也隐喻着男性是邪恶的化身。小说中丹迪·艾弗（Dandy Ivel）的"邪恶"造成了女主人公伊莎贝尔艰难的处境；《宝格丽关系》中女主人公桃丽丝（Doris）的名字取自其古老含义。Doris 意为"古希腊中部的多利士地区"，Dorian 意为"古希腊多利士地区居住的多利安人"。

---

① 特伦斯·霍克斯. 结构主义和符号学 [M] . 上海：上海译文出版社，1987：145.

传说此地是古代年轻貌美的妓女保护区，不论妓女犯下何种过错，只要她逃到了多利士这个地方就会得到庇护。桃丽丝从小就爱慕虚荣，13岁时看到父亲送给母亲的一枚钻石戒指，就要父亲也送给她一枚，然而父亲却送给她一个塑料戒指的装饰品。她的虚荣心在父亲那里没有得到满足，长大后她与一位年长自己26岁的富有男人结婚，得到了一条垂涎已久、价格斐然的宝格丽钻石项链。桃丽丝（Doris）年轻貌美、爱慕虚荣、生活奢侈放荡的品性，与"妓女"的特点如出一辙；《普拉克西斯》中的姐妹海芭夏（Hypatia）和普拉克西斯（Praxis）名字的不同也带给了两位女性人物不同的命运。Hypatia这一名字来源于古埃及的女数学家亚历山卓的海芭夏（Hypatia of Alexandria，约370－415），她是数学家和哲学家席翁（Theon of Alexanderia）的女儿。30岁时，就已经成为亚历山卓当时新柏拉图哲学学派的学术领袖。此后，她一生都在教书育人，教授数学和哲学（柏拉图和亚里士多德），可以说是桃李满天下。海芭夏当时虽然精通数学，但她在数学方面的成就后人并未记载。不过作为古代一位少见的女性学者，她却是一直有着闪亮的光芒。作为一位美貌、博学又有智慧的女性，海芭夏一直被西方世界浪漫化。18世纪后她一直被历史学家或作家所重述和演绎。在女性主义风起云涌的20世纪，海芭夏更成为重要的象征。而《普拉克西斯》中的海芭夏也具有同样的知识女性的特征，海芭夏理智地隐藏起自己非正统的生活，自觉地向社会压力低头，却因为现实中的理论和实际相脱节而受到了精神上的折磨。praxis含有性高潮的意思，同时意味着理论联系实际的实践活动。普拉克西斯却如同名字所暗示的那样，通过女性身体上所遭受的各种现实体验，最终塑造了女性作为妓女、家庭主妇、母亲和谋杀者等角色。

　　虽然我们不能十分肯定地说维尔登在小说写就前对人物的名字就已经做好了隐喻式的安排，但这种巧合可以在读者解读过程中予以肯定，毕竟作者的创作和读者的再创作是不可分的。后现代主义小说创作中，读者的阅读过程参与了作者的创作过程，甚至于读者已经替代了作者的位置。作者的创作意图不再那么重要，重要的是读者将从什么角度对文本进行理解和诠释。

第二章

维尔登的女性写作

一、父权社会中的女性文学

20 世纪中叶的西方国家，随着女权运动的深入发展和女性主义文学批评的兴起，女性作为一种性别视角，愈来愈受到西方文学创作和文学批评的关注。女性文学主要涵盖了三个方面的意义：女性作家所创作的作品；表现女性题材为主的作品；表现女性性别意识和女性在父权社会中所受的压迫，以及女性自我意识觉醒的作品。女性作家除了表现女性自我意识之外，还进行了多种题材的尝试，不论运用现代主义传统手法，还是新颖的现代主义手法，在各种创作领域中包括社会题材、历史题材以及通俗题材都展示了她们非凡的才华。

自从简·奥斯汀在文学中流露出非自觉性的女性意识以来，自觉地反映女性意识的女性主义理论和文学作品逐渐完善起来。而女性主义理论伴随后结构主义的出现在二战后得到了很大发展，对于女性作品和女性写作的关注推动了女性主义理论的进一步发展。现存的两种主流女性主义理论包括英美和欧洲（尤其是法国）女性主义理论，它们展现出许多女性所关心的问题，比如如何在文学作品中塑造女性形象的问题。无论是男性作家还是女性作家，他们所描述的长期无可置疑的女性形象，受到了文学、社会、道德、政治甚至个人的影响。女性文学在毫无批判地接受男性至上主义的女性形象方面意义深远，并触及了社会不公正、家庭剥削以及可怜的女性自我形象。这种对"文学女性代表"的仔细审视构成了女性主义文学批评的早期阶段，关于解析女性文本和女性作家更加激进的观点对早期女性主义文学批评做出了补充，对于女性文学作品的重现和评价标志着女性主义理论的真正进步，这种进步具有决定性的意义，因为它挑战了男性所控制的标准和批评理论。女性主义者如今又开始挑战以偏见为基础的各种观念，男性至上主义、种族主义、对同性恋的恐惧以及不适宜学术研究的问题。后结构主义理论和文学体现了"文学"特点被政治化和片面化，并且非客观化。

女性文学关注情感生活、家庭生活以及非传统形象的女性人物，不再关注战争、政治和公众事件。文学开始公开自传性生活，或者使用日记、日志和其他各种"私人化"写作等文学价值观念受到了质疑。女性主义批评强调了女性经验的权力，不只包括主观性、情感主义和个人化观念，男性经验不再具有客观性、理智性和创造性，也不再是真正的天才。女性已经学会更加重视自己的经历，并学会区别地对待世界和自己，但是她们很快意识到很少有作家能够成功描述客观的女性经验，描述女性从男性手中夺取权力等内容。

女性不能再被强迫像男性那样写作，采用男性的主题、风格和实践。统治 20 世纪初期女性主义思想的一个问题是女性是否拥有区别于男性写作而属于自己的语言和风格。女性化（或男性化）的句子是否存在？假如存在，它的特点是什么？伊莱恩·肖瓦尔特（Elaine Showalter）批判了父权制文化将女性文学边缘化的做法，并谴责以男性经验和男性文本为核心的文学评论界对女性文学实行的双重标准。肖瓦尔特对维多利亚时期女性作家的评论进行了概括：她们情感丰富、温文尔雅、言行得体、善于观察，擅长描写家庭，道德色彩浓厚，对于女性角色知之甚多，但她们缺乏创新意识、智力训练、抽象思维、幽默感、自制力以及对男性角色的了解。而男性作家则被认为具有大多数的理想品质：力量、广度、卓尔不群、头脑清晰、学识渊博、抽象思维、精明敏锐、经验丰富、幽默感强，具有开阔的心胸。这种将两性文学区分得如此明晰的做法阻碍了评论界对女性文学作品做出公正的评价，体现了男性文化价值观的双重标准，使得许多女性作家被冷落、被排斥在主流文学之外。除此之外，还有无数女性主义者思索着"具有女性主义特点的风格"①。弗吉尼亚·伍尔夫（Virginia Woolf）认为写作是雌雄同体的，即每种写作中都包含了男性和女性两个方面。伍尔夫关于雌雄同体的观点是以性别、性行为以及当今社会、文学、政治问题等解放思想为基础的，因为它开创了20世纪支持多种文化偏见的神圣二元论思想。但是肖瓦尔特指出了伍尔夫的局限性：伍尔夫对于女性经历削弱女性力量这一问题非常敏感，但未能认识到这种经历也可使女性变得更加坚强。肖瓦尔特认为伍尔夫的雌雄同体观点是女性作家对自己所处的进退两难境地做出的反应。雌雄同体的心理是一种艺术家的乌托邦设想，是"无性"的，是对性别的逃避。

---

① WHEELER K. *A Guide to Twentieth - century Women Novelists* ［M］. Oxford：Blackwell Publishers Ltd. 1998.

肖瓦尔特探讨了女性解放运动对于女性文学的巨大影响。她认为，当今的女性作家依然处于自我审视和自我发现阶段，但其使用的词汇和形式与伍尔夫却大相径庭。女性解放运动可能会导致女性作家阶级基础的扩大，或者会导致文学界关于女性作家的争论重新开始。假如一间自己的屋子成为女性对政界、逻辑、暴力和男性权力的退让之所，那么这间屋子将成为一座坟墓；假如这间屋子能使女性在独立行动中获得信念和力量，那么它就是一个摇篮。当文学典范受到攻击，男性和女性文本批评得以重构，女性既定形象和文学偏见受到重视，女性主义理论受到雌雄同体论的推动并继续着新的探讨。性别、性行为、身份、整体或分裂的主体地位、自我本质、作者与读者的关系、批评与文本的关系，所有这些问题又被重新纳入女性主义理论之中。不存在完全相同和完全一致的事物，也不存在只是男性或者女性、作者或者读者、自我和他者、异性或者同性、创造性或者非创造性、压迫者或者受害者等单一特性的人。书写人物或事物与其对立面之间的关系才是更明智的，或者书写与对立面之间的冲突才是必需的。

多丽丝·莱辛和玛格丽特·德拉布尔两位著名的女性作家通过敏锐和细腻的观察，从女性特有的视角来展现女性对社会的看法。莱辛将父权社会中处于第二性地位的女性渴望平等和自由的主题作为自己作品所追求的目标，然而在创作过程中她赋予了这个传统题材以新的现代意义，探索"自由女性"的现代主义道路。莱辛真诚坦率地描写女性的月经和性生活的真实感受，表达出女性追求灵肉一致的现代性爱，渴望心灵的沟通。她的创作从后殖民主义小说过渡到女性主义小说、寓言小说，后来又走上了科幻小说的道路。她大胆地进行文学创作技巧的实验，颠覆传统现实主义手法，从而表现出了后现代主义创作的特点。同样，德拉布尔的早期作品虽然都是书写女性题材，也承认女性主义思潮对自己创作的影响，然而她却不是女性主义者，因为她关注人类所有不公平待遇和对权利平等的追求，包括男性当然也包括女性，因此德拉布尔更是一位人道主义者。她在作品介绍人物思想情绪时，间隔地插入作者本人的评论和讽刺。后期的创作运用倒叙和闪回的手法，多元交错叙事方式，并设计出开放的结局等后现代主义写作特点。

受到了莱辛和德拉布尔两位女性作家的影响，维尔登的创作生涯也经历了不断地转变和提高的过程。维尔登在开始从事写作时，自称是一位女性主义者，但是不承认自己是女性主义作家。她说："因为那将意味我的小说是由于女性主义的缘故而被创做出来的。"诚然，维尔登的小说的确是反映了女性追求自由、追求自我实现的主题。她独特的女性主义思想也许来自这样的观念："男人与女人一样都成了人类本质的受害者，尽管女性只是更加明显而已。"① 她认为人的行为与性别没有太大关系。"我认为它与权力有关。假如将女性置于男性的位置，她会更加能干，但是不再善良。"②她幽默地谈论了男性控制、女性复仇、基因工程、名字隐喻以及英美小说之间的差异。在父权社会中，她为女性提供了女性生存手册。她的小说展示了女性独立的重要性，不仅在经济方面要独立，而且在情感方面也要独立。小说中透出乐观主义色彩，并为女性提供了许多逃离路线，让女性认识到要对自己的命运负责。维尔登

---

① PEARLMAN M. *Listen to Their Voices*: *Twenty Interviews with Women Who Write* [M]. Amherst: University of Massachusetts Press, 1985.

② 同①

笔下的女性角色并没有被理想化，她们与男性人物的行为一样，并没有被设计得多么高尚。她的小说很少有全知全能的叙事者，她认为读者和作者都一样聪明。她想创造出让读者感觉新鲜的人物形象，同时有缺点的人物形象更让读者感兴趣。维尔登认为阅读和写作的目的都是为了自我发现，后来维尔登的创作不止局限于女性主义创作，她也像莱辛一样敢于大胆地进行艺术技巧的实验和改革，抛弃传统现实主义的宏大叙事而采用小叙事的结构，开始创作寓言小说、预言小说、科幻小说、惊悚小说以及鬼故事等多种体裁的小说形式。同时维尔登的创作不止局限于小说创作，对于电视剧剧本、短篇故事和短小精悍的杂文的创作也都表现出这位慈祥的老祖母对父权社会下女性的处境、当代生活各种问题的敏锐洞察力。

1990 年，维尔登说过，"对纽约男士们做过一次调查，结果显示：绝大多数男性宣称自己是反女性主义者，但又补充说他们是相信享有平等的薪酬、平等的教育、平等的权利以及对家庭生活的义务。女性主义健康地活在我们心中，但假如你来问我，或者去上一堂当代小说课的话，你就会明白唯一错误的是语言本身。小说的语言让人感到害怕：男性对女性或女性对男性的爱情像是脆弱的植物，仿佛遭受着女性主义铁蹄的践踏。我最近读了易卜生的《玩偶之家》，认为其中的结论仍然是正确的。有一天，会有那么一天，诺拉对托瓦德说，托瓦德也对诺拉说，'奇迹会出现的，你和我，妻子和丈夫，女性和男性，将会平等地交谈、平等地工作以及平等的恋爱。'我仍然相信那个奇迹，我相信他们在完美的社会仍然会那么做：假如我们争取政治和社会权力，要求改变，肯定会震动整个世界，我们能够建立一个自己的乌托邦，但那又是另外一件事情了。"① 维尔登在这段话中强调了小说或文学在树立女性主义自我意识方面的作用。虽然文学语言有时过于强调女性主义的思想和行动，但它们绝不是对美好爱情的"践踏"，因为浪漫爱情只是被现实中的男性当作他们反女性主义思想的挡箭牌。维尔登对男女平等的美好社会寄予了美好期望，但还表明女性不应该放弃争取社会权力的决心。

除了以上三位代表性的英国女性作家之外，女性文学中还有其他关注父权社会中女性的他者地位和艰难处境的作家，比如玛格丽特·德拉布尔的姐姐 AS·拜厄特（出嫁前叫 AS·德拉布尔）、艾丽斯·默多克、佩内洛普·菲茨杰拉德、阿尼塔·布鲁克纳、佩内洛普·莱夫利、安吉·拉卡特、珍妮特·温特森等等。这些女性作家一代接一代，层出不穷，为女性主义文学的繁荣坚持不懈地努力着，为女性主义话语能够在父权社会中占有一席之地奋斗着。同时，这些女性作家不仅在女性文学方面做出了出色的贡献，她们在当代社会政治、经济、伦理道德、民族矛盾等各个方面都展示出了才华和创造力。

二、维尔登笔下女性人物形象及女性意识的觉醒

费·维尔登的小说创作从未脱离过父权社会的现实，在西方女性主义运动的深刻影响下，她笔下所创作的"邪恶"女性形象成为后现代主义现实生活中的缩影与超越。"邪恶"而叛逆的女性在向这不公正的社会发出挑战，而这些"邪恶"女性，正是父权社会中赋予那些自我

---

① WELDON F. "The Changing Face of Fiction," in: Regina Barreca, ed., *Fay Weldon's Wicked Fictions* [M]. Hanover: University Press of New England, 1994.

觉醒的新时代女性的特殊词汇。"邪恶"的女性是追求自我的独立女性，是反抗邪恶男性的代表。女性的成长过程，在父权社会中注定离不开"邪恶"或"恶魔"式的成长和转变过程。维尔登小说中的女性人物在不同的时代有不同的特点。20世纪80年代的女性人物以彪悍强势的姿态呈现在读者面前；90年代的女性人物心力交瘁地继续投入到与同性和异性之间的战斗之中；21世纪初期的女性人物以邪恶幽默的态度看待世界，诙谐而幽默地揭露出女性视角下的社会道德判断标准。

（一）20世纪80年代现实与独立强势的女性形象

从1981年到1989年，英国经济经历了年平均3%以上的持续增长的8年时间。经济形势的微微好转，使得女性在经济方面的独立性愈加增强，女性在经济上的独立却未能相应地给她们带来精神上的独立。"女性形象的强悍和男性形象的脆弱是维尔登在80年代后期作品中的新趋向。在这个时期的作品中，男性反而表现出对女性的依赖和顺从，而女性则越来越强有力地把握着两性关系的主动权。"① 《总统的孩子》讲述维护美国总统候选人丹迪·艾弗（Dandy Ivel）政治声誉的故事。故事是由双目失明的老太太梅阿（Maia）来讲述的：6年前，丹迪与记者伊莎贝尔（Isabel）产生了一段恋情，伊莎贝尔结束了这场短暂的恋情之后，发现自己怀孕了，不久她与霍默（Homer）结婚，他们这段平等而幸福的婚姻受到了邻居们的羡慕。当总统竞选团队得知杰生是丹迪的私生子后，他们坚持只有消除这个孩子和伊莎贝尔才能使丹迪远离丑闻而不影响其当选总统。让伊莎贝尔感到意外的是，与自己生活6年的

---

① 瞿世镜，任一鸣. 当代英国小说史［M］. 上海：上海译文出版社，2008：162.

丈夫霍默也是这场暗杀阴谋中的一分子。最终，当丹迪·艾弗中风猝死后，伊莎贝尔和杰生被允许活下来了。在这部小说中，维尔登塑造的伊莎贝尔形象挑战了传统"相夫教子"式的妻子形象。作为妻子的伊莎贝尔，她与丈夫共同为家庭提供经济收入、共同分担家务劳动、共同抚养孩子，摆脱了"男主外女主内"的传统思想。她与丈夫的新型家庭角色和分工让心理医生感到不太正常。医生在挖掘杰生过激行为的原因时说，这也许与伊莎贝尔和霍默的家庭"角色颠倒"有关。伊莎贝尔听后严肃地纠正说："这不是角色颠倒而是角色分担，我希望您不是想说杰生的困扰是因为他父亲和我共同承担了对他的抚育而造成的。"作为妻子，伊莎贝尔不仅摆脱了独自承担家务劳动和抚养孩子的责任，而且摆脱了情感上的"忠贞不渝"的束缚。她在情感上遭到了男性（丹迪·艾佛）背叛后，不得不选择在欺骗霍默的谎言中生活。"他们共同承担过错、分享成功，正如共同分享生活、收入和家务一样。"维尔登笔下的伊莎贝尔改变了家庭中逆来顺受的被动角色，希冀建立一个男女共同分担劳动、分享幸福的和谐家庭，然而小说的结尾却道出了残酷的现实：由于父权现实生活充满了性别的权力争斗和欺骗，即使在虚构的小说中也难以寻觅到平等而和谐的两性关系。

《女恶魔的生活与爱情》讲述了一位具有叛逆和反抗精神的女主人公复仇的故事：女主人公鲁思（Ruth）起初是一位平凡的家庭主妇，她一心相夫教子、容貌平平、身材甚至比丈夫还要高大，一直恪守丈夫让她背诵的"好妻子祷文"，可谓是贤妻良母和好儿媳。丈夫波波（Bob-bo）是一位小有成就的私人会计师，主张诚实和博爱，即使他有婚外情也诚实相告，好让妻子能够博爱。玛丽（Mary）正是他的情人，是一位畅销书作家：美貌、才情、金钱与魅惑，她应有尽有。在得知丈夫出轨的消息后，"绝望的主妇"鲁思为了从情敌玛丽的身边夺回前夫波波，变成了一个十足的"女恶魔"，她想方设法地陷害玛丽和波波，结果玛丽遗憾地离开了人世。鲁思完全控制了前夫波波的一切之后，她启动了前夫波波的银行账户，飞往美国进行整形美容，变成了翻版的玛丽，最终"美丽"富有的鲁思夺回了之前她所失去的一切。维尔登对鲁思形象的复杂描写和塑造强调了作者拒绝任何意识形态的标签，尤其是女性主义标签：鲁思有着强势的女性形象，一方面她抛弃各种梦想变得自立；另一方面，她通过美容整形手术变成丈夫情人玛丽的样子。维尔登塑造了一位兼自强自立与虚荣残酷性格于一身的"女恶魔"形象。通过"女恶魔"一系列的复仇行动，维尔登提出了许多道德问题，却并未勾勒出一个清晰的道德体系。"女恶魔"形象在某些本质女性主义者看来，是对女性形象或道德的一种毁坏和颠覆，不利于女性的解放。然而，维尔登认为既然不存在某种既定的道德体系，那么读者关于"女恶魔"的道德结论自然地被否定了。

（二）20世纪90年代现实与心力交瘁的女性形象

1990年，随着英国和其他主要工业国经济的衰退，英国的经济增长速度降低至1%左右，失业率有所上升。20世纪90年代的英国仍然处于经济大萧条时期，陷入失业窘境的男性们一蹶不振，女性们承担起家庭与事业双重重担，使得这个时期的女性心力交瘁。在20世纪90年代，学者们总结了维尔登自相矛盾的、非连续的、持续转变的政治立场，从而称维尔登为后现代女性主义作家。"20世纪90年代以来，英国不少小说家所关心的主题在一定程度上成为理论上讨论的焦点。尽管一部分人叫嚣后现代主义已经结束了，但鲍德里亚、利奥塔、德里达和福柯等人探讨的命题和理论观念依然影响着90年代英国小说的创作和文学批评。"①这个年代，父权统治的社会状况仍然没有发生改变，维尔登通过细致的观察，把社会造就的"邪恶的男人""邪恶的女人"与"邪恶的孩子"的故事汇集到了《邪恶的女性》这部短篇小说集中。这部短篇小说集中的《快去问爸爸要钱》（*Run and Ask Daddy If He Has Any More Money*）讲述的是主人公戴维（David）在复活节时与阔别7年的旧情人偶然相遇的故事。故事背景被置于复活节正是为戴维最终幡然悔悟埋下伏笔。小说第一段提及戴维在商店里听到有人喊了一句"快去问爸爸要钱"时，他的血液立刻凝固了。这是正巧也在这家商店购买复活节礼物的旧情人贝蒂娜（Bettina）的声音。在他们相遇的短短两分钟内，戴维陷入了对过去的痛苦回忆之中，同时他发现贝蒂娜身边的女儿是自己的私生子，内心中的煎熬和痛苦达到了顶点。然而，戴维贤惠的妻子对于丈夫的过去和现在的内心痛苦却毫不知情。妻子问道："她认识你吗?""不认识"戴维回答说："你是我认识的最好的女人。"戴维想尽管前一句话是撒谎，但后一句话却是真话。然而丈夫的深刻反省与妻子的忠诚信任成了一个鲜明的对比，通过男性的心里忏悔折射出女性依然处于被欺骗、被愚弄和被压迫的处境。在《快去问爸爸要钱》中，米莉（Milly）与戴维的婚姻建立在丈夫的谎言之上。贤妻良母的形象也只是根据男性的期盼塑造的角色。贝蒂娜与戴维私生女的存在使得表面上美满幸福的婚姻只不过是读者的一个美好愿望，然而这一美好

---

① 杨金才. 当代英国小说的核心主题与研究视角［J］. 外国文学，2009（6）：57.

愿望在父权社会中是无法实现的。

另外一个短篇《第二次伟大的战争：生命的礼物》（*In the Great War*（*II*）展示了女性与女性之间展开的一场争夺男性的战争，到头来，每个参与这场战争的无论是男人、女人还是孩子都成了受害者。故事中女人选择自杀时不忘带上自己的孩子一同奔赴死亡，把给予孩子的生命礼物一同收回。在作者看来，即使母亲自己选择自杀，让孩子留在世上继续活着，无异于母亲收回了给予孩子的生命礼物。因为对于孩子来说，在世间从此再也得不到亲生母亲般的疼爱了。"母亲自杀后，没有孩子能够真正地幸存下来：躯体继续活着，然而母亲已经收回了生命的礼物。"

（三）21 世纪现实和邪恶幽默的女性形象

"21 世纪英国的社会存在，已经不同于 19 世纪英国的社会存在，社会思潮当然也绝不可能向过去倒退。为新英国确立一套新的价值观念，似乎是一种更加合乎逻辑的思路。"①维尔登小说《她不会离开》中的女性人物海蒂（Hattie），邪恶而幽默地主动逃离限制自己生活的家庭，让读者在为其惋惜之时却又意识到自己的落伍：原来维尔登笔下 21 世纪的女性可以不必再受到家庭的限制和传统稳定婚姻的欺骗而把自己一生紧紧围绕着男人和孩子，新世纪女性可以离开男人、孩子和家庭，可以轻松地去寻找自己的幸福生活。小说《她不会离开》出版于 2006 年，讲述了一个保姆蓄意破坏别人家庭生活的故事。海蒂和马丁（Martyn）年龄都 30 岁刚出头，对于刚出生的女儿基蒂（Kitty）感到非

① 瞿世镜，任一鸣. 当代英国小说史［M］. 上海：上海译文出版社，2008：17.

常满意。两个年轻人都很聪明而且潇洒漂亮，但由于新世纪的自由主义倾向，他们同居在一起并没有正式结婚。起初一切都很正常，享受着健康的宝宝带来的快乐和幸福的爱情，然而当他们决定由谁来照看小基蒂时，事情变得复杂起来。海蒂渴望着重新去工作，但马丁害怕雇佣外来的保姆会妨碍其"左倾"的政治新闻事业。当保姆阿格尼丝卡（Agnieszka）到来时，马丁最终做出了让步。阿格尼丝卡是一个来自波兰的女孩，她既是一位家务能手又是个出色的肚皮舞者，还会冲制特别的可可饮料（能够使人产生幻觉的饮料），童年时期她已学会冲制这种饮料。阿格尼丝卡的到来使这对年轻人的生活摆脱了孩子带来的困扰，然而当保姆阿格尼丝卡的移民证件出现问题时，海蒂和马丁想尽一切方法让她合法地留在英国，其中一个方法就是让马丁和阿格尼丝卡结婚。不知这一大胆的做法能否解决问题。然而，作为这一故事的讲述者，弗朗西斯（Frances）（海蒂的祖母）对于他们的这一决定感到质疑。就在读者为海蒂离开自己营建的家庭而感到惋惜时，小说结尾却道出了她真正的想法："事实是我已经忍受不了琐碎的家庭生活了，为我感到高兴吧，因为我是幸福的。"这让读者分不清到底是谁首先放弃了家庭生活。是马丁？还是海蒂？显然，在马丁与保姆的结合过程中，海蒂起到了推波助澜的作用。因此，海蒂作为当代西方女性拥有了为自己情感做主的意识。海蒂雇用保姆来照顾孩子的起居，并承担家务劳动，最终保姆替代了海蒂女主人的身份与马丁结婚，而海蒂却幸福地离开了虚伪的家庭生活，选择了主动离开，新世纪女性的开放自由思想深深地影响了女性对待家庭生活的态度和行为。

另一部小说《温泉十日谈》讲述了一个这样的故事：在偏远而奢

侈豪华的城堡温泉区举办了一次属于成功女士们的聚会,聚会时间设定在圣诞节到新年间的十多天假期里,这些女性之前都未曾谋面。她们并不是无家可归,也许她们是为寻找温泉按摩的奢侈放纵,以此寻找对生活意义的更好理解。然而,这些女士们在浴缸里消磨时间、喝香槟酒、吃着鱼子酱和巧克力,谈论着令人惊奇而具污蔑性的故事,也许她们找到了一种更好的疗养法。所有女人的生活都在这部小说中得以体现。《温泉十日谈》这部诙谐的小说十天里讲述了十个故事,让我们联想起毕加索的《十日谈》,谨献给他那个时代的女士们的书。毕加索时代的女性们在道德判断的面纱下隐藏起她们的情爱,而男人们却可以自由地放纵情欲。然而,维尔登时代的女性们是 21 世纪的女性:她们揭开了道德判断的面纱……自由和放纵不再是男性的专利,新世纪的女性也应当拥有属于自己的情爱和性欲表达的权力和阵地。

三、维尔登的多重女性主义创作

作为当代的女性作家,维尔登虽然从未在公开场合标榜自己是女性主义者,有时还声称自己并不支持某些女性主义者的言论,但从根本上说,她的小说创作从未偏离过女性主义主流思想的轨迹,尤其是 1980 年以后,她所创作的小说通过描述男女主人公从幸福走向分裂的家庭生活,折射出了许多不同的女性主义观点。比如维尔登在 1980 年以后创作的三部小说《女恶魔的生活与爱情》《宝格丽关系》和《她不会离开》中就蕴含着自由女性主义、激进女性主义、马克思主义女性主义、精神分析女性主义、存在主义女性主义、后现代女性主义、生态女性主义等多重女性主义色彩。

（一）自由主义女性主义

自由主义女性主义是从自由主义政治思想中发展而来的，并且仍然在形成和重构的过程之中，很难用一个确定的概念来为其下定义。然而，苏珊·温德尔（Susan Wendell）却认为自由主义女性主义已经发展成熟，以至于脱离了其原有的基础。事实上，温德尔并不是一位自由主义女性主义者。她在描述当代自由主义女性主义思想时强调说：“自由主义女性主义关注经济重组和大范围的财产分配，因为现代政治与自由主义女性主义联系最密切的目标之一就是机会均等，这无疑要求和导致经济重组和财产的再分配。”① 18 世纪自由主义女性主义思想认识到了平等教育权利的重要性。玛丽·沃尔斯通克拉夫特（Mary Wollstonecraft）曾经说过，“假如将男人限制在囚禁女性同样的笼子里，他们也会演变出同样的性格。”② 沃尔斯通克拉夫特认为教育能够让人们发展理性和道德能力，能够充分实现人的潜能。她指出，理性独立的女性与感性依赖的女性不同，感性依赖的女性经常逃避家庭责任，沉溺于肉体欲望。理性独立的女性会成为“体察敏锐的女儿”“富于爱心的姐妹”“忠实的妻子”和“通情达理的母亲”。③ 19 世纪的自由主义女性主义思想不只是停留在争取平等的教育权力，同时还要争取平等的政治经济权力和机会。约翰·斯图尔特·穆勒（John Stuart Mill）和哈利雅特·泰勒（穆勒）（Harriet Taylor Mill）认为，假如社会要达到性别平等，

---

① WENDELL S. A（*Qualified*）*Defense of Liberal Feminism*［J］. Hypatia 2, no. 2, Summer, 1987（2）.

② WOLLSTONECRAFT M. *A Vindication of the Rights of Woman*［M］. New York: W. W. Norton Co, 1975: 23.

③ 同②: 61.

或社会性别的公正，就必须为女性提供同样的政治权力和经济机会以及男人所享有的同等受教育机会。而 20 世纪自由主义女性主义思想却开始思考男女应该享受同等对待还是区别对待的问题。贝蒂弗里丹（Betty Friedan）在完成《女性的奥秘》（*The Feminine Mystique*）25 年之后，又写了《第二阶段》（*The Second Stage*）。在这本书中，她描述了下一代的女性在女性主义名义下，试图成为事业型女性的同时又想做一个贤妻良母，这使她们精疲力竭。因此，她主张男性发展自己私人和个体的自我，正像女性发展公共和社会的自我同样重要。认识到这一点的男性应该理解，女性的解放就是男性的解放。如此，男性不必非要成为"养家糊口的人"①或工作中的"拼命三郎"。

维尔登的创作始于 20 世纪中期，受到 18 世纪和 19 世纪的自由主义女性主义争取平等的政治、经济和教育权力的影响，其小说创作透露出了女性自由主义意识的觉醒。在《女恶魔的生活与爱情》中，男主人公波波是受过大学教育的，而其前妻鲁思和情人玛丽都未接受过大学教育，从而让读者清楚地认识到男女在受教育权利上的不平等成为波波（男性）在家庭生活中处于强势地位的原因之一。"波波上过大学，而她，玛丽·费希尔，却没有。"维尔登在小说中清晰地点明两人受教育程度不同，从而暗示出自由主义女性主义强调平等的教育权力。然而，鲁思却将波波银行的账户转到自己名下，致使波波破产。鲁思夺得了经济支配权后，做了美容整形术并最终完全控制了波波的生活。同时，虽未接受大学教育的鲁思却开始创作小说，而且获得了成功。这部小说出

---

① FRIEDAN B. *The Second Stage*［M］. New York：Summit Books，1981.

版于 20 世纪 80 年代，人物鲁思的复仇行为，正是源于她一步步获得了经济、政治权力后，又让自己从事了文化事业，最终拥有了与男性同等的地位。然而，被命名为"女恶魔"的鲁思却暗示出她只不过是一位丧失理性的女性。正如沃尔斯通克拉夫特所言，缺乏理性独立的女性不会成为"体察敏锐的女儿""富于爱心的姐妹""忠实的妻子"和"通情达理的母亲"，鲁思最终成了改造自然、改造自我、崇尚自由的"女恶魔"的化身。

（二）激进女性主义

激进女性主义群体分化成两个阵营，一个为激进自由派女性主义者（radical – libertarian feminists），另一个为激进文化派女性主义者（radical – cultural feminists）。激进自由派女性主义者渴望雌雄同体气质，敢于表现男性气质的同时也表现女性气质，敢于超越性/性别制度的限制①。激进文化派的女性主义观点是：最好成为女性的/女性气质的，这比成为男性的/男性气质的人要好。女性不应该努力像男性一样，她们应该努力更像女人，应该强调文化上与女性相关联的价值和美德（相互依靠、群体、感性等），而不去强调文化上与男性相关联的价值和美德（独立、自主、理性等）②。舒拉米斯·费尔斯通（Shulamith Firestone）是一位激进自由派女性主义者，她认为，女性屈从和男性统治的政治意识形态，植根于男女的生育角色。两性为繁殖目的而进行的生物学分工，不仅错误地将男性气质和女性气质尖锐对立起来，而且在

---

① ECHOLS A. *The New Feminism of Yin and Yang* ［M］. New York：Monthly Review Press，1983.

② ALISON M. "Feminist Ethics," in：*Encyclopedia of Ethics* ［M］. New York：Garland，1992.

科学和艺术间造成了令人不满的文化分裂。她指出,我们的文化把科学技术与男性联系在一起,把人文艺术与女人联系在一起。因此,对现实的"男性气质的回应"即"技术的回应",它是"客观的、逻辑的、外向的、现实的、关注自觉头脑(自我)、理性的、机械的、务实的、脚踏实地的、稳定度"。相反,对现实"女性的回应"是"美学的回应",它是"主观的、直觉的、内向的、一厢情愿的、梦想的或幻想的、关注潜意识(本我),感情的,甚至是情绪不稳定的(歇斯底里的)"①。

　　玛丽琳·弗伦奇(Marilyn French)更加倾向于激进文化派女性主义者,她把男性和女性间的差异更多地归之于生物(自然)原因而非社会化(培养)的结果。她说,"假如我们希望看到 21 世纪,就必须在自己的生命和行动中珍视爱、同情、分享和滋养,就像我们重视控制和结构、占有财产以及地位一样。"② 而激进文化派女性主义者玛丽·戴利(Mary Daly)比费尔斯通和弗伦奇走得更远,她贬低传统的男性气质特征。戴利是一位尼采主义者,尼采号召对一切价值进行重新评估,而戴利也号召女性应主张父权制称之为恶的实际上是善,而父权制称之为善的实际上是恶。她站在了尼采对价值进行重新评估的立足点:重新定义什么是善、什么是恶,反对流行的善与恶的观念。"对于已经进行了价值重新评估的妇女,所谓'干瘪丑陋的老太婆'应该是力量、勇气和智慧的榜样。"③

---

① FIRESTONE S. *The Dialectic of Sex* [M]. New York: Bantam Books, 1970: 59.
② FRENCH M. *Beyond Power: On Women, Men and Morals* [M]. New York: Summit Books, 1985: 443.
③ DALY M. *Gyn/Ecology: The Metaethics of Radical Feminism* [M]. Boston: Beacon Press, 1978: 15.

《女恶魔的生活与爱情》这部小说中，波波（Boboo）作为家庭的控制者，父权制的男性代表，从事着会计师的职业，这一职业完全符合费尔斯通"男性气质"特点：客观的、逻辑的、外向的、现实的、关注自觉头脑（自我）、理性的、机械的、务实的、脚踏实地的、稳定度；而玛丽·费什（Mary Fisher）从事着女性气质十足的作家职业，她的特点是：主观的、直觉的、内向的、一厢情愿的、梦想的或幻想的、关注潜意识（本我）、感情的甚至是情绪不稳定的（歇斯底里的）；而作为家庭主妇的鲁思更加具有传统女性形象特点：相夫教子、任劳任怨、勤劳朴实。小说人物不同性别、不同职业的安排设计正体现出了女性渴望雌雄同体的气质，因为鲁思最终抛弃了"相夫教子""任劳任怨"和"情感忠诚"的女性气质，而转变为"抛夫弃子""养尊处优"和"情感不忠"的雌雄同体气质。

波波的前妻加入了一个名叫"The Wimmin"的激进女性主义社团，从这个名称可以看出她们想摆脱"女人"（the women）这个名字的束缚和限制。这个社团位于城市边缘的一个农场，她们声称割断与男人世界的所有联系，自己生产各种农作物来维持生活，她们只养育被遗弃的女孩并以各种方式处理掉男孩。对这个社团的描写正表达了维尔登对激进女性主义的看法，但她似乎并不太认可激进女性主义的各种做法。因为在小说中，她这样写道："鲁思认为她们是错误的。她希望生活在这个令人眼花缭乱的主流世界，而非蜷缩在这个泥泞的社会角落。"（Weldon，1983）她把这个激进的女性主义社团说成是一个"泥泞的社会角落"，可以见出维尔登并不太赞同对于分离的女性主义做法。然而，她将自己的女主角鲁思更名为"女恶魔"（She - devil），这正符合了激进文化派女性主义者戴利的尼采主义立场。"女恶魔"与"干瘪丑陋的老太婆"或"女巫"一样,成为"力量、勇气和智慧的榜样",为女性自己"编织"了新的、非传统的语言和新的女性自我。从此,女性可以勇敢地面对和反叛传统语言和旧的自我。

(三)马克思主义女性主义

当代马克思主义女性主义者最初关注的都是与工作相关的女性问题。例如,她们阐明了女性的家务劳动如何被视为无足轻重,女性如何被派去从事最枯燥、报酬最低的工作,以及家庭制度如何与资本主义相关。令许多马克思主义女性主义者感到不满的是,马克思和恩格斯把女性的工作看得无足轻重。女性总是被认为是纯粹的消费者,而男性就是挣钱养家的人。而女性的角色只是用男性赚来的钱去买"资本主义工业所生产的合适商品"①。马克思主义女性主义者玛格丽特·本斯顿(Margaret Benston)却认为女性首先是生产者,其次才是消费者。她指出,女性"在家庭之外的就业平等,固然是妇女解放的一个先决条件,但这个条件本身并不能给女性带来平等;只要家务劳动一直是私人产物和女性的责任,她们就只能继续承担双重负担"②。本斯顿认为,照料儿童和料理私人家务等工作的社会化才能结束妇女作为一个群体所受的压迫,并给予每位女人所应得到的尊重③。然而,马克思主义女性主义者还认为,只要女性的工资比男性低,只要女性被认为比男性更有能力

① MALOS E. *Introduction* in *The Politics of Housework* [M]. London: Allison & Busby, 1980,: 17.

② BENSTON M. The Political Economy of Women's Liberation [J]. Monthly Rcview, 1969, 9 (4): 21.

③ 罗斯玛丽·帕特南·童. 女性主义思潮导论 [M]. 艾晓明,译. 武汉: 华中师范大学出版社, 2002: 157.

照顾老幼病残，从公众领域退回到私人领域的终将是女性。琼贝思克埃尔西坦参考了马克思主义女性主义者席拉·卢伯山姆（Sheila Rowbotham）的著作后，却认为家庭并非是一个弗兰肯斯坦式的创造，而是人类尚能得到一些爱、安全和舒适的唯一处所，是人类可以基于非金钱的其他要素来作决定的唯一地方①。

在《她不会离开》中，女主人公海蒂和同居恋人马丁生下女儿基蒂后，由于乏味的家务和照顾女儿的责任缠身，两人之间的交流减少，感情疏远。自从他们雇用的年轻保姆进入这个"家庭"后，"她不会离开"了。保姆"抢夺"了女主人海蒂的丈夫、孩子和家庭生活，最终保姆和马丁领了结婚证。然而，海蒂却说是她自己一手促成了这个结局，因为"事实是，我已忍受不了琐碎的家庭生活了"。海蒂为了摆脱家务劳动和照顾女儿的辛苦，宁愿花钱雇佣一位女性来承担这部分工作，自己却进入了公共领域去寻找工作。而承担家务劳动和照看孩子的保姆却对这份工作"非常认真"，不仅能够出色地完成所规定的家庭任务，而且将男主人马丁的饮食也照顾得非常好。保姆通过各种手段勾引马丁，最终取代了女主人海蒂的位置，与马丁睡在了一张床上。保姆通过这份工资微薄的工作却获得了一个安全、舒适的家庭。虽然在小说结尾处，维尔登使用了一种幽默的表达方式，说明海蒂自愿放弃这个令她心力交瘁的家庭，但读者仍然为海蒂的命运而惋惜。这部小说中两位女性的命运，反映出了马克思主义女性主义观点与非马克思主义女性主义观点的冲突所在：海蒂代表了具有反叛和革命潜能的女性，主张家务劳

---

① ROWBOTHAM S. *Women's Consciousness, Man's World* [M]. Blatimore：Penguine Books, 1973.

动社会化，从而解放家务劳动对女性的束缚；而保姆却代表了将家庭视为情感单位而非经济单位的非马克思主义女性主义观点。埃尔西坦预言，假如孩子属于大众，却没有特定的人来给予关爱，这样的社会还会出现更大的问题①。维尔登在小说中并未给出解决这一矛盾的方法，但却给读者了很大的想象空间，待读者自己去解决。

（四）精神分析女性主义

依据西格蒙德·弗洛伊德（Sigmund Freud）的前俄狄浦斯阶段和俄狄浦斯情节这些概念，精神分析女性主义者认为，社会性别的不平等根植于一系列早期的童年经验。这些经验使得男性把自己看作有男性气质的人，女性把自己看作有女性气质的人。同时在父权制社会中，男性气质在某种程度上被认为比女性气质更好。弗洛伊德认为，男孩的俄狄浦斯情节来自于对母亲天然的依恋，因为是母亲在抚养儿子。男孩希望拥有母亲、和母亲发生性关系、杀死父亲。而女孩的俄狄浦斯情节却经历了从对母亲的依恋转变到对父亲依恋的过程。弗洛伊德表明，女性的恋爱对象从女性转向男性，这个时刻是从女性认识到自己没有阴茎、自己是被阉割时开始的。女孩开始恨母亲，不仅因为母亲是被阉割的存在状态，而且还因为母亲是与她竞争父爱的对手。20 世纪 70 年代，不同流派的女性主义者们都将弗洛伊德作为共同的批判目标。她们认为，女性的社会地位与女性的生物性没有关系，而与女性气质的社会建构大有关系。早期的女性主义精神分析学家阿尔弗雷德·阿德勒（Alfred Adler）拒绝弗洛伊德的生物决定论，主张女性和男性的社会性别身份是

---

①　ELSHTAIN J B. *Public Man/Private Woman* ［M］. Princeton：Princeton University Press，1981：286.

社会价值的产物，女性没有阴茎确实很重要，但这种重要仅仅是因为社会赋予了男性优越于女性的特权。阿德勒承认，我们的社会是一个父权社会，女性"被有特权的男性所决定和供养，以体现男性统治的荣耀"①。

在《宝格丽关系》中，维尔登暗示由于"恋母"而发生在格蕾丝和画家崴尔特（年龄相差 26 岁）之间的恋情，由于"恋父"而发生在巴利与桃丽丝（年龄也相差 26 岁）之间的恋情，都受到了弗洛伊德的"恋母情结"与"恋父情结"概念的影响。小说中格蕾丝作为母亲想写封信告诉儿子卡迈克尔近期所发生的事情，但又不知写些什么，"难道告诉他（卡迈克尔），崴尔特还不如他年龄大？不！还是告诉他崴尔特和他长得很像，起初我以为他也是个同性恋者，直到把画像带回他的画室后，他吻了我？或者告诉他我和崴尔特已经上床了？不！这一切足以能够把任何一个男孩变成哈姆雷特"。"哈姆雷特"的出现让读者立刻联想到弗洛伊德所创立的"恋母情结"（Oedipus Complex）概念。除此之外，小说还描写了桃丽丝的"恋父情结"（Electra Complex）。"桃丽丝记得 20 年前，结婚纪念日那天父亲送给母亲一个钻石戒指。而那天正巧是我 13 岁的生日，事实上他们就在我出生时才结婚的，我一直渴望着得到那样一个钻石戒指，可得到的却是一个装饰桌子用的橘黄色的塑料饰品……"这也许正是桃丽丝嫁给巴利的原因。在潜意识中，她把格蕾丝幻想为自己的母亲，把巴利幻想为自己的父亲，出于嫉妒她从格蕾丝身边抢走巴利，试图在与巴利的婚姻中弥补童年时期的缺憾。然

---

① ADLER A. *Understanding Human Nature*［M］. New York：Greenberg，1927：123.

而，维尔登围绕"恋母情节"和"恋父情结"两个精神分析学中的概念去设计人物和情节，并非出于对弗洛伊德生物决定论的赞同。因为这部小说的创作目的只是为了达到一种对宝格丽珠宝的广告宣传效果，小说的情节便具有了一种商业性和游戏性的特点。也许维尔登对于弗洛伊德概念的使用也同样抱有游戏的态度：既然小说本身就不是高雅的大写"文学"理念指导的产物，那么弗洛伊德的生物决定论也未必是指导"生物学"理论发展的经典。

（五）存在主义女性主义

存在主义女性主义者西德蒙·德·波伏娃（Simone de Beauvoir）采用了存在主义的本体论和伦理学语言指出，男性将"男人"（man）命名为自我，而把"女人"（woman）命名为他者（other）。她强调说："如果人的意识不曾含有他者这个固有的范畴，以及支配他者这种固有的愿望，发明青铜工具便不会导致女人受压迫。"[①]波伏娃寻求男性定义"男人"为自我，女性为他者的原因。一旦男性声称自己是"主体和自由的存在，他者的概念就产生了"[②]，而女性作为他者的概念就产生了。女性成了男性异己的力量，男性牢牢地控制着这种力量，以防女性成为自我，男性成为他者。女性解放远远不止要求铲除私有制度，更要求完全根除男性控制女性的欲望。

《女恶魔的生活与爱情》中鲁思痛恨丈夫波波让她阅读的《好妻子祷文》，其中，"为了每个人的利益，在我不快乐的时候，我必须假装

---

① 西德蒙·德·波伏娃. 第二性［M］. 陶铁柱，译. 北京：中国书籍出版社，1998：64.

② 同①：90.

快乐；为了每个人的利益，对于我自己的生活方式不能作消极评论；为了每个人的利益，我必须树立起丈夫性生活的自信；为了每个人的利益，我必须支持丈夫的事业；为了每个人的利益，我必须爱丈夫，不论他贫穷还是富有……"这个祷文充分地体现了男人控制女人的强烈欲望。为了不让女性颠覆男性的自我地位，谨慎地让鲁思天天阅读《好妻子祷文》，如同洗脑一样，让女性的他者地位深深地植根于女性的脑海中。然而，让男性们始料未及的是，鲁思读完了《好妻子祷文》之后，并未感到欣慰，反而更助长了她内心的仇恨。鲁思说："我想要的是索取所有的东西，而毫无回报，我想要的是压倒男人的钱包和心的权力。"至此，在鲁思的内心世界，产生了控制男人的渴望，燃起了建立"自我"的意识，决心挣脱被控制的"他者"处境。

波伏娃的存在主义女性主义观点还体现在女性作为妻子、母亲、职业女性、妓女、自恋者等角色，从根本上说都不是女性自己创造出来的，而是由这个生产社会的男性世界所提供出来，并为这个男性世界所认可的。她认为女性被男性建构，被他的社会结构和制度建构。正如维尔登的小说《普拉克西斯》中，普拉克西斯的一生所经历的角色都归功于她身边的男性所赐。起初私生女的角色是由生父的放荡生活所致、妓女角色是由男友的自私所致、母亲角色是由传统婚姻观念所致、乱伦者角色是由男性的荒淫无度所致、谋杀者角色是由解放女性于父权社会所致……（详见第三章《普拉克西斯》多元话语叙事与女性自我意识建构）波伏娃认为女性可以成为主体，可以在社会从事积极的活动，可以重新定义自己的种种角色，也能够废除父权制规定的传统角色。而维尔登的女性人物鲁思意识到自己的"他者"地位后义无反顾地进行反抗，而普拉克西斯虽然经历了男性为她设定的各种生命角色，最终她重拾自己的生命，"我已经放弃了我的生命，然而却又被重拾回来。我周围的墙壁垮塌了，我能够触摸到、感觉到、观察到与我生活在一起的人们了。"当女性们发现"无论选择哪条路，道路都会变窄受阻"时，一语道破女性在父权社会中的艰难存在现实。现实是残酷的，最终现实需要解放。厄玛说："你不应当为个人投入得太多，要坚持团体运动，那正是男性得以成功的方法。"这也是维尔登的观点，她借自己笔下人物之口说出一个道理：女性解放的出路在于团结起来，超越个人的局限性，作为一个群体共同摆脱女性的他者性。没有任何事情、任何人可以永远阻碍一个坚定向前的女性群体。

（六）后现代女性主义

20世纪80年代出现的后现代女性主义具有颠覆性，不仅要颠覆男权中心主义的秩序，而且要颠覆先前女性主义存在的基础。后现代女性主义者比如埃莱娜·西苏（Helene Cixous）、露丝·伊丽格瑞（Luce Irigaray）、朱莉亚·克里斯多娃（Julia Kristeva）与波伏娃一样，都聚焦于女性的"他者性"，她们对传统女性主义思想表示怀疑，以至于完全拒绝这一传统。她们虽然在某种程度上依赖波伏娃、德里达和拉康的哲学观，但这并不意味着她们支持任何一位思想家的政治观。尽管某些后现代女性主义者写作是把理论当作艺术形式来表述，但另外一些人写作则是为了激励女性，激励女性改变她们在现实世界中的存在方式和行为方式。大多数后现代女性主义者的确在理论上出类拔萃，但她们在女性主义写作实践中不知多大程度上表现出新见解。后现代女性主义者接受了波伏娃对他者性的理解，却将其颠倒过来。女性仍然是他者，但后现代女性主义者明确宣称他者的种种优越性。他者性也可以成为一种特别的存在方式、思想方式和讲述方式，他者性的存在使得开放性、多重性、多样性和差异性成为可能。在解构思想中，不属于社会特权群体的成员自有其优势。后现代女性主义者赞美女性的身体、生育和性器官，赞美女性区别于男性的差异美。然而她们却拒绝被归为"本质主义者"一类，她们对主体的消解和去政治化的倾向，使它与传统女性主义理论有了明显的理论裂痕。

在《她不会离开》中，有一个章节的题名是"左倾思想"，其中介绍了女婴基蒂的太太祖父、太祖父、曾祖母、祖母和母亲的思想，也许由于基因遗传的缘故，他们脑海中都充满着某种"左倾"的思想元素。基蒂的太太祖父在1897年成为一名音乐家，并联合性科学家共同编写了《坎特伯雷的大教主》来颂扬争取性自由权利的年轻女性，后来因此丢掉了皇家音乐学院主任的工作，为早期的女性主义发展做出了牺牲；基蒂的太祖父是著名的作家，也站在了女性主义者的一边；基蒂的曾祖母旺达和她的三个女儿苏珊、塞利娜和弗兰西斯，具有相同的"左倾"思想，塞利娜夫妇曾经参加过反对越南战争、反对种族隔离、反对伊拉克战争的游行；基蒂的母亲海蒂也参加过反对乔治勋章的示威游行。"那么我想知道基蒂将会如何安排她未来的生活呢？假如她继承了父亲的基因，也许将来会为非政府组织做事；但假如她继承了母亲的基因，她会具有特殊的才能而成为音乐家、作家、画家，甚至于具有反抗思想的戏剧家。"海蒂对于小女儿基蒂未来会经历怎样的生活表示出疑惑。维尔登罗列了基蒂祖祖辈辈为女性的解放付出的努力，暗示出未来的女性主义出路将在何方。对基蒂的未来生活方式的这种不可预见性，体现出后现代女性主义不拘泥于传统、不依赖任何思想，寄希望于未来的"虚无"和"缺席"一代。而"具有反抗思想的戏剧家"这一职业，暗示未来的女性可以拿起语言和词语的武器，打破沉默，通过讲话和写作来克服阳具中心主义和逻各斯中心主义。

（七）生态女性主义

生态女性主义集中思考人类控制非人类世界或自然界的企图，同时努力展示各种人类压迫之间的联系。人们一般认为，女性在文化上与自然联系在一起，女性主义与生态问题间存在着概念、象征和语言的联系。所有生态女性主义者都相信，人类彼此相互关联，人类同动物、植物和静态物质等非人类世界也相互关联。不幸的是，我们互相施暴，对自然施暴，并庆贺自己的利益得到保护。生态女性主义者们想让多数人们认识到人类的压迫和统治是多么残忍和失去理智。《女恶魔的生活与爱情》中，维尔登一开始这样介绍鲁思"我喜欢园艺，我喜欢控制自然，从而使事物更加美丽"。小说结尾又谈到变成女恶魔的鲁思"清晨我坐在床边看着窗外的景色，有人说是我把窗外的景色毁掉了，我栽种了假树林，安装了带喷泉的花岗岩鱼塘等等，但是我喜欢这样做。自然已逝去的太多太远，它需要的是控制"。控制自然、改变自然成为维尔登控诉的主题，通过否定女恶魔一系列毫无人性的破坏他人生活、破坏自然、破坏自我的反生态女性主义行为来呼吁生态女性主义的到来，呼吁女性要善待他人、保护自然、呵护自我的生态主义行动。

维尔登的小说创作与女性主义发展历程密切地联系在一起。多重的女性主义创作内容赋予了维尔登个人女性主义观念。然而，20 世纪 70 年代出现的生态女性主义将生态学与女性主义结合在一起，并在 20 世纪 90 年代得到重要发展。维尔登在这个时期的创作，也潜移默化地受到了生态女性主义观点的熏陶。生态女性主义反对人类中心论和男性中心论，主张改变人统治自然的思想，并认为这一思想来自人统治人的思想。它批评男权的文化价值观，赞美女性本质，但并不完全是本质主义的，它反对那些能够导致剥削、统治、攻击性的价值观。维尔登小说中描述的家庭破裂多以男主人的出轨为起因，继而引发了女主人的一系列保卫家庭甚或报复情敌的行为。然而，随着时代的前进，女性保卫家庭的方式也逐渐发生了变化。在生态女性主义着重发展的这段时期，维尔登的《女恶魔的生活与爱情》《宝格丽关系》和《她不会离开》三部小说蕴含着浓厚的生态女性主义色彩。随着时间的推移，这三部小说对女性挽救情感和保卫家庭的态度转变进行了不同侧面的刻画。

1983 年创作的《女恶魔的生活与爱情》中，鲁思为了反抗前夫波波情感上的背叛，步入了一条极端复仇的不归路，我们暂且称之为"极端情感"；2001 年创作的《宝格丽关系》中，格蕾丝在与前夫离婚后，进行极端报复未果之后趋于理智，终以自己的智慧找到了情感归宿，我们暂且称之为"理智情感"；2006 年创作的《她不会离开》中，海蒂与马丁虽未结婚，但在感觉到同居恋人马丁与保姆的暧昧关系后，海蒂抱有一种顺其自然的生态女性主义态度，选择了离开，我们暂且称之为"生态情感"。从极端情感到理智情感和生态情感这个过程来看，维尔登笔下的几位女性在不同的时代和作品中选择了不同的方式去应对男性不忠的行为。20 世纪 70 年代以来，西方社会女性的地位与思维方式悄然地发生着改变：西方女性不再是一味地依靠自己的丈夫而生活，"丈夫"也不再是享有无上权威的角色，在男人背叛女人情感之后，女性也可以按照自己的意愿去选择挽救还是放弃情感或家庭。《女恶魔的生活与爱情》中的鲁思竭尽全力去挽留情感，不惜付出任何代价让前夫波波回到自己身边；《宝格丽关系》中的格蕾丝理智地放弃前一段情感，积极地寻求新归宿；《她不会离开》中的海蒂面对马丁的不忠，从容地放弃了这份情感，逃离了家庭生活去寻找昔日的宁静。然而，这三部小说通过女主人公的不同选择，分别从不同的角度分析并表达了对于生态女性主义的呼唤，从而使生态女性主义生活态度走进维尔登小说读者的心中。

1. 对反生态女性主义的否定——《女恶魔的生活与爱情》

20世纪70年代产生的生态女性主义把反对压迫、妇女解放和解决生态危机一并当作自己的奋斗目标，实现女性与自然的共同发展。《女恶魔的生活与爱情》出版于1983年，维尔登小说通过对反生态女性主义行为的否定来呼吁读者对生态女性主义生活方式的关注。小说中的鲁思为了从情敌玛丽的身边夺回前夫波波，设计陷害玛丽和波波之后，飞往美国进行整形美容，变成了翻版的玛丽，并偷窃了波波银行中的存款，最终"美丽"富有的鲁思夺回了之前失去的一切。然而，依靠高科技整容手术而换来的"美丽"，却恰恰是对女性"自然之美"的破坏和摧毁。这种自我摧残的背后隐藏着一颗为了俘获男人而不惜忍受美容手术之痛，这种自我破坏与其说是一种为了报复情敌的手段，不如说是向男人权势低头称臣而已。因为为了获得男人的情感，为了获得男人的关注，为了获得"他者的凝视"，而对自我进行美容整形，这种行为不仅没有解放女性自身，反而承认了女性"第二性"的地位。小说中鲁思这样认为："个头矮小的女人可以仰视男人。但是六英尺高的女人就很难做到这一点了……我嫉妒！嫉妒每一个个头矮小、漂亮的女人，嫉妒她们从世界开创以来就能够仰视男人并靠男人生活。"除了整容之外，鲁思为了更好地实施报复竟狠心地把一双儿女扔给负心的丈夫不管不问，置之不理。鲁思烧毁了与前夫的房子后，把孩子送到前夫与玛丽的新住所，离开前前夫波波问道：

"……"

"那你打算去哪？去朋友家吗？"

"什么朋友？如果你想的话，我可以留在这。"

"你知道这是不可能的。"

"那我就走。"

"但是你得留下一个地址。"

"不可能，我没有任何地址可留。"

"但是，你不可以抛弃你自己的孩子啊。"

"我可以的。"鲁思回答道。

这样鲁思把与自己的身体最亲近的一部分——孩子，也抛弃到了遥远的地方，彻底地失去了女性的自然气质。由此可见，鲁思为了报复前夫波波的出轨行为，摆脱情感上男人的支配地位，寻求女性自身解放，结果是走到了与人类（不管是男性还是女性）的极端对立面中去。鲁思不仅伤害了前夫波波和情敌玛丽，同时也对自我进行了摧残，以致这样的女人已经变成了"女恶魔"。"女恶魔除了对自己好点之外，对他人只有破坏。最终，她赢了。"我们从小说《女恶魔的生活与爱情》的题目中可以见出，维尔登把鲁思定义为"女恶魔"，本身就是对鲁思的破坏性反生态女性主义行为的一种否定。这种极端地追求摆脱女性压迫和解放的行为与生态女性主义的人与人、人与自然的平等和谐相处原则相去甚远。因此，在《女恶魔的生活与爱情》中，维尔登通过否定一系列反生态女性主义的行为来呼吁一种生态主义生活方式的到来。

2. 反"菲勒斯中心主义"的生态女性主义——《宝格丽关系》

生态女性主义产生在后现代主义的上升时期，它继承了后现代主义的反中心、反传统、反权威的理论立场，它挑战、批判、解构"逻各斯"中心主义，其批判主要表现在两个方面：在人与自然的关系方面，生态女性主义批判、解构"人类中心主义"；在权力与秩序的关系方面，生态女性主义批判、解构"菲勒斯中心主义"。小说《宝格丽关系》出版于 2001 年，正值后现代主义上升时期。维尔登通过格蕾丝找到比自己小 26 岁的恋人和儿子的同性恋趋向表明，男人在与女人的关系中不再是高高在上、趾高气扬了。生殖已经不再是男女之间必须完成的任务。男人和女人应该互相关爱对方，而不是一方统治着另一方。女主人公格蕾丝起初接受不了与巴利离婚的现实，曾一度企图开车撞死情敌桃丽丝，但后来她还是平静地接受了离婚事实，并寻找到了属于自己的另一份感情。尽管年龄上她比男友崴尔特大 26 岁，但在 21 世纪的后现代主义时期，年龄差距已经不是感情上的障碍。同时，格蕾丝与前夫巴利所生的儿子卡迈克尔步入了"同性恋者"的行列。如果说"异性恋"代表了生殖，反映生产，相反，"同性恋"恰恰否定了生产。后现代时期的爱情和情感已经摆脱了过去传统婚姻的种种束缚，比如年龄差距和性别限制在这部小说中已经不成为情感和婚姻的障碍：老女人和小男人，老男人和小女人之间，甚至男人和男人之间也可以产生爱情，也可以结婚，而结婚也不再意味着生殖或传宗接代。在情感上人们更加趋向于尊重个人的直觉和感性需求，不再用理性来制约和束缚人自身的本真需求。女性们正试图从根本上摆脱那种附属于男性的地位，实现女人和男人的平等和谐相处。

"我爱崴尔特，罗斯曾说过，治愈男人带来的伤痛的唯一办法就是寻找另一个男人……"罗斯（格蕾丝的朋友）一语中的，男人的地位并非不可撼动，女人也有选择其他男人的权利，没必要再为一个男人而伤心欲绝。"她（格蕾丝）有一个儿子，但现在澳大利亚，已经长大成人。基于对基因技术的模糊理解，他（崴尔特）认为假如他们想要孩子，年龄将不会成为障碍：既然科学家能够克隆绵羊，那么他们什么都可以克隆的。"因此，女人和男人在一起，生殖和养育孩子变得不再重要。如果确实想要个孩子，克隆技术完全可以满足人的需求，无形中男性作为"第一性"的权力进一步被削弱了。

"格蕾丝的画像在帆布上闪现出来，她说他（崴尔特）在恭维她，他让她自己看起来更年轻了。他说他只是画出自己所看到的而已……""他（崴尔特）用手纸擦油污时高兴地注意到，他的双手不再像孩子那样白皙——这是一双男人的手，有力而坚定。自从他遇到格蕾丝，他长大了。"从这些描述中，我们可以发现，崴尔特的爱让格蕾丝变得年轻了，而格蕾丝的爱让崴尔特变得成熟了。男女之间的爱应该是相互平等和谐的，不应该是男性凌驾于女性之上，并以此来压迫女性的情感。格蕾丝作为新时期女性，解构了"菲勒斯中心主义"原则，成功地摆脱了前夫带来的情感阴影。维尔登的写作在后现代主义时期顺应了生态女性主义的发展趋势。

3. 生态女性主义关怀——《她不会离开》

1974 年，法国女性主义者弗朗西丝娃·德·奥波妮（Françoise d'aubonne）在《女性主义·毁灭》一文中呼吁女性参与拯救地球的工作时，最先提出了"生态女性主义"这一术语，这标志着西方生态女性主义理论研究的开端。奥波妮将生态运动、女性运动结合起来，致力于建立新的道德价值、社会结构，反对各种形式的歧视，希望通过提倡爱、关怀和公正的伦理价值，尤其是对于社会公正的提倡，最终可以以相互依赖模式取代以往的等级制关系模式。

小说《她不会离开》出版于 2006 年，距离我们生活的年代非常近，可以说小说中的故事情节就源自当下。小说中女主角海蒂和同居男友马丁生下女儿基蒂后，由于乏味的家务和对女儿照顾责任缠身，两人之间的交流减少，感情疏远。自从年轻保姆进入这个"家庭"后，"她不会离开"了。而家庭女主人海蒂的反应并不像先前 20 世纪 80 年代《女恶魔的生活与爱情》中的鲁思和 21 世纪初期《宝格丽关系》中的格蕾丝那样为了报复男人的情感出轨，而对前夫和情敌实施报复。此时的海蒂作为当代的女性却选择了离开。海蒂起初就没有选择结婚，以婚姻来保卫自己的爱情。此时面对马丁的情感出轨，她非常自然地成全了男友和保姆的结合。就在读者为海蒂感到惋惜时，小说结尾却道出了海蒂的想法："事实是我已经忍受不了琐碎的家庭生活了，为我感到高兴吧，因为我是幸福的。"让读者分不清到底是谁首先放弃了家庭生活，是马丁？还是海蒂？显然，在马丁与保姆的结合过程中，海蒂起到了推波助澜的作用。因此，海蒂作为当代西方女性拥有了为自己情感做主的意识。爱了就爱了。为了爱，女人可以承担家务和养育孩子；然而一旦不爱了，女人也可以毅然地放弃，重新选择自己想要的平静生活。这样的离开没有损害到任何人的利益，夫妻没有反目成仇，情敌之间没有为爱复仇。在维尔登后期的作品中逐渐透露出了一种平静而"环保"的女性主义思想。"环保"蕴含着女性对家庭、对他人的一种谦让和容忍，对自己的身体与心灵的呵护。在保姆来之前，海蒂对马丁说："我们现在都是欧洲国民，我们必须热情地欢迎她的到来。""海蒂能够教她学知识、启迪她的思想、告诉她城里人是如何生活的。"海蒂对保姆的关怀体现了"把关怀、爱、友谊、诚实和互惠作为自己的核心价值"的"女性原则"和"生态原则"①。

维尔登的小说创作离不开女性主义这一灵魂。维尔登作为当代的女性作家，通过小说创作对新世界的男人和女人寄予了美好期望。期冀读者自己去构想女性主义运动的发展，然后理解为什么维尔登笔下的女性在父权社会的压迫下变得激进、仇恨并充满着难以置信的反抗力量；理解为什么维尔登笔下的女性在 21 世纪的当下社会中，完全可以摒弃所有激进和仇恨思想，在当下的物质环境中经历觉醒和自我价值的实现，转换到一种生态而环保的生活方式。女性主义的发展为整个人类的进步做出了不可磨灭的贡献，而维尔登的文学创作为女性主义的进步奉献出了自己的智慧，并丰富了女性主义发展的多样性理论。

---

① 方刚，罗蔚. 社会性别与生态研究［M］. 北京：中央编译出版社，2009：150.

第三章

维尔登的后现代主义文本艺术

一、后现代主义语言与幽默

维尔登是一位善变的作家，表现在《到女人中去》中插话式的叙事，以及《女恶魔的生活与爱情》中的牵强附会。然而，她对于消费社会的谴责却得到了许多人的认同。她表扬塞尔曼·拉什迪（Salman Rushdie）在创作中观察众人的命运，在阅读中拓展生活知识，阅读才具有意义。然而具有讽刺意味的是，维尔登的创作却因为满足了消费者的需求才得以成功：易读的文字、令人激动的故事情节以及清晰的观点。广告编写职业经历赋予她独特的写作特点，推动了其创作过程，然而有时却过于明显化。一行广告标语将许多评论转换成道德箴言（体现真理简明扼要的话）。1982 年维尔登宣称："对于道德的讨论——才是使一个剧本或一本书变得有趣的唯一要素，也是评判大量书籍是否恰当的标准。"她是个有道德的人，然而却因为喜欢娱乐搞笑而得到了较低的评价。"对于永恒爱情的幻想就是天真的含义"，"当自身过多依赖于罪恶和痛苦时，我们又怎能希望自己死去呢？"维尔登小说情节具有电影式的特点，既直观又生动。概念总是依托视觉形象来展现，例如一位孤独的妇人独自在床上写作；这正是其小说适合被改编成电视剧的原因，她也因剧作家、编剧家和广告人的身份而广为人知。基于这些原因，维尔登的现代寓言才获得了广泛读者的认同。

伊丽莎白·哈德维克（Elizabeth Hardwick）认为女性作家不能与男性作家在同一基础上相竞争，因为两性具有永恒不变的不同经历："女性具有较少的生活经历……残忍、身体折磨、难以想象的肮脏。"维尔登［也包括托尼·莫里森（Toni Morrison）、南非作家贝茜·海德（Bessie Head），以及其他女性作家］描写了女性所经历的难以想象的肮脏。维尔登进一步声明这个被排斥的群体（尽管数量大）能够比男性更清晰地解释我们所处的社会状况。面对女性的遭遇，维尔登非常气愤，以女性经历为原型创做出许多寓言故事。因为她无意于效忠某一个团体，因而她得到了广泛观众的认可。维尔登重视母亲和姐妹身份，但是却没能摆脱对她们的自相矛盾的态度。而多丽丝·莱辛在《黑暗前的夏天》（*The Summer Before the Dark*，1973）中描写了一位中年女性试图与这些矛盾做斗争。两位作家在小说创作中都积极地树立女性自我意识并做了许多的实验，但我们不应该向这些小说家强求解决方式，维尔登也不应该因为呈现出自相矛盾的态度而受到责备。

作为一位女性作家，维尔登具有很大的抱负。正如安东尼·伯吉斯（Anthony Burgess）一样，从关注个人暴力转向政治权力暴力，维尔登处理的主题也发生了很大转变：我们如何尽最大努力改变自己和与他人的关系；我们能否独居。《普拉克西斯》的确是体现了维尔登的观点和主旨："我想审视我自己，去探求真理，找到你我痛苦的根源，想弄清痛苦来自外界还是我们生而有之，或是我们强加给自己的。"

每一部小说都体现了维尔登独立思想和日趋成熟的艺术技巧。她的创造才能对于未来的发展是无法估量的。阿尼塔·布鲁克纳（Anita Brookner）这样评判她："一位思维敏锐而风格独特的女性小说家"，然而，戴维·洛奇（David Lodge）认为她是最具实验性、最具天赋的小说家之一。他说维尔登"有意识地嘲弄传统现实，通过时间的措置，惊奇、诙谐、讽刺和抒情的多层叙述中让人心情愉悦"。她把读者带入语言结构本身当中，抒情与小叙事互相穿插。她采用后现代主义的两倍行距停顿方式进一步达到自己的目标。这种手法成为一种文体策略，如同散文中的停顿一样。维尔登因为打破了传统结构而被视为后现代主义作家，尤其当形象控制了人类时她能够及时地予以抨击。巴特（Barthes）在《形象文化》（*The Civilisation of the Image*）中坚持说我们的文化越来越多地受到形象的支配，人的主体无法去创造和控制。维尔登帮助我们去控制或至少限制文化和媒体强加于我们的负面女性形象的影响。

（一）语言的激进主义特点

维尔登开始写作的时间正值玛格丽特·德拉布尔（Margaret Drabble）第一部小说问世后的几年时间里，正值女性开始争取政治权利之时。维尔登创作前几部小说与女性解放运动的开始在时间上正好相契合，她强调性别差异及其对女性和女性间关系的影响，一度成为20世纪70年代某些激进女性主义者的代表。

维尔登关心当今的各种关系，她强调是女性书写着当今主宰我们的社会问题，男性正开始跟随。她描绘的不仅是婚姻和母亲们的困难，而且指出了维持任何稳定关系的困难所在。"据我所知，只有20%的女性生活在父母和孩子在一起的基本家庭结构中，而大多数的女性将不得不面对自己生命的结束和疾病。"① 她指出了弗洛伊德学说对下一代人心灵的毒害，也洞察到了对女性的虐待，因而试图驱除掉这些对女性的毒害和虐待行为。她向许多限制女性潜力的固定家庭女性形象发起了进攻。她在广告业工作的几年时间里，练就了一种用标语来嘲弄标语的能力。"义愤给予了我动力，我有很多话要说，因为赋予女性的生活是不公正的，那种情感让我开始写作。女性的生活假如不能比男性的生活更加有趣的话，至少可以同样有趣。"②

尽管对某些女性主义态度抱有讽刺意味，但维尔登与许多女性主义思想态度是一致的。有两位作家的观点与她的观点极其相近，一位是朱丽叶·米切尔（Juliet Mitchell），一位是杰曼·格瑞尔（Germaine Greer）。维尔登赞同米切尔的有关四种结构必须得以转换的观点：生育、繁殖（再生育）、性以及孩子的社会化。维尔登的研究与其他的小说家相比，描写更多的是家庭女性在经济方面的困难，偶尔也反映工作中的女性为了微薄的工资而擦洗地板或者打字。其小说中"被解放了的"母亲们被家庭和工作双重负担折磨得筋疲力尽。

尽管维尔登声称制度是错误的，但这并不是针对米切尔的马克思主义基础。她列出了于1970年出版的《女太监》（*The Female Eunuch*）中相似的主题："浪漫的爱情曾是展现在女性面前的冒险之一，现在它结束了，婚姻是浪漫爱情的结束。"③她们两个都展示了女性习惯于被压

---

① KENYON O. *Women Novelists Today A Survey of English Writing in the Seventies and Eighties* ［C］. New Your：St. Martin's Press，1988.

② 同①.

③ GREER G. *The Female Eunuch*［M］. New York：Harper Perennial Modern Classics，2008.

抑，受到男性的愚弄。她建议变化应该从家庭开始，正如《女性朋友》结尾中发生的那样，个人的即是政治的，前提是显而易见的了。格瑞尔支持女性应该拒绝婚姻，这种观点解放了许多维尔登笔下的女主人公。她们对于性是完满生活所必需的观点表示怀疑，但她们都不反对生孩子，有一种女性主义世界观关注女性的经历。男性虽然短期内得到女性的爱慕，然而却经常被视为敌人。假如女性能够"把自己从满足他的期望的欲望"中解放出来，维尔登小说的结论为寻求这种解放和改变提供了希望。米切尔和格瑞尔都看到了文化和思想中对女性的压迫，而维尔登还分析了生物学的影响，她并不赞同生物决定论。她认为生孩子和荷尔蒙的变化限制了女性的潜力。"自然是女性的敌人，给了我们痛苦的经期、粘膜瘤和头痛病。"她的文风由于直截了当地谈论女性身体经历而得以转变，维尔登结合新闻文体和诗体性语言对女性身体表达出愤怒。在德拉布尔的小说中没有清晰表达出来的观点在维尔登这里现在变得清晰起来。

　　维尔登为我们这个时代创作了预言，从我们日常的生活进行创作。她摆出了对抗20世纪70年代早期思想的态度，从而变得非常政治化，但她坚持"现在许多人比我说得更好，所以我只能是更加文学性化了。"①对于近几年的社会形态变化的观察非常敏锐，从女性小世界中创造出新的神话。"故事来自你所读的报纸和所看到的电视内容。"②

　　她按照时间的顺序，揭示了《胖女人的玩笑》中的反叛女性身体

---

①　KENYON O. *Women Novelists Today A Survey of English Writing in the Seventies and Eighties* ［C］. New Your: St. Martin's Press，1988.

②　同①.

固定形象认识,《到女人中去》的愤怒声音,还有《总统的孩子》中的世界政治的批判。她对于社会的解释武断吗?她只是试图通过拒绝当今的意义去理解我们的文化,从而开创不同未来的可能性。她的创作特点主要是通过群体来呈现多元的观点;通过生动形象的细节把一个情节、一次争吵和一段关系紧密地结合起来;善于将时间前后颠倒,通过变化来认识整个世界;最重要的是,她具有一种独特的幽默方式,对社会嘲讽性的幽默,包括俏皮话和闹剧。

(二)与艾薇·康普顿·伯奈相比较

尖刻的语调和简洁的叙事,是维尔登独特的风格。但是人们在她的作品中可以感觉到 1969 年去世的艾薇·康普顿·伯奈(Ivy Compton-Burnett)对她的影响。她们的短篇小说都将戏剧、喜剧或情节剧与社会评论相结合。康普顿·佰奈于 1925 年开始创作,《牧师和教师》(*Pastors and Masters*)是一部特殊的悲喜剧。这部小说摒弃了所有传统,除了赢得了几个人的喜爱之外,和其他女性作品一样遭到了排斥。康普顿·佰奈在英国小说史上是个相当特别的人物,她共写了二十多部小说,作品从未畅销,读者群相对狭小。即使是主修英国文学的英美大学生或研究生,没读过她的书的也大有人在。但批评界一直对她评价不错,文学史也总要提她一笔。1979 年《二十世纪文学》杂志特地为她出了一期专号。人们公认她的作品风格独特,自成一家,但却拿不准她到底够不够格跻身"主要"作家之列。连她的热忱爱好者也说:"她似乎根本不知马克思、弗洛伊德或凯恩斯的存在;可能从未读过乔伊斯、伍尔夫或海明威;只是一遍又一遍、一本书又一本书地写生活在同一未明确指定的时期,住在同一种乡村大宅中的同一类人。一位小说家的眼界如此有限……怎么好被冠以'伟大'呢?"然而,反过来说,一个视野"如此有限"的作家为什么一直未被忘却,并赢得了一批忠诚不渝的读者呢?她的小说很少交代情节或描写人物场景,只有没头没尾的关于家庭琐事的对话。渐渐地,我们发现了琐事闲言背后的利益角逐、道德危机,甚至是很有戏剧性的冲突,却又深感她所展示的世界暗淡、狭小、窒塞,薄薄的机智和幽默下埋着无可解脱的幻灭感,实在让人读罢为之心冷。相比较而言,维尔登的小说获得了较多的欢迎,入列英国皇家文学协会、广播剧本获得了许多奖项、短篇小说集《坏女人》获得了 1996 年度国际笔会/麦克米伦银笔奖(PEN/Macmillan Silver Pen A-ward),然而却未曾获得过布克奖,只是在 1979 年因《普拉克西斯》获得布克奖提名。假如康普顿·佰奈不能冠以"伟大",那么维尔登也许也不能享有"伟大"的评价,之所以"伟大"远离这两位书写风格相近的作家,追其根源不外乎她们的创作颠覆了以往的文学传统,颠覆了宏大的叙事风格。就维尔登个人而言,传统的布克文学奖也许永远跟不上其创作的步伐,也无法衡量其创作的深远意义。

康普顿·佰奈的小说首先引人注意的是它的形式:它们几乎都是以对话构成,常规的叙述被压缩到了最低限度。因此有人说它们是"戏剧式"的。这些作品有一个相对固定的模式,讲述的总是生活在某个未点明的时期(熟悉英国的人能认出是维多利亚时代晚期至爱德华时代)的一个大家庭:包括父母和一大群儿女,有时还有祖父祖母。他们住在旧式大宅里,其中的父亲或其他"掌事儿"的家长多半是"暴君";孩子们和一些无权无势的依附者(如穷亲戚或家庭教师)则往往是"受害者";此外还有一些起"合唱队"陪衬作用的"相关人"或

"旁观者"。日常事务常常孕育或导向危机，于是在一个关键时刻揭露出家庭中的种种不和、不幸和罪孽：冷漠、仇视、欺骗、抢夺、通奸、乱伦、陷害以致谋杀。维尔登受到了康普顿·佰奈的影响，通过情节的发展来呈现事件的恐怖性。小说中的"对话"带有个性化语调，诙谐和简洁的"对话"表达出无法言说的愿望和想法。"女性只有为自己服务才能实现自我""我们的正义感在身体精疲力竭之前就已消失殆尽""人类所有的情感在家庭中都能找到自己的位置，所有阶级压迫、性别压迫以及年龄压迫""外貌不一定代表着真理，但我们也找不到其他代表真理的东西了"①。在此引用的句子正体现了她们出色警句格言的书写才能。

康普顿·佰奈与维尔登两位作家的相似点非常明显。首先，她们都通过微观家庭对男性（和女性）的专制统治进行讽刺性批判，她们笔下的女性人物在能够养活自己的情况下拒绝婚姻，她们都表现了英国女性如何将社会压迫的道德观念内化吸收。将生活视为残酷的经历，揭示资产阶级仇恨引发的挫折、空虚、私通、乱伦甚至是盗窃和谋杀。在权力和性之间，康普顿·佰奈对权力更加感兴趣，两人都关注女性争取权力所付出的努力。维尔登在《女性朋友》和《普拉克西斯》两部小说中却表达了"没有对权力的争夺就不会有悲剧发生"②的观点。其次，她们对极度个人主义倾向都不太赞同，对集体无意识却情有独钟。这点从她们作品的题目可以见出：康普顿·佰奈的《房子与主人》（*A House*

---

① KENYON O. *Women Novelists Today A Survey of English Writing in the Seventies and Eighties* [M] . New York：St. Martin's Press, 1988：118.
② 同①.

and its Head，1935），维尔登的《小姐妹们》（*Little Sisters*，1978）、《到女人中去》（*Down Among the Women*，1971）和《女性朋友》（*Female Friends*，1975）等。康普顿·佰奈学的是古典主义，作品中具有一种命运惩罚与宿命论调。而维尔登学的是经济学，作品中表达了20世纪70年代潜在的逃离意识。当然康普顿·佰奈采用的技巧不同之处在于，在孤立的背景中来刻画一群人，而且很少提到生理学方面的知识。20世纪晚期维尔登却在《马勃菌》中突出了对女性身体的描写。同时，维尔登对于当代的文学思潮以及社会政治、经济、科技、文化等领域新的发展动向极其敏感，并能结合自己对历史和现实的知识，在其文学创作中做出反应。

（三）隐喻与幽默叙事

瑞吉娜·巴莱卡（Regina Barreca）说读者认为传统文学语言具有隐喻性，但是某些女性主义小说家将死亡隐喻置于文学作品当中。之所以这样做是为了拒绝社会秩序和上帝的再生。隐喻叙事具有喜剧性、颠覆性和"启示性"的效果而非以前的拯救效果。在《女恶魔的生活与爱情》中隐喻叙事非常明显：鲁思把自己反锁在浴室里，而丈夫波波却在门外开始数落她："你是个坏母亲、坏妻子、糟透的厨师，事实是你根本就算不上是个女人，我觉得你就是个女恶魔！"这些话让鲁思吃了一惊，但却变得异常清醒："我明白了，我以为我是个尽心尽力，任劳任怨的好妻子，然而我错了。"波波的侮辱激怒了鲁思，愤怒使她决心获取权力："假如你是个女恶魔，思想立刻会清晰起来，打起精神来，不必感到羞耻，不必有罪恶感，也不必为做好使自己筋疲力尽，只有……你想要的东西。"鲁思为了得到自己想得到的东西，首先与许多令人讨厌的人发生性关系：眼睛患结膜炎的传销人、有虐待狂的法官、冷酷而小气的牧师。这样的做法表明她对男人不再感兴趣，而不只是针对丈夫。鲁思引诱的第一个男人并非是年轻迷人的男人而是一个大脑受过伤的老头，名叫卡弗，他受雇于运动场的管理员。这是她第一次出轨，这次出轨证明女人也可以跟坏男人一样成为坏女人，然后把自己变成人人都喜欢的美女，不管内心是多么的肮脏。如同浮士德一样，鲁思把所有关于女性的传统习俗同强大的新身份相交换。在小说结尾，无法被人接受的身材高大、笨拙和丑陋的鲁思经历了痛苦的美容整形使自己变成了美女——变成了一个意识上被建构，身体上被包装的女人。这部小说中妻子的嫉妒和复仇吸引了读者同时又令读者，感到厌恶，因为鲁思沉浸于这种新的却毫无尊严的喜悦之中。《女恶魔的生活与爱情》在结构和主题方面对浪漫爱情小说提出了质疑和结构上的反叛。《纽约时报》评价维尔登是"彻底反爱情的小说家"。通俗文化批评家珍妮·杜比诺（Jeanne Dubino）认为爱情小说注重"一见钟情"并强化了文化对女性的要求，女性经过追求并走向婚姻才能使自己的存在赋有意义。除此之外，爱情小说还暗示女性不应该相信自己感知世界的方式。卡罗琳·海尔布伦（Carolyn Heilbrun）认为追求的过程给女性一个"备受关注的短暂时期"，这也是她们被规定的无数生命存在方式中最经常和最生动的一部分，以此来鼓励女性接受整个一生被排斥的状态……"①

在第一段，鲁思批评"玛丽·费什写了许多关于爱情本质的小说，她说的都是谎话，她是个写爱情小说的作家，她在欺骗自己，也欺骗全世

---

① CAROLYN G. Heilbrun, *Writing a Woman's Life* [M]. New York: W. W. Norton, 1988: 21.

界。"玛丽·费什的"生活诠释了爱情小说叙事，也诠释了爱情小说产业。"① 鲁思追问，"假如波波在身边，谁稀罕多情、迷人的铠甲骑士？玛丽将自己的小说变成了现实。"小说中，维尔登警告说："为女性提供安全和保护，被视为女性理想的命运，但这种安全和保护中却没有冒险，或没有经历，或没有生活。"② 巴莱卡认为维尔登将爱情小说世界完全颠覆，喻示世界根本就不存在公正。

18 世纪以来，简·奥斯汀虽然表现出了女性讽刺幽默的才智，但是现在女性依然被认为比男性更缺乏幽默感。当然女性很少俏皮喧闹，毕竟她们很少有嘲弄传统、开玩笑、使用大胆的语言或是扮演滑稽角色的自由。"然而，最终女性更加自由了，因为她们在经济上不再依附于男性。"③现在女性能够独立了，她们可以在闹剧中占有同等的位置，正如艾丽斯·默多克（Irish Murdoch）的《在网下》（*Under the Net*）中所验证的那样；又如罗斯·麦考林（Rose Macauley）所采用的滑稽模仿，不仅分析了女性的地位，而且模仿了许多女性小说家："机智聪明而又富有哲学思想，她不会让读者感到无聊，因为她不会让读者失望，她给予读者希望看到的东西……"④ 在维尔登和詹妮特·温特森的小说中，女性幽默还可以运用奇异的报复性手段。在《女恶魔的生活与爱情》中，鲁思起初是一个狂欢式的人物，一位具有滑稽色彩的女巨人，六英

---

① BUBINO J. *The Cinderella Complex*: *Romance Fiction*, *Patriarchy and Capitalism* [J] *Journal of Popular Culture*, 1993, 27 (3).

② HEILBRLIN C. Heilbrun, *Writing a Woman's Life* [M]. New York: W. W. Norton, 1988: 20.

③ KEYON O. *Women Novelists Today A Survey of English Writing in the Seventies and Eighties* [C]. New Your: St. Martin's Press, 1988.

④ 同③

尺二英寸高，比她的丈夫还高出四英寸。她有一双大脚，难看的头发，脸上长有胎记。但她性情温柔、逆来顺受，跟玛丽比起来，鲁思知道自己是丑陋的，鲁思自知是一个永远变不漂亮的丑小鸭。她的朋友，纳斯·霍普金说："畸形人，我们两个就是畸形人。"霍普金有四英尺十一英寸高，体重200英镑，患有甲状腺紊乱症。这两个女性体现了女性的怪异，滑稽的体貌特征，体现了巴赫金式的狂欢效果。

自从康普顿·佰奈以来，女性使用了批判性的黑色幽默。她比维尔登更加极端，认为逃离社会和自己编织的紧身衣是毫无希望的。在20世纪60年代和70年代女性开始广泛地采用黑色幽默。穆里尔·斯巴克（Muriel Spark）首先将惊悚和超现实元素结合在一起去检验宗教问题。接着贝里尔·班布里奇（Beryl Bainbridge）对日常生活超现实主义的异常感知、《到瓶子工厂游玩》（*The Bottle Factory Outing*，1974）中讽刺性自相矛盾的事件，还有其他讽刺而欢闹的小故事。班布雷吉、斯巴克和维尔登采用了上帝的视角，根据主题和情节的需要来处理人物，并提醒我们死亡是无法避免的。小说中的人物群体代表了人类社会受到暴力、意外死亡和荒诞的威胁。她们实现了实验小说家 B. S. 约翰逊（B. S. Johnson）"小说现在应该滑稽、残忍并简短"① 的希望。

幽默是对基本概念表示怀疑的一种技巧。我们通过讽刺约定俗成的意识或者自怜自艾，从而逃离它们。维尔登笔锋尖锐，表现出"对待女性的愤怒，假如我能够选择的话，我宁可选择被严肃对待而不是滑稽

---

① JOHNSON B S. *Christy Malry's Own Double - Entry*［M］. New York：New Directions Publishing，1985：165.

地对待。"① 通过母亲原型形象，她会时不时地对几代女性过去岁月里遭受的磨难表现出愤怒。《女性朋友》中的两位母亲对于生活没有奢望，什么也没有得到，辛劳的工作、宽容、奉献、保养容颜让自己筋疲力尽。她笔下的男性人物接近于口头文学中的普通男性形象，有时如同电视喜剧片中的男性人物：欺软怕硬、吹毛求疵、好色享乐的形象，女性可以毫无顾忌地嘲笑他们。

维尔登的幽默让我们抛弃已有的观念和模式，"那些教育我们并毒害我们"的观念模式，她邪恶的幽默是为了加快改变的步伐。因此，她不厌其烦地让女性否认我们是"他者""他者"是由西德蒙·德·波伏瓦在《第二性》中第一次被定义的词语。她幽默地描写女性分娩时的尴尬场景，描写了荷尔蒙减少致使我们遭受的屈辱，她笔下的一位女性在一次空袭中奄奄一息地生下孩子，另外一位女性不小心与自己的亲生父亲上了床。"幽默成了一种突然转变的叙事方法，正如突然发生在女性身上的事情一样。"② 下面这个句子体现出了这种讽刺性的幽默："塞丽娜，竭力睁大沮丧的双眼，每天做着呼吸的练习，保持着盘腿的坐姿，没别的事情可做了。"她颠覆了我们的观念："对于男性或女性而言，召妓或从妓是一种出路，而非是一种堕落。"这些令人突如其来的惊讶是维尔登语言的主要特点之一。

自从 18 世纪以来，小说这种文学体裁就开始注重了语言作为工具的作用。现如今，在这个多元的社会中，英语作为语言以多种形式而存

---

① KENYON O. Women Novelists Today A Survey of English Writing in the Seventies and Eighties [C] . New Your: St. Martin's Press, 1988.

② 同①.

在：美国的语言、英联邦国的语言、第三世界的语言，还有现在的女性语言。维尔登的语言正是最犀利、最接近新女性心声的语言之一，她的语言经过广告撰写生涯的磨炼，富有简洁精炼的特点。她编写出这样的标语："每天吃一个鸡蛋去上班。"她利用广告文的简洁和空格等技法使其语言显得更加轻松、明快。她的语言采用了精炼段落、细致刻画、独立而简短的语句。"幽默是一种标点，因为你能在一句话里面表达出一页纸的内容。"①依据她编写电视剧本的经验，情节和简短对话必须表达一定信息。她开创了一种小说的戏剧性文体，用易读的媒体语言来处理小说基本要素。当她快速写作时，有时她会一不留神进入新闻文体那种生硬而粗线条的语言当中。

二、后现代文本审美艺术

（一）《普拉克西斯》多元话语叙事与女性自我意识建构

《普拉克西斯》是维尔登的第五部小说，通过女主人公多变的生活经历探讨了宽泛的、现实无法解决的社会问题。"这部小说是怪异的，因为这么多事情不可能都发生在一个女人的身上。"②正如伊娃·菲吉斯（Eva Figes）在《苏醒》（*Waking*, 1981）中利用一个女性整个一生来谈论女性的感受，谈论女性身体在社会中的局限性。

"普拉克西斯是一个维多利亚时期的女孩名，它含有性高潮的意思，对于马克思主义者来说它还意味着理论联系实际的实践活动。普拉

---

① KENYON O. Women Novelists Today A Survey of English Writing in the Seventies and Eighties ［C］. New Your：St. Martin's Press, 1988.

② 同①：114.

克西斯将患有唐氏综合征的婴儿闷死成为小说的转折点，也是社会女性所经历的所有事件中最让人震惊的。普拉克西斯想要解放自己的养女玛丽，要不然出于女性的母爱天性，玛丽会倾注一生的时间来伺候这个患有疾病的孩子。普拉克西斯被虚构出来，在这个使女人成为受害者的社会中，实现了这个词语的所有含义。我认识到关于女性的生活有无数的话要去说，所以我才有了写作的动力。"①

　　生命的本质本是让人震惊：一次恐怖的争吵之后，普拉克西斯的父亲离开了母亲，孤独和创伤最终让母亲变成了疯子，从此她在精神病院结束了漫长的人生。普拉克西斯第一位男友阻止她获得学位，以便于她能在经济上和情感上帮助他取得学位。她做过一段时间妓女（这是一种出路），以此开始了在伦敦的生活。在伦敦，普拉克西斯打扮得"像个洋娃娃"，找到了一位无趣的丈夫，找到了自尊，还生了两个无趣的孩子。当她离开了郊区的婚姻之后，开始了伤害别人的生活，抢走了别人的丈夫，并得到了一份薪水优厚的广告文撰写工作。这使她有机会对广告业进行批判，因为广告一半内容是虚假的，提出的口号也是编造的。她离开第二任丈夫后，在女性解放中寻找到了安慰。在新闻编辑工作中她短暂地获得了尊重，之后却试图不让玛丽陷入永久照顾患病孩子的困境，闷死了孩子。而最终，在那个"愚蠢之人看护聪明人"的女子监狱中度过了她两年的生命时光。

　　"我采用了所有称呼女性的贬义词：妓女、通奸者、谋杀者、乱伦者、偷盗者、淫妇。她是所有这些称谓的集合，但我却要一个一个地去

---

　　① KENYON O. Women Novelists Today A Survey of English Writing in the Seventies and Eighties ［C］. New Your：St. Martin's Press, 1988.

解释为什么这些词语不能真的用来称呼女人。"① 这些激进的贬义词语是由许多女性主义语言学家所推荐的。普拉克西斯代表着每一位女性，她试图抓住"你我痛苦的根源"，因此在情节中穿插着简短的、贝克特式的孤独而衰老的插曲。贝克特和维尔登都不允许我们忘记身体的衰弱、死亡以及"无法改变的痛苦往事"。这些凄凉的插曲故事提供了对情节的反思，对残酷结局的讽刺。维尔登的《普拉克西斯》的创作日渐成熟，曾经获得过布克奖提名。小说通过婚姻和精神的破裂表达出"你逃脱不了自己的本质"思想，同时提出了建设性的意见，当女性踏上智慧的道路，比如性生活不和谐的厄玛（Irma）参加了女性解放运动，女主人公选择拒绝痛苦，她们理解了女性团结和自身的重要性后，最终获得了活下去的勇气。

维尔登利用作者介入的方法来阐释自己的观点。"作者向现实发起的战争为其提供了创作的能量"。她概括了反浪漫主义和女性主义的观点，反对 D. H. 劳伦斯（D. H. Lawrence）在《彩虹》（*The Rainbow*）中所描述的意乱情迷式的性生活，劳伦斯所描写的性生活并不是维尔登所欣赏的样子，"我找不到能反映出我观念的书，所以下决心创作我想看的书。关于当今可怕的女性生活的书，大多数女性会与我的母亲或与普拉克西斯一样，耗尽自己的精力后走完自己的人生。我至少可以为她挽回 20 多年的生命。然而，这只是个故事，而非和谐的生活观。"② 然而，实验中维尔登获得了相对和谐的观点。

---

① KENYON O. Women Novelists Today A Survey of English Writing in the Seventies and Eighties ［C］. New Your: St. Martin's Press, 1988.

② 同①.

自从维尔登、卡特、阿特伍德以及其他女性作家出现以来，一场真正的革命开始了。维尔登在第一部小说出版后说："当我进入房间时，有些人却厌恶地离开"①，她通过广播和电视来探求发言的机会。"对于年轻的女性而言很难想象我们 50 年代是个什么样子，那个年代只有男性才能理所当然地写剧本，女性不可能掌握电视剧的创作技巧。我很幸运，因为我那时可以写电视广告了。所以你们所要做的是按照要求去写作，如今女性可以理所当然地去做男性可以做的事情了。"②维尔登从早年的痛苦中变得成熟，她说："混乱才是标准，男性在混乱中被引诱、背叛和抛弃"，并认为前夫"和你一样都是受害者，他要保持自己的形象，你也要保持自己的形象"。

维尔登在处理现代困惑时显得更加成熟，比如安乐死、精神病院和监狱的治疗，甚至对待女性主义成就的不同态度等问题，她表达了对女性自我和孩子虐待的破坏性影响。她要读者重新思考女性由于自我否定的社会意识影响，而对自己和亲人做了些什么，如同心理分析师一样，她想让我们面对事实，因为"事实比安眠药好，只有明白自己的处境，才会有所进步。"③

小说的最后几页显得有些仓促，因为她担心自己胎盘错位而有生命危险，两个星期内在医院赶紧结稿，等待第四个孩子的降生。小说结尾清晰地表达了通过女性的情感与支持，从混乱中寻回自我的希望。结尾的语言中具有宗教性朴素含义："我已经放弃了我的生命，然而却又被

---

① KENYON O. Women Novelists Today A Survey of English Writing in the Seventies and Eighties [C]. New Your：St. Martin's Press，1988.

② 同①.

③ 同①.

重拾回来。我周围的墙壁垮塌了，我能够触摸、感觉、观察到与我生活在一起的人们了。"

迈克尔·莱特克利夫（Michael Ratcliffe）在《伦敦时报》中评论《普拉克西斯》时写道，"它是近几年来思想最诚实而出色的英国小说之一。"① 维尔登是那种少有的作家，她能够以平稳的速度持续地进行小说和剧本创作，而且作品质量极高。

《普拉克西斯》是维尔登最为出色的作品，格调也最为阴郁。维尔登在现实生活中经历过因胎盘脱落而生命垂危的危险处境，因此她把这部作品当成了其生命中最后一部作品来创作，进行创作时格外用心。这部小说曾经获得布克奖提名，它集中了维尔登 70 年代以来全部小说所表达的主题。《普拉克西斯》是维尔登所有女性题材作品中对女性解放最充满信心的一部，人们从作品中看到的是为自身的解放义无反顾地行动起来的新女性形象。这部作品无论其简洁明快的叙述语言，还是栩栩如生的人物塑造，都达到了较高的艺术水准。

这部小说以刚从监狱释放的普拉克西斯为开端，普拉克西斯表面上是一位年迈的妇人，头发灰白而稀少、腿上的血管肿胀、笨拙的身体、含泪无神的眼睛、关节炎导致的脚趾疼痛、人们对她视而不见的生存状态。然而在小说最后一章，普拉克西斯自己起身走向医院，她的病得到了治愈，并进行了一番庆祝。她发现自己的病不是因为年龄上的衰老，而是因为营养不良，并且身体很快地恢复健康："我没有我所想象的那么老。"读者也许会感到被这位不可靠的叙述者所误导，但是维尔登认

---

① RATCLIFFE M. "Bio from the book jacket", in: *Puffball* [M]. London: Hodder and Stoughton. 1980.

为是普拉克西斯事先误导了她。普拉克西斯说，"我已经放弃了我的生命，然而却又被重拾回来。围绕在我周围的墙壁垮塌了，我可以触摸、感觉并看到和我生活在一起的人们了。"可怜的普拉克西斯在生命中先前感受到的许多人和事，现在已经通过讲述自己的故事而解放了自己。同样的，维尔登暗示语言构建本质能够帮助女性通过书写她们的生活来进行自我分析和意识建构。小说最后关于普拉克西斯的文字"这些已经足够了"，来表明对思想上无法被人接受的普拉克西斯的肯定。维尔登采用了插话式的叙事方式来书写普拉克西斯作为女性的人生体验。

小说《普拉克西斯》把两个私生姐妹普拉克西斯和海芭夏的成长过程进行了比较。普拉克西斯是一位面容几近衰老的妇人，重拾过去的生活碎片，从过去的自我断断续续地转变成现在的样子。普拉克西斯和海芭夏没能构建成功的身份，因为在童年时期没有人向她们解释过怎样才是成功的人生。"假如事情无法被说清，任何事情都有可能会发生。"妹妹普拉克西斯是小说的主角，她对世界幼稚的认识使她变得不再遵循传统习俗而生活。海芭夏作为普拉克西斯的衬托，她向社会压力低头，试图隐藏起她反传统的生活。那种压抑的生活仍然没能阻止痛苦的到来：海芭夏遭受了精神病的折磨，她的精神病是由海芭夏所生存的社会中传统习俗与现实相脱节而引起的。而普拉克西斯的悲剧通过女性身体在社会角色建构过程中展现出来：妓女、天使般的妻子、郊区家庭母亲以及谋杀者。她们的生活深深地受到社会法律的制约，她们的母亲露西没有权利，因为她只是个情妇而不是合法妻子，普拉克西斯和海芭夏都是私生子——违背社会习俗的私生子，而这些社会习俗制约了孩子的出生及其成长的环境。

1. 多元的叙事视角

维尔登的许多小说中,只有《普拉克西斯》曾获得过著名的布克奖提名,但是最终并未获得该奖项。维尔登大量的写作目的是为了提高销售量,而非为了获得外界的肯定。她这种别样的自我建构写作的方式,使得她与已为大众所接受的文学分道扬镳。维尔登公开地蔑视教授、文学系、写作课程以及文学评论,她说:"我认为评论家如同公共汽车司机,他们把乘客载到虚构的城市中,然后到处随意停车,同时又如同导游一样声称假如没有导游,城市将不复存在。"然而,正如菲努阿拉·唐玲(Finuala Dowling)所说,评论家的言论对于作者的文学事业成功与否是非常重要的。也许正是因为评论家对于维尔登的犀利言辞无法接受,因此对于其小说作品评价并不高。唐玲说1979年布克奖项的决定并不公正,因为《普拉克西斯》是一部受到许多质疑的文本,文本中传统的现实主义话语"被实验性的叙事解体所代替,并允许女性视角成为永恒的观察视角,表明女性的'他者'地位将无法被改变。"①

1979年的布克奖颁给了佩内洛普·菲茨杰拉德(Penelope Fitzger-ald),她的小说《海岸外》(*Offshore*,1978)背景设在泰晤士河边的一个大社区。在《海岸外》这部小说中,一位贫穷的母亲和两个女儿得到了富有的游船人的救助,其中一位男人承担了这个家庭的父亲角色。深陷艰难处境的单身女人需要一个富有责任心的男人,是"1979年这个时代所公认而且令人向往"的观念。唐玲提供了一个《普拉克西斯》

---

① DOWLING F. *Fay Weldon's Fiction* [M]. London: Associated llniversity Presses, 1998: 84.

没能获奖的可能原因，也许维尔登太超前于她所处的时代了，"在当代女性小说中体现了真实并反规范约束的张力。"① 1987 年，佩内洛普·莱夫利（Penelope Lively）获得了布克奖，小说《月亮虎》（*Moon Tiger*, 1987）与《普拉克西斯》就有许多共同特点。小说中一位老妇人以第一人称和第三人称来回忆她的生命故事，主人公经受了多重折磨，遭遇了无法预料的经历。"我由无数个克劳迪娅组成……不存在时间顺序，每件事情都是突然发生。"② 唐玲说："在《月亮虎》中的许多亮点和创新性在《普拉克西斯》中早已达到。"③ 这种真实而反传统的创作花了十年的时间才艰难地获得布克奖评审委员们思想上的认同。廖志勤在《外语研究》上如此评论："《月亮虎》主要情节发生在第二次世界大战前后的英国和战时的埃及，描写了女主人公在特定的时代、环境及文化背景中与几个男人所发生的错综复杂的情感纠葛，通过表现 20 世纪西方社会中扭曲的人际关系、反常规的文化、道德信仰危机等社会痼疾，以此揭示人类为了生存面临的困境等主题意义……我们从时序处理的颠倒性、叙事视角的多元性和叙事人称的灵活性三方面对莱夫利的叙事策略进行了探讨，其叙事技巧的艺术风格由此可见一斑。"④ 然而，女人与男人之间的复杂关系，扭曲的人际关系、道德上的危机、人类存在的困惑等主题，以及时间颠倒、多元叙事视角、人称灵活多变等叙事技巧，都在十年前维尔登的小说《普拉克西斯》中早已显现。

---

① DOWLING F. *Fay Weldon's Fiction*［M］. Madison, NJ: Fairleigh Dickinson University Press, 1998: 84.

② LIVELY P. *The Moon Tiger*［M］. London: Penguin Books, 1988: 2.

③ 同①.

④ 廖志勤. 论莱夫利《月亮虎》的叙事艺术风格［J］. 外语研究, 2009（3）: 97 - 98.

　　伊恩·里德（Ian Reid）说过："今日的叙事理论不再坚持故事/话语二分法（或其变体），而是开始将其注意力转向文本借以使读者从事语义交流的手段。"①依据申丹先生的解释，"传统上的'视角'在此至少有两种常用的解释，一种是结构上的，即叙述故事时所采用的视觉（或感知）角度，它直接作用于被叙述的事件；另一种是文体上的，即叙述者在叙事时通过文字表达或流露出来的立场观点、语气口吻，它间接作用于事件。"② 无论是哪一种视角，作者的主观意识成分都存在于小说之中。小说家可以选择第一人称，也可以选择第三人称或是第二人称来叙述。然而，后现代小说的特点打破了传统上的两种视角，在小说中将"直接作用于被叙述的事件"的第一人称叙述视角和"间接作用于事件"的第三人称视角交替转换使用。小说第一章采用了第三人称的叙述视角，描写了普拉克西斯和海芭夏在母亲的陪伴下，在布莱顿的海边照相的情景，通过摄影师亨利拍摄的画面，作者向读者展现了两个孩子的外貌和性格特点。"咔嚓！摄影师拍下了照片。普拉克西斯灿烂地笑着，海芭夏却愁眉不展。"接下来第二章里，普拉克西斯和"我"被联系起来，让读者明白作者要以第一人称去讲述普拉克西斯的故事了。"我，普拉克西斯·杜温，上了年纪，脑子里几乎没什么回忆了，但我还是想给你们讲述一下我的过去。"然而，第三章维尔登又一次转换到第三人称的口吻来讲述普拉克西斯一家人的故事，"露西刚刚给律师写信请求离开此地，离开这所房子，与孩子们到别处开始新的生活，

---

　① 胡全生. 英美后现代主义小说叙述结构研究［M］. 上海：复旦大学出版社，2002：158.

　② 申丹. 叙述学与小说文体学研究［M］. 北京：北京大学出版社，1998：197.

希望他们能够支付房租，但是他们不同意，他们说稳定的环境对孩子们很重要，所以露西注定要待在这个地方，无法离开这所房子了。""海芭夏我行我素，仿佛一只猫一样不靠近他人；而普拉克西斯却更像一只笨拙的小狗，爪子脏兮兮地蹦来蹦去，既热情奔放又滑稽可笑。"第四章开篇以"我"开始讲述："我现在不尿床了……我不想变成一个大小便失禁的老太太。与其那样，我宁可死。"第五章又是第三人称在讲述："海芭夏小心谨慎地生活着，唯恐碰到了小石头，看见石头下面匆匆逃跑的虫子；而普拉克西斯却毫无顾忌并愉快地生活着，走在路上脚下却随意踢着东西。"第六章使用第一人称，第七章使用第三人称……几乎在小说所有章节中第一人称和第三人称的叙述视角一直在不断地交替转换当中，这种多元化的叙事和人称灵活变化可以看出作者反传统的后现代主义倾向。正如对《月亮虎》的评价一样："叙事人称灵活变换式叙事手法给叙事带来了广阔、自由的时空境界，不但拓宽了艺术视野，扩大了生活容量，而且有助于加强艺术的表现力、感染力以及新鲜感，有助于作家摆脱人称束缚的羁绊，实现艺术构想的宏愿。"

2. 叙事中的意识形态

文学的叙事内容与方式都体现着一定的意识形态，也就是说"所谓审美意识形态，就必然是审美与意识形态的复杂组合形式。"① 作者在小说创作中对于情节的安排，有意选择后的结果，这种对小说情节的安排与选择已经体现出了作者对客观世界的认识。"情节性叙事作品作为对现实世界的反映，是作者从自己的思想感情倾向出发对生活现象加

---

① 童庆炳．文学理论教程［M］．修订版．北京：高等教育出版社，1998：92.

以组织的结果,其中体现着作者的主观能动性,也不可避免地带有作者的局限和偏见。"① 作为一个成年人,普拉克西斯不能建构自我身份,因为作为女人她经历了社会生活角色的连续断裂。自我与他者的分裂来自对外界女性的控制:比如未婚先为人母;母亲遭受父亲虐待并被抛弃,患上了精神病;善良养母的突然去世。普拉克西斯相信她已经把自己早年的恐惧和哀伤重新带给了自己的孩子。孩子们断定"他们自己生活的创伤,是由极端的恐怖变得越来越大而非越来越小的几代人的惊恐尖叫声音"而引起。但是,故事主角并不像在传统的以歹徒为题材的故事中那样保持沉默。不同的是,普拉克西斯经过多次角色转变,让读者对主人公是否是同一人而产生怀疑。维尔登在《女恶魔的生活与爱情》中也采用了同样的技巧,主人公鲁西转变身份如此之快以致读者对她的怜悯消失了。然而,维尔登并不需要读者的怜悯,她通过幽默和反转手法来叙述普拉克西斯的遭遇,让读者反思小说结构之外的女性角色。

后现代主义小说中的人物不再是对现实社会人的模仿,正如温谢默尔(Weinsheimer)所说,"在符号批评的庇护下,人物失去了其特权,失去了其中心地位,也失去了其定义……人物已文本化。"②瞿世镜曾这样评论这部小说:"主人公普拉克西斯是个极富典型意义的形象,大多数英国妇女都能从她身上找到呼应点。普拉克西斯从一位附属于男人的典型家庭妇女,到成为男人的玩偶,继而又与朋友的情人偷情,到成为

---

① 童庆炳. 文学理论教程 [M]. 修订版. 北京:高等教育出版社, 1998:305-306.

② 胡全生. 英美后现代主义小说叙述结构研究 [M]. 上海:复旦大学出版社, 2002: 166.

一名女权主义者，她的变化代表着战后 30 年来英国妇女的发展轨迹，她们的觉醒和困惑，以及妇女解放运动给她们带来的震动和思考。"①这一评论显然具有现代主义特色的概括迹象。然而，维尔登在小说中所创造的女性人物，尤其是具有颠覆和反叛社会既定角色的女性人物，未必是现实社会中人物形象的模仿或升华。维尔登之所以安排了普拉克西斯的艰难成长、女性海芭夏的事业成功、玛丽母亲的妓女生活等不同女性人物，正是如此。同时，普拉克西斯自己从幼年到老年的成长过程，展示了在战争期间出生的女性随着社会的发展和变化如何思考和把握自身命运的深刻女性人物形象，体现出作者自己关注女性生活的部分观点，这些人物只是小说文本的符号而已，读者有自己的权利去赋予这些人物以各种文本意义。普拉克西斯是男人常用的名字，在大学录取时，被误认为是个男生而被迫调入政治和经济学专业（男生所青睐的专业）。"普拉克西斯说：'他们以为我是男生，我有一个奇怪的名字。他们录取我之后就很难把我除名了。他们试过，但我写信告了他们。'"普拉克西斯·杜温在监狱时叫帕特丽夏（Patricia），大家为了叫起来方便，都叫她帕特（Pat），而帕特是男子名帕特里克（Patrick）的昵称。"我叫普拉克西斯还是帕特丽夏？毫无疑问我叫普拉克西斯，简称帕特，为了大家的方便，为了每个人的方便。"普拉克西斯的名字被人随意更改，自己却没有能力控制别人如何称呼自己。让读者联想到普拉克西斯作为女性的身份和主体的缺失以及不确定性，这个人物已经不是传统意义上的品质刻画，人物具有了"标记"的本真含义。人物成了小说的

①　瞿世镜，任一鸣. 当代英国小说史［M］. 上海：上海译文出版社，2008：161.

一个影子，这个影子在小说文本中已经失去了其代表性的特权，不再是对现实世界人的模仿，只是作者表达自己女性意识形态或女性观点的一个符号而已。

叙事学经历了由单纯的叙事分析向叙事与社会、文化、读者和意识形态间相关联的方向发展。《普拉克西斯》描写了人类生殖活动中的干扰因素，尽管女性的身体是人类繁殖最具特权的地方，但是她在男性统治的社会中受到法律条文、宗教和医药学的控制。法律和实践没有得到女性自身的许可，却在女性身体上刻下了许多条文规定。普拉克西斯和海芭夏是私生子，也就是说，她们是在没有得到法律许可的情况下出生的，是不合法的，因此她们和母亲就丧失了许多权利。普拉克西斯尽全力帮助朋友里奥纳德找到堕胎的地方，"让我感到震惊的是，在这个世界中男人们数以万计地互相残杀，他们却对一个未出生的胎儿采用这样的态度。"普拉克西斯与情人威利（Willie）公开地住在一起，并允许她所拯救的孩子玛丽成为威利的下一个情人。她去当妓女，却稀里糊涂地与自己的亲生父亲发生了性关系。作为一个郊区的家庭主妇，她参与了换妻活动，然后离开了丈夫和两个孩子。她变成了一个公认的为争取堕胎权利的改革者："一些人找到她，辱骂她是一个十足的谋杀犯，专杀未出生孩子的杀人恶魔。"玛丽长大后，她生出的孩子患上了唐氏综合症："他得了唐氏综合症，他体内染色体缺少。"玛丽离开了医院病房，"普拉克西斯拿起了床上的枕头，把孩子翻了个身，将白色的枕头按在了孩子的脸上。"结果，这一起臭名昭著的谋杀审判成为英国堕胎争论的焦点，而普拉克西斯因谋杀罪获两年监禁。维尔登把当时女性堕胎的非法性问题带入了人们的视线，让人们重新审视由于女性的生理局限带给女性悲惨的境遇。

3. 女性成长中的自我意识建构

维尔登曾说过，事实上并不仅仅是妇女运动影响了她，他们之间是一种动态的、同步的关系。"我觉得是我影响了它（妇女运动）！"①她笔下的普拉克西斯成长于二战前的布莱顿。这个时代的文化以女性屈从和强烈的性压抑及狭隘思想为特点。"一个女性直觉本能随社会习俗变化而变化的时代。"同时也是一个女性受到社会影响而成为受压迫的同谋的时代。正如普拉克西斯后来对她母亲露西（Lucy）不稳定生活状况的思索，"她一直都是疯子吗？是被虚假的规范、伪善和冷漠逼疯的？或许社会变成现在这个样子：假正经、虚伪和冷漠正是她所喜欢的？"露西在第一次世界大战中被丈夫所抛弃，一直蒙羞过着"罪恶生活"，后来与生活放荡的本杰明·杜温（Benjamin Duveen）厮混在一起，并生下了两个私生女，海芭夏和普拉克西斯。在海芭夏七岁、普拉克西斯五岁时，本（Ben）抛弃了露西。从此以后，她倾尽全力维持着这个不稳定的家庭近十年，直到她因负担过重而被送往精神病院。假如说普拉克西斯的家庭成长环境是不正常的话，她的学校教育也好不到哪去。她受到的早期教育是这样的："女性是夏娃的女儿，并对引诱男性犯罪失掉天堂乐园而负有不可推卸的责任，因此必须要永远做出补偿。"学校里一位无辜的女孩受到了性侵犯，她并被认为是"不洁"和"不正常"之人，不论什么情况完全杜绝与男孩子接触。毫无疑问，在经历了这样的教育之后，普拉克西斯应该"很难信任这个秩序怪诞的

① KUMAR M. Interview with Fay Weldon [J]. *Belles Lettres*, 1995, 10（2）：16.

社会现实"。

　　不管怎样，她度过了自己的童年时代，不久她以年轻女人的身份面对了各种形式的父权社会现实。她在生命道路上经历了一系列的心理创伤和破裂关系。从中，她得知父权已经几乎成为一项宗教原则而内在于自己的文化中："我们预言到男性统治和女性被统治的自然法则，那就是上帝。然后我们跌跌撞撞地离开了天堂，敢于公然反抗男性的神，但是我所感觉到的却是女撒旦的痛苦。"面对女性的被统治状态，普拉克西斯和她的女性朋友强烈地感觉到了痛苦和无助："绝望感折磨着她们：仿佛无论她们选择哪条道路，无论多宽的林荫大道摆在面前，它终将会因变窄而受阻，同时她们会再次受人摆布去面对自己的本质。"

　　她发现自己"被统治"的第一段关系是与同学威利的关系。这段关系发生在第二次世界大战之后的几年里，在雷丁大学，她们学的都是政治经济学。很明显，普拉克西斯仅仅是因为自己"奇怪"的名字让学校误认为她"是个男生"才被录取攻读传统上"男生的专业"。从一开始，在生活的方方面面中，威利把他自己"本质的"的男性控制，按自己的喜好强加于普拉克西斯身上。对普拉克西斯来说，她对性的无知和对社会认识的缺乏，使得她起初心甘情愿地接受威利这样对待自己：她还没有开始写自己的论文，却为威利录入他的论文；她要保证自己的分数比威利的低；她没有拿到学位便离开了学校，在布莱顿与威利过起了一般家庭主妇的生活。他们住在一起后，威利把普拉克西斯变成了他生活中的苦力，她要照顾两人非正式收养的女儿，而他却小心地维持和控制着他们的经济收入，以此来确保普拉克西斯对他的依赖感。很显然在第一次见面时，她就应该留意到他的胡子"赋予他一种近似家长式的气质"。

许多年以后，普拉克西斯最终把自己从"凄惨"的生存状态中解救出来，然而却又立即跌入了另外一种"凄惨"的生存状态。几个月内她怀孕了，并嫁给了艾弗（Ivor）。假如说威利一直在压制着普拉克西斯，那么艾弗采用了另外一种方式，同样使她变成满足自己私欲而不是接纳她的自我。而她又一次允许自己按照男性的欲望而被人为地建构："他不想听普拉克西斯的生活故事和普拉克西斯的想法，他需要的是他们初次见面时的普拉克西斯，他的观点就是她的。他也许认为这样比较省心，这正是大多数女性的生活状态。"在一段时间里，她发现自己被限制在一种典型 20 世纪 50 年代特点的中产阶级的家庭生活中，依靠房产生活着，这里的家庭和孩子看起来都是同样的，这里人们只关心外表和财产，这里她和其他妻子一样变成了一种生活装饰品："金色发卷、玩偶似的眼睛、玩偶似的思想。"在这种麻木的郊区环境里，她微微地感到丈夫"挡住了她的视线，只要他闪开她将会看到其他的东西。"普拉克西斯的丈夫发现了她的过去后，对她以前的生活"现实"感到震惊，普拉克西斯偶然地从这"半生"中被拯救出来。因为这段无法修复的关系，普拉克西斯找到了逃离这个"监狱"的理由，去寻求作为女人所需要的东西，让生活变得"更多地由自己来主宰"。然而，普拉克西斯在奔赴独立和自我实现的旅途中却又拐了一个奇怪的弯。她抛弃了自己的丈夫、孩子和家庭后，开始觊觎大学同学厄玛（Irma）的丈夫、孩子和家庭。厄玛嫁给威利以前的舍友菲利普（Phillip），现在是电影导演。与艾弗不同的是，菲利普对普拉克西斯多彩的过去非常着迷：20 世纪 60 年代伦敦的动荡，对性生活的罪恶感和羞耻都已经逝去。和艾弗一样，菲利普也未能把普拉克西斯当成真实的人来对待，他只是透过镜片来看清现实：正如他所承认的，"将镜头置于我与生活之间，我才能看到真实的生活。"不久，"普拉克西斯感觉到她的生活逐渐褪去了色彩而变成黑白色：仿佛她自己也成了菲利普想象的一部分，她所看到的并不可靠，菲利普用双手设置好取景框，把她永久地置于照片之中，他可以切换到另一个相框之中随意地进行编辑和删除。"最终，普拉克西斯发现自己从菲利普的生活中被编辑后而删除掉了。正如菲利普为了普拉克西斯而抛弃了厄玛一样，他为了初涉影坛的影星塞丽娜（Serena）而抛弃了普拉克西斯。现在的普拉克西斯年近40岁却仍然独自一人。

维尔登的许多小说具有一个共同点，小说中涉及的问题既模糊又复杂，也没有表现出直接的女性主义观点。尽管普拉克西斯的伴侣没有一个能让她实现自我，但维尔登却给予这些男人一定程度的同情。比如，像普拉克西斯一样，每个男人心理上都受到了父母关系的伤害，由于父母的忽视、缺少爱抚或者缺乏父母的养育。威利和菲利普在二战期间成为年轻的士兵，看到了许多死亡和毁灭而遭受到了心理创伤。与他们同时代的男人们一起，如同之前一战中退伍军人一样，他们必须学习人类"不只是挂在前线带刺电线上的衣衫褴褛的尸体碎片、呲牙咧嘴的脸、皮开肉绽的人骨……世界不只是停尸房，不只是疯狂的人生人的工厂式农场。"其次，普拉克西斯承认，"并不是男人让女人哭泣"，而是女人应该受到责备。因为她们的自私而让其他女人忍受痛苦和折磨："我们互相背叛，我们受到性的控制，我们为争夺男人而互相冲突……比起女人，我们更喜欢有男人来陪伴自己。我们会有意让姐妹感到嫉妒而受伤……寻求自尊的过程中，为了不让自己最终落得形单影只。"再次，普拉克西斯被迫做出退让，女性对于允许男性统治和压迫自己的情形必须承担责任。回顾生活的失败，她不得不承认自己至少负有一半的责任，"是我自己的行为和愚钝造成了这些损失"，她不应该温顺地"迁就男人，为了男人的便利而忍受巨大的痛苦"。

维尔登笔下的男性人物大多处于不太引人注意的位置。因为她没能成功地塑造男性人物，而且对待孩子的态度过于盛气凌人，还因为对于中产阶级白种人的过度关注，所以维尔登的小说创作遭受了许多批评。然而，对维尔登塑造的女性人物而言，很多却被认为是"恐怖的动物"①。

(二)《总统的孩子》中女性话语与后现代主义现实

维尔登的小说一直关注着女性的生存状况，描述"女性主体意识和性"在父权社会中的迷失与压抑，其小说创作渗透着"解构主义""反本质主义""话语就是权力""对一切元叙述的怀疑"等后现代主义思想。《总统的孩子》体现出女性争夺"话语权力"并重塑女性言说主体，摒弃宏大叙事并反叛女性家庭角色，消解"逻各斯中心主义"并书写女性文学历史的后现代女性主义创作特色。维尔登通过女性书写把个人叙事、文化历史和社会现实融合在一起，将其小说置入引人注目的历史发展运动之中。

20世纪六七十年代，女性主义运动开始出现，女性主义者们想要争取平等的权利和机会，她们想改变女性受压迫的性/社会性别制度。她们认为女性受压迫的根本原因是资本主义和父权制之间错综复杂的相

---

① HAFFENDEN J. *Novelists in Interview* [M]. London: Methuen, 1985: 313.

互关系，通过扫除二元/阶级对立来重建人性，女性和男性一起共建新的社会体制和社会角色。维尔登早期的小说密切关注女性声音和女性平等。她的作品具有代表性地描绘了由西方父权制度和英国社会对女性压迫的生活状态，她运用智慧而诙谐的笔法书写着男女之间的爱情与两性关系，并探讨了衰老与死亡的主题。维尔登曾说过："女性必须问问自己：怎样才能实现自我？这是我一直探寻的重要问题。"① 维尔登对家庭生活的描写向传统的宏大叙事主题发出挑战，她控诉女性对现实的不满使得批评家和出版家把维尔登定位成女性主义作家，把她的小说文本定位成女性主义小说。20 世纪 70 年代末和 80 年代初，女性主义运动出现转变，维尔登小说没有跟风分离的女性主义运动，她拒绝标榜自己是女性主义者。因此，维尔登对女性主义的忠贞程度受到了许多女性主义者们的质疑。比如：维尔登对小说《女恶魔的生活与爱情》中女主人公鲁思的复杂描写就强调了她拒绝任何意识形态的标签，尤其是女性主义。鲁思是个过于积极的女性形象，一方面她抛弃郊区梦想变得自立；另一方面，她通过整容整形手术变成丈夫情人玛丽的样子。维尔登塑造了一位兼自强自立与虚荣残酷性格于一身的"女恶魔"形象。通过"女恶魔"一系列的复仇行动，维尔登展现了许多道德问题，却并未勾勒出一个清晰的道德体系。"女恶魔"形象在某些本质女性主义者看来，是对女性形象或道德的一种毁坏和颠覆，不利于女性的解放。然而，维尔登认为既然不存在某种既定的道德体系，那么读者关于"女恶魔"的道德结论自然地被否定了。在 20 世纪 90 年代，学者们总结了

---

① EDER R. Writing Off a Past to Write Freely of a Future ［J］. The New York Times, 2003 (6).

维尔登自相矛盾的、非连续的、持续转变的政治立场，从而称维尔登为一位后现代女性主义作家。

当今西方社会中，女性主义与后现代主义结合而形成后现代女性主义是必然的。后现代主义兴起之时，也正是女性解放运动第二次高潮，正是女性主义蓬勃发展的时期。从表面上看，后现代主义与女性主义的关注点不同，后现代主义关注意义、解释、二元论；女性主义关注女性生活经历以及实现妇女解放的政治目标，二者几乎毫不相干。但实质上，二者都是对传统和现代思想的反叛。女性主义从后现代主义中找到了与自己主要目标完全一致的思想，这就是后现代主义对传统思想的批判，实际上正是在摧毁现存的"男性中心主义"的思维方式。维尔登正是处于现代女性主义对后现代主义的理论进行吸收的时代，她的小说创作渗透着"解构主义""反本质主义""话语就是权力""对一切元叙述的怀疑"等后现代主义思想，被誉为一位名副其实的后现代女性主义作家。维尔登的小说不仅关心女性的生活，尤其关心普通女性面临的诸多问题，她描绘了女性的奋斗与挣扎，她对女性的努力充满希望，但有时却又不尊重女性。后现代主义的特点是将熟悉的东西陌生化，将清楚的东西模糊化，将简单的东西复杂化。维尔登一方面关心着女性解放的发展，另一方面又对女性主义积极追求解放的方式表示出不尊重的态度。换言之，她一方面书写了女性主义历史，另一方面又使女性主义历史复杂化。后现代女性主义作家认为"女性小说"应该受到认真地对待，在后现代主义发展期间，维尔登的小说《总统的孩子》和《女恶魔的生活与爱情》体现了女性主义与后现代主义的融合趋势。维尔登笔下对"总统的孩子"残酷的暗杀和"女恶魔"精心安排的复仇，是对现实社会的抗争，对社会规定的女性角色进行的反抗与颠覆，也是一次摧毁"男性中心主义"的行动。维尔登以此来呼吁人们对社会问题给予回应，寻找解决社会问题的途径，而非只是停留在简单地认识到问题而已。《总统的孩子》是维尔登 20 世纪 80 年代创作的一部女性主义小说，它充分体现了女性争夺"话语权力"、摒弃宏大叙事与消解"逻各斯中心主义"等后现代主义创作特色。维尔登作为女性作家在后现代主义现实生活中进一步校正并书写着女性主义文学历史。

1. 争夺"话语权力"与重塑女性言说主体

"随着 20 世纪 60 年代女性主义运动的兴起和女性意识的不断觉醒，女性不再按照男性的价值观念来看待自我，逐步认识到并且开始正视自己不同于男性特有的欲望、经验和生活，这就需要跳出男性话语包围的等级秩序和逻辑结构，寻求一种完全不同于线形语言的'女性话语'（female discourse）来表达女性自己的世界。"①米歇尔·福科（Michel Foucault，1926－1984）关于话语的论述受到了女性主义者的关注，因为他的话语理论与女性话语在历史上长期处于被压抑、被噤声的状态密不可分。福科拒绝了一个先验的、固定不变的主体，代之以一个建构的、话语构成的主体。这样，女性能够通过适应和改造话语来达到建构主体的目的。从而，福科的话语理论给女性主义带来一种新的语言分析的视角。福科认为人与世界的关系只是一种"话语"关系。"话语"并不是一种"中介"，而是人类的一种重要活动，即话语的实践。福科强调："（我们不应该）再将话语当作符号的总体来研究（能指成分归结

---

① 赵一凡，张中载，李德恩. 西方文论关键词［M］. 北京：外语教学与研究出版社，2006：376.

于内容或者表达），而是把话语作为系统地形成这些话语所言及的对象的实践来研究。"① 福科的话语理论让女性主义者们意识到话语对权力的阻碍和抵抗作用。通过女性的声音，让人们对那些被压抑的话语或知识进行重新评价。维尔登将福科的话语实践思想切实地融入《总统的孩子》创作之中。《总统的孩子》中，梅阿（Maia）作为一位双目失明的老妇人通过"话语"实践表现出女性的弱势处境与反叛思想。梅阿由于得了歇斯底里症而造成失明，医生说她想恢复视力时，自然会摆脱失明困扰。然而，他们并没有告诉她如何做才能恢复视力。最终，"当我对一切失去希望时，我却看得见了。"梅阿作为故事的话外音在这部小说中现身近十次，她作为女性的声音总是悬于主要情节之外。梅阿的"话语"是关于生活琐事"喋喋不休"的"絮叨"，然而，正是在这些"喋喋不休"的"絮叨"中，读者才有可能站在女性的角度去认识这个处处充满父权话语的世界对女性话语的充耳不闻。梅阿正是按照福科的"话语"实践思想，揭露了男人对女人的压抑、女人对女人的嫉妒，以及人与人之间的虚伪。

"我现在看不见了，但我能听见。蜜蜂整个夏天都在'嗡嗡嗡'不停地吸吮着花朵……希拉里建议花园管理委员会把篱笆拆走，她认为蜜蜂是危险的，它们会蜇伤小女儿露西。但是花园管理委员会的人惊奇地看着她解释说：蜜蜂是有益的，对于人（man）的生存是必需的。"

"那对于女人（woman）呢？"希拉里反问道，心中充满胜利的喜悦。

---

① 福科. 知识考古学［M］. 谢强，马月，译. 北京：生活·读书·新知三联书店，1998：53.

对人（man）和女人（woman）这两个词语的强调，无疑让读者意识到男人（man）这个涵盖整个人类的词语公然剥夺了女人的话语权力。女人（woman）就这样一直被压抑在男人（man）的世界中，却被一度认为是理所应当。女人需要建立属于自己的话语体系，争取自己的权力。因此在接下来的文本中，维尔登有意识地将女人（women）这个词语作为人类话语中不可缺少的一部分对人（man）加以补充。"人们（men），当然，我们包含了女人们（women）——从女性嘴里说出的'欢乐的呼喊'比从男性口中说出更加让人感到奇怪和担忧。"因为在父权的社会中，女性的声音和话语是被压抑的，是边缘的，是不为人所注意的。因此，假如女性能够"欢快地呼喊"，男性便开始疑惑、担忧了。加拿大作家玛格丽特·阿特伍德说过："只存在有权力的人和无权力的人。"① 维尔登在《总统的孩子》和其他早期小说中对此做出了回应：只存在有权力的男人和无权力的女人。

"听，这儿一片宁静，漆黑一片。来吧，把你的眼睛刺瞎——加入我吧……你不能看书，但你能通过上帝讲话。""你听到母亲对孩子的吼叫，但却不必看到孩子挨打或孩子脸上的表情，不必见证希望的毁灭。你不必看爱人偷瞟女人的眼神，不必看服务员的冷笑，不必注意你最好的朋友头上新添的白发或者祖父腿上长出的癞痂。出门坐地铁也会有人护送。你看不到吸毒者、哭泣的女人、烂醉的男人、妓女、男妓；看不到快餐包装纸、脏乱黏糊的呕吐物和尿液与烟灰一起堆积在角落里；你也看不到绝望和死亡挤满城市的街头。"梅阿作为处于弱势的残

---

① ATWOOD M. *Bodily Harm* [M]. London: Virago, 1982: 240.

疾女性，虽然眼睛瞎了，但却感觉很好，因为她从此不必再看到世间的丑陋和肮脏，不必再看到希望被无情地毁灭。梅阿是个没有权力的女人，她年事已高，又失明了，只能被动地去接受别人的帮助，去向人们"絮叨"地讲述故事。但在她的讲述中，她掌握了自己的话语权力，并且想去影响别人。她说："当然我看不到了，我也不想看了。你呢？"与梅阿一样，伊莎贝尔（Isabel）也是一个没有权力的女人，她没有权力抚养自己的孩子，最后竟然连自己生存的权力也险些被剥夺。在小说结尾处，梅阿突然恢复了视力，伊莎贝尔经历了痛苦的心理挣扎后侥幸地逃过了一劫。然而，是什么让梅阿突然恢复视力？又是什么让伊莎贝尔侥幸地活了下来了呢？真实答案却让人感到那么辛酸，因为女性的生存方式并不是自己作为主体自由选择的，而是受到了社会既定传统的限制和规定而被迫做出的选择。

　　梅阿突然恢复视力时感到些许绝望，她宁愿去听世界而不愿去看世界，"他们问是什么使我恢复视力？不幸？震惊？趣事？我怎么能告诉他们真相呢？上帝在他的世界里嘲笑我、打击我。这就是他（His）特殊的乐趣所在。"正是这个大写的"他"随心所欲地控制着"她"，是"他"的嘲笑和愚弄，让"她"失去了希望，而正是因为"她"失去了所有希望，上帝才让"她"得以重见光明。伊莎贝尔看到孩子被"绑架"在咖啡馆，透过窗户，她看到了孩子的背影，也看到了皮特（Pete）和乔（Joe）站在孩子身边监视着。她只有结束自己的生命才能换来孩子的生存。然而，在最后一刻她没有选择被车撞死，而是安全地通过了十字路口。直到她来到咖啡馆重新见到孩子时，她才知道之所以自己有权力活下来，因为皮特和乔主动地放弃了对她和孩子的控制。女服务员给她端来一杯咖啡，说道：

"丹迪·艾弗的遭遇太可怕了。"

"他怎么了？"

"他死了。"服务员说。

"这就是为什么那几个男人离开这儿的原因吗？"伊莎贝尔问道。

"因为他们听到广播里的新闻吗？"

"很可能是。"服务员说。

伊莎贝尔听到了服务员的话后，全身在颤抖。她险些就死了，现在又活了下来。丹迪·艾弗死了，伊莎贝尔和杰生就有权力活下去了。伊莎贝尔和女服务员的对话揭露了伊莎贝尔的艰难处境，揭露了女性的生存必须以不能给男性（政治）生活带来干扰和威胁为前提。这与凯特·米丽特的"性政治"主张遥相呼应。米丽特认为，性政治是占统治地位的性别借以求得维护自身权威，并将其权威扩展到从属地位的性别之上的过程。维尔登通过《总统的孩子》中女性人物的遭遇，竭力为女性争取"话语权力"，来对抗男性政治和男性统治的世界，为边缘话语争取自己生存的空间。因此，维尔登作为后现代女性主义作家，她书写的这部女性主义小说正是一次话语实践，一次反映女性压抑话语、争取女性话语权力与重塑女性言说主体的实践。

2. 摒弃宏大叙事与女性家庭角色反叛

维尔登在争取女性话语权力与重塑女性言说主体的过程中，把合法的传统宏大叙事场景转移到了日常家庭生活当中，从而在后现代女性话语中摒弃了虚伪的宏大叙事，通过家庭小叙事让家庭女性诉说着其真实的感受与体验。让－弗朗索瓦·利奥塔（Jean－Francois Lyotard,

1924－1998），在《后现代状况》（1979）一书中说，关于知识"真实性诉求"的标准来自分离的、语境决定的"语言游戏"，而不是绝对的规则或标准。他认为合法化的"元叙事"（meta－narratives）或"宏大叙事"（grand récits）在今天都没有可信性，而一种具有可信性的新合法化叙事形式则是比较谦虚的"小叙事"。同时，女性主义认为占据合法化舞台历史久远的"男性书写"并非生来就拥有可信性，"女性书写"理应受到尊重与重视。虽然不同国家女性主义对于男女不平等的根源持有不同看法：英国女性主义者认为造成男女不平等的根源是经济，美国女性主义者认为性别才是社会不平等的根源。但他们都号召女性武装起来，而女性的武器就是文字。只有借助文字进行"女性书写"，才能摒弃理性与逻辑控制下的宏大叙事。维尔登把寻求女性解放的场景置于家庭生活之中，通过"女性书写"意在建立一个家庭女性的言说主体，树立女性反抗家务劳动的决心，实现男性和女性共同承担家庭义务、共建和谐家庭的愿望。维尔登的女性主义书写响应了贝蒂·弗里丹（Betty Friedan）对英美中产阶级女性的号召，对家庭主妇形象说"不"，并揭露媒体宣传的"幸福家庭主妇"形象背后所蕴含的女性内心的失落和自我的不完整感。女性意识到这些家庭期望是不切实际的，同时由于社会进步、教育和富裕产生的高期望与女性现实生活之间形成的差距使得女性主义运动重新产生。维尔登在一次采访中描述说："女性主义根本就不是运动，它是一种逐渐形成的对舆论变化的意识，坚信现实无法保持不变，坦白地说，那些'以家为荣'的女性对家庭生活是无法忍受的，经营一所房子对于成熟女性而言并非是明智的选择。"女性们注意到她们不幸福，也不满足，于是便开始了反抗。维尔登对女性家庭生活的关注挑战了传统小说的宏大叙事主题，对女性种种社会不满情绪的描写，使其成为 20 世纪六七十年代女性主义的偶像。在维尔登的小说中，这种不满表现为对既定的社会性别角色进行反叛，即对"家庭生活的反叛"。

《总统的孩子》讲述了维护美国总统候选人丹迪·艾弗政治声誉的故事。故事是由双目失明的老太太梅阿来讲述的：六年前，丹迪与记者伊莎贝尔产生了一段恋情，伊莎贝尔结束了这场短暂的恋情之后，发现自己怀孕了。不久她与霍默结婚，他们这段平等而幸福的婚姻受到了邻居们的羡慕。当总统竞选团队得知杰生是丹迪的私生子，他们坚持只有消除这个孩子和伊莎贝尔才能使丹迪远离丑闻而不影响其当选总统。让伊莎贝尔感到意外的却是，与自己生活六年的丈夫霍默也是这场暗杀阴谋中的一份子。最终，当丹迪·艾弗中风猝死后，伊莎贝尔和杰生得救了。故事的叙述是通过失明老太太梅阿来讲述的，维尔登把戏剧和严肃艺术结合起来，把盲人叙述的故事与寓言故事结合起来。维尔登通过《总统的孩子》这部小说，通过对母亲、妻子、女儿等传统女性家庭角色的反叛与颠覆，摆脱了传统小说的宏大叙事主题。小说的叙事主题从结构完整而逻辑的经典宏大叙事，转变到以现代家庭生活为主的非连续性的后经典小叙事当中。

小时候，伊莎贝尔与母亲一起生活在澳大利亚的一个偏远农场，母亲不愿对她提及父亲的事情。关于父亲的事情她最多会说："他做了他想做的事情，如同所有男人们所做的事情一样。"缺乏父爱的伊莎贝尔特别渴望得到母亲的关心与爱护。然而，伊莎贝尔九岁那年，被母亲养的马意外踢伤了下颌后，医生说伤势不轻，母亲却说不必大惊小怪。一个星期后那匹马第二次踢伤了伊莎贝尔的下颌。母亲却说："天哪，你对那匹马做什么了？"从小缺少母亲和父亲疼爱的伊莎贝尔十五岁了，母亲说："你的生活不属于这儿，这里没有像你这样的人，你最好离开吧。""那你跟我一起离开这儿。"伊莎贝尔说。"还有这些马呢。"母亲回答说，"我可不能离开它们。"

伊莎贝尔的母亲已经不是传统意义上的"贤妻良母"形象，对于丈夫的离开不闻不问，对于女儿身体与心灵的创伤漠不关心。那么伊莎贝尔还是一位传统意义上的乖女儿形象吗？当然也不可能是了。伊莎贝尔曾向邻居老太太梅阿坦言，但从未向母亲、丈夫和儿子说过的一件童年往事，可以证明伊莎贝尔小的时候就已经远离了"乖女孩"形象。"她曾经从心爱的布娃娃身上撕下一条腿，涂上羊肉膏，然后丢给狗将其咬烂。"从小叛逆的伊莎贝尔，长大成为母亲后，在儿子杰生六岁生日的那个晚上，她突然想起了母亲。然而想起的都是母亲的种种不好，她对丈夫霍默说："我母亲根本就不是个女人，现在不是，她曾经是的，但是现在她却成了老树枯枝，已经快入土了。"

维尔登塑造的伊莎贝尔及其母亲的人物形象，颠覆了传统母亲和女儿之间的"慈母孝女"和"尊老爱幼"的传统角色，之后又开始挑战传统的"相夫教子"的妻子形象。作为妻子的伊莎贝尔，她与丈夫共同分担家务劳动，共同抚养孩子，摆脱了"男主外女主内"的思想，摆脱了对丈夫感情"忠贞不渝"的束缚。她与丈夫的新型家庭角色和分工却让心理医生感到不太正常。由于杰生咬人的过激行为，霍默建议伊莎贝尔带杰生去看心理医生。同时，作为母亲的伊莎贝尔，也要接受医生的询问。医生在寻找杰生过激行为的原因时说，这也许与伊莎贝尔和霍默的家庭"角色颠倒"相关。伊莎贝尔听后严肃地纠正说:"这不是角色颠倒而是角色分担,我希望您不是想说杰生的困扰是因为他父亲和我共同分担了对他的抚育而造成的。"作为妻子,伊莎贝尔不仅摆脱了独自承担家务劳动和抚养孩子的责任,而且摆脱了情感上的"忠贞不渝"。她在情感上遭到了男性(丹迪·艾佛)背叛后,不得不选择在欺骗霍默的谎言中生活。"他们共同承担过错、分享成功,正如共同分享生活、收入和家务一样。"在邻居的眼里,他们的婚姻既亲密又疏远、既圆满又缺憾,既让人羡慕又让人隐约感到不安,因为他们两人相互照顾却又显得"并非相互拥有"。当伊莎贝尔最终告知霍默真相:杰生是她与总统候选人丹迪·艾佛的私生子时,让伊莎贝尔出乎意料的是,与他生活六年的丈夫霍默竟然也是这场政治阴谋的一份子。伊莎贝尔始终生活在被欺骗和被控制之中,在总统竞选团决定让杰生留下而伊莎贝尔必须选择死亡时,伊莎贝尔却摒弃传统意义上的母亲的责任与义务,她意识到不能为了孩子的生存而去选择死亡,因为她还有更多的事情去完成。因此"她犹豫,她反抗,为什么我要接受它(威胁)呢?为什么孩子的生命就优先于母亲的生命呢?为什么新生的嫩芽要比干裂的枯枝更具价值呢?我可以生六个甚至更多的孩子。"她可以摆脱家庭的束缚,去独自面对生活,也可以重新建立家庭,去过自己想要的生活。至此,伊莎贝尔作为母亲已经开始重新审视父权社会所规定的母亲角色意义。难道控制了孩子,就可以控制女人了吗?

小说《总统的孩子》从叙事方式来看,是由梅阿讲述的关于伊莎贝尔家庭发生变故的一连串"小叙事"构成,缺乏整体和统一的"宏大叙事"结构。情节的发展总是不断被梅阿的"絮叨"打断,让读者怀疑伊莎贝尔的经历是否真实可信，这种不连贯的、私人的叙述带有明显的断裂性和非连续性等"后现代"特征。同时小说内容关注普通家庭的琐碎生活，关注女性的母亲、妻子和女儿角色的转变，通过颠覆女性既定家庭传统角色，从而摒弃宏大的历史主题的叙事，把读者从有目的、有规律、有始有终的"完整叙事"拉回到熟悉的、差异的、多元的家庭生活"小叙事"当中。在这部小说中，女性为了能够生存下去，只能突破父权社会对女性的传统束缚，女性可以选择成为"贤妻良母"的形象，也可以选择成为"不负责任的母亲""叛逆不孝的女儿"或"情感不忠的妻子"等多样化自私自利和放荡不羁的形象，不论做出何种选择，维尔登在摒弃宏大叙事进行家庭生活"小叙事"的小说创作过程中，强调的是摆脱被父权所控制下的被迫选择，而崇尚女性的自由选择。因此，维尔登结合家庭小说的"小叙事"特点进行的女性书写，成为摆脱父权社会中理性和逻辑控制下的男女不平等的思想根源的一次尝试。

3. 消解"逻各斯中心主义"与文学历史书写

雅克·德里达（Jacques Derrida，1930 – 2004）对"逻各斯中心主义"的批判，消解了西方传统中言说与书写、男性与女性之间的二元分歧，颠覆了以前者作为标准（norm），后者作为变化（variation），前者统治后者，后者服从前者为其内核的传统二元结构。这里的"逻各斯中心主义"蕴含了早先存在的题材创作标准，一部作品可能是历史小说、侦探小说、寓言故事、惊悚小说、言情小说等不同的题材中的一种，但如果把各种题材混杂在一起，就违背了"逻各斯中心主义"包含的某种既定存在的题材创作标准。而作为后现代女性主义作家，维尔登大胆地将惊悚题材去适应家庭小说书写，从而向题材的单一绝对性提出挑战。

据美国当代女性主义作家霍普·黑尔·戴维斯（Hope Hale Davis）所说，惊悚小说通常把读者和情节内容分离开，帮助减轻故事的恐怖性："惊悚小说读者认为小说中的事情是关于异常的人，并发生在离我们自己朋友很远的舞台之上。而在维尔登小说中事实却并非如此，小说中的政治惊悚情节在维尔登密切关注的日常生活中缓缓浮现。她通过生活中微小的事情来威胁我们，让我们慢慢地变得恐惧起来，从而怀疑所有的公路，尤其是怀疑正在旅途中的公路会通向深渊。"① 正如戴维斯所说的，维尔登的故事并不是关于异常之人，而是关于如同你我一样的普通家庭生活中的人，她把恐惧带给最近的读者，日常生活中的危险随处可见。维尔登谈起危险恐惧与家庭生活之间的联系时，她说女人对与自己朝夕相处的男人通常了解并不多："《总统的孩子》的缺点在于女主人公嫁给一个中央情报局工作人员却并不知情的可能性很小。"她说："但是这种事情总是存在的，不是吗？女人们对于朝夕相处的男人一无所知，强奸者、谋杀者……"②因此惊悚小说式的危险恐惧在日常生活中以各种各样的形式存在着，维尔登不赞同将小说创作题材局限于单一形式，她认为一部小说可以将两种、三种甚至更多种不同的题材进行融合，展现出多元化和复杂化的后现代主义创作特点。维尔登自己描述这部小说的独特风格时说："在我看来，有三个独立的群穿插其中：

---

① DAVIS H H. *Dangerous Relations in High Places*: *Rev. of The President's Child*, *by Fay Weldon* [J]. The New Leader, 1983 (6): 20

② FORREST J. Missionary Position: Fay Weldon's Women Always End Up on Top [J]. Vogue, 1987 (4): 211.

第一个是家庭小说，第二个是文学小说，第三个是惊悚小说。"① 也有评论称其为政治惊悚小说、女性小说和寓言的结合体。英国小说家哈里特·沃（Harriet Waugh，1944 - ）不无概括性地评论："可以肯定的是，费·维尔登讲述了一个很好的故事，即使这部小说仅仅是关于女性磨难的描写，但其中最具新意之处是：《总统的孩子》以寓言形式讲述了一个有趣而激动人心的故事。"②

《总统的孩子》之所以是一部政治寓言，是因为它暗指美国对欧洲的干涉，除此之外，还暗指假装男女两性冲突的不存在是不可能的。维尔登的后现代女性主义书写把性和政治权力联系在一起，把女性个人生活与现实政治联系在一起。维尔登在一次采访中这样描述这种关系："假如你现在住在欧洲，要把欧洲政治与美国政治分开是很难的。我相信所有人都能意识到这一点，并觉得我们生活在美国的羽翼之下。"③戴维斯说美国总统肯尼迪与小说中的艾弗表面上不同，却无法让人忽视他们之间存在的共同点："维尔登小说中虚构的父亲不叫肯尼迪，他是来自马里兰的参议员，民主党的总统候选人，正如肯尼迪的过去一样。他们的相似之处是：候选总统都相当年轻，具有非凡的魅力、崇尚理想主义、身体充满活力却又患有疾病：不为公众所知的性欲不满足，故事让人开始思索。"④ 戴维斯认为小说中设置的现实可能来自维尔登对肯尼迪总统的爱情与生活细节方面所搜集的知识。维尔登对于政治阴谋的

---

① HAFFENDEN J. *Novelists in Interview* ［M］. London：Methuen，1985：306.
② WAUGH H. Unbelievable，Rev. of *The President's Child*，by Fay Weldon ［J］. The Spectator，1982（10）.
③ BARRECA R. *Interview with Fay Weldon*，WBAI - FM ［R/OL］.（1983 - 04 - 29）.
④ DAVIS H H. Dangerous Relations in High Places：Rev. of The President's Child，by Fay Weldon ［N］. The New Leader，1983 - 06 - 27（19）.

描写，也同时是对人本质的描写。在小说中，她还寓示了美国总统克林顿丑闻，尽管克林顿最终被弹劾而非被害死。有些评论家认为这部小说是不可信的，这种评论提出了现实生活与小说之间的关系。维尔登认为现实生活与小说之间的区别是微小甚至是不存在的。她认为："一切都是相联系的。"① 维尔登说："艺术不应该模仿生活，而应该在艺术中重新记录再现生活的一般思想。"② "让小说去反映现实生活是一种欺骗，概括来说，小说比现实生活更加可信，这也许就是为什么人们转向小说去寻求平静的原因。"③

从这些评论中可见，维尔登的小说创作打破了传统的思维定式，把惊悚小说、家庭小说和寓言故事融合在一起，包含了男性和女性之间、英国与美国之间，还有政府与个体公民之间的政治斗争。维尔登把德里达对"逻各斯中心主义"的批判思想不仅运用在颠覆小说题材单一的创作模式方面，同时还直接摧毁了"男性中心主义"传统，从而打破了传统的男性统治女性、女性服从男性的性别模式，把男女关系拉回到零度的平等地位。在以"逻各斯"为中心的世界中，男性可以"合法"地统治、控制和摧残女性，男性对女性的生活可以随心所欲地进行干涉，肆无忌惮地进行践踏。女性要寻求自身的解放，首先要揭露男性残忍丑陋的行径，同时对虚假掩饰的平等加以分辨与警惕。维尔登从起初关注女性生活的现实和爱情关系，到后来关心如福利体系、核战争和政

---

① WELDON F. *Auto Da Fay* [M] . London：Flamingo，2002：33.
② MILLER N K. "Emphasis Added：Plots and Plausibilities in Women's Fiction," in：Elaine Showalter, ed. , *The New Feminist Criticism：Essays on Women, Literature, and Theory* [C] . New York：Pantheon，1985：340.
③ HAFFENDEN J. *Novelists in Interview* [M] . London：Methuen，1985：309.

治权力等广泛问题的过程中，总是不断地粉碎美好的浪漫爱情故事，最终浪漫爱情故事总会被现实证实只是一场虚构的故事而已。由于对所熟悉的叙事和所塑造的非真实女性人物不满，女性写作领域中发生了校正与重塑的趋势。艾德丽安·瑞迟（Adrienne Rich）把这种校正描述为"一种生存行为"，并认为女性作家"需要了解写作的过去，与我们所熟知的不同的过去，不是传递一种传统而是打破限制我们的传统。"①维尔登的母亲玛格丽特·吉普森（Margaret Jepsen）也是一位女性作家，在她生活的年代里，吉普森发现浪漫的婚姻传统并不令人满意，而且"对于浪漫写作传统表示非常的担忧：她认为把这种虚假的思想传递给年轻的女性是错误的：让她们认为婚姻并不一定是幸福的结局会更好些，贫穷无助的女孩得到强壮、英俊而富有的男人并不像现实所呈现的那样美好。"② 正如这段话所显示的，吉普森认识到小说，尤其是爱情小说潜在的实际和意识中的危险。于是吉普森从小说写作转移到哲学写作，与此不同的是，英美女性作家却把小说写作的焦点转移到描述女性现实的生存境况。为了能把女性生活描述得更加现实，从而瓦解传统性别意识和社会角色限定的规则，她们创造出新的叙事来质询传统的浪漫情节。

维尔登以她独特的方式揭露了女性在这个世界中被削弱的力量，关注女性在这个世界中被男性所统治着的经历。维尔登在《总统的孩子》中描述了在男性的控制下女性主体身份的缺失，"士兵有一种强奸女人的方式：他们撩开女人的裙摆盖起她们的头，把她们捆起来。现在她没

---

① RICH A. "When We Dead Awaken: Writing as Re – Vision," *On Lies, Secrets, and Silence* [M]. New York: Norton, 1979: 39.

② WELDON F. *Auto Da Fay* [M]. London: Flamingo, 2002: 46.

有了脸面，没有了思想，只是躯体，更失去了身份，她不再是某人的妻子、姐妹、母亲或者女儿，当然更不是她自己了。"同时，她还描述了已获得主体身份的女性，也只是生活在男性营造的虚构和欺骗当中。维尔登认为一个看上去最让人放心的人，也许正是最危险的人，看起来好的东西经常是不真实的。伊莎贝尔认为"霍默的行为很像美国连环画中老掉牙的父亲形象"，霍默是个非常理想的男人，"丈夫、情人、朋友、父亲，各种角色合而为一"。她告诉梅阿霍默是如此有魅力，他们之间和谐的夫妻生活让邻居们很是羡慕。然而，就是这样让人艳羡、让人放心的男人，却是个特工，竟是总统竞选团队派来的奸细。他们的婚姻是虚假的，霍默也是谋杀阴谋的一份子。伊莎贝尔最终不得不承认"白马王子只是个虚构的创造"，男性完全可以通过虚假的表现继续对女性的控制和统治。维尔登在这部小说中对男性的描述不再是一幅罗曼蒂克的画面，而是男性谋划的一场噩梦，一次对付伊莎贝尔或者说对付所有女性的男性国际联盟行动。"她不再被允许活下去，因为她是给儿子带来道德上和身体上的危险之源，也许所有的父亲内心深处都这样认为吧？"通过描述女性的危险处境，维尔登不断警示女性们不要轻易地相信男性，维尔登说，"《总统的孩子》中的观点是：你绝不能相信男人，或者好男人只是装出来的，这就是我的观点。比起好男人来，我宁愿选择一个令人厌恶的男人。"① 维尔登敢于表达女性内心真实的想法，从女性的立场来言说男性，正是消解"男性中心主义"的一种尝试和有力武器。

---

① HAFFENDEN J. *Novelists in Interview* [M] . London：Methuen, 1985：307.

维尔登消解了"逻各斯中心主义"为世界假定的小说创作题材模式和标准，揭露了男女二元对立结构，从而为女性的主体建构做出榜样，在"逻各斯中心主义"营建的虚构中，敢于言说女性真实的内心与现实生活体验，摆脱既定的"男权中心主义"的传统束缚，探求真实而丰富多样的女性解放途径。

《总统的孩子》不仅是一部文学作品，同时也具有一种社会功能。帕特丽夏·克雷格（Patricia Craig）这样评论这部小说："女性主义和高级娱乐又一次结合起来。"① 维尔登具有一种非凡的能力去诊断社会问题，并提供解决方法。因其对社会的敏锐洞察力，维尔登的小说展示了历史和文学的联系，摆出一副对现实世界无动于衷的态度。正如她在《致爱丽丝的信：第一次阅读简·奥斯汀》中写道："通过这样的讨论与共同的经历，我们能够理解自己和他人吗？正是在文学、小说、幻想、对过去的虚构中，你才能找到真实的历史，而不是在教课书当中。"后现代女性主义具有很强的颠覆性，它的目标不是在现行体制中争取男女平等，也不是要把男人压迫女人的现行体制颠倒过来，而是消解现行的两性观念。维尔登不仅把"女性书写"作为武器为女性争取"话语权力"，重塑女性的言说主体，打破男性言说的神话。采用家庭生活的"小叙事"摒弃传统的历史"宏大叙事"主题，在"小叙事"中描写女性家庭角色的反叛，追溯男女不平等的社会根源，颠覆女性被压抑、被边缘化的社会角色。同时在消解"逻各斯中心主义"过程中打破以往小说题材创作标准，从而建立多元化的小说题材创作原则，把

---

① CRAIG P. "All Our Dog Days," Rev. of *The President's Child*, by Fay Weldon［J］. The times Literary Supplement, 1982 – 09 – 24（1031）.

惊悚、政治语言与家庭小说相结合，从而打破了美好的爱情与家庭婚姻生活的幻想。作为英国后现代女性主义作家，维尔登在《总统的孩子》中进一步构建后现代女性主体，为女性争取话语权力，否定宏大叙事和消解"逻各斯中心主义"的理性与逻辑。她通过"女性书写"消解了言谈凌驾于写作之上、男人凌驾于女人之上、标准凌驾于异化之上的传统思想，为多元的、差异而丰富的女性主义创作开辟了一片天地。同时，维尔登对文化和政治的密切关注使其小说成为重要的社会参考文献，其小说定义并瓦解性别化的社会意识、性别传统以及女性主义文学历史。总之，维尔登通过后现代女性话语叙事与文学历史书写为探寻女性解放之路默默地奋斗着。

（三）《女恶魔的生活与爱情》中滑稽模仿与互文性

"滑稽模仿"原英文表达方式是"parody"，有人将它译成"游戏诗文""讽刺诗文""戏拟"或"戏仿"。Parody 带有滑稽的含义也许始于文艺复兴时期。从文艺复兴时期到 19 世纪，许多批评家将 parody 视为一种低劣的文学形式。但是到了 20 世纪，俄国形式主义代表什克洛夫斯基（Viktor Shklovesky）似乎格外推崇《香迪传》中的 parody 写作技巧。他说："以形式而言，斯特恩（Sterne）是个彻底的革命者，他的突出之处是'暴露'了他的技巧。"① 20 世纪现代派作家，比如乔伊斯、伍尔夫、纳博科夫，都赞赏斯特恩的创作艺术，而什克洛夫斯基称他为艺术革命家。什克洛夫斯基认为斯特恩有意使读者意识到小说形式的人为性，他模仿小说的一般传统形式，而目的确实将构成小说的技

---

① ROSE M A. *Parody*: *Ancient*, *Modern*, *and Postmodern* [M]. Cambridge: Cambridge University Press, 1993: 104－105.

巧显现、暴露在读者面前①。同时，巴赫金也认为 parody 在小说的发展中是一种有益的技巧②。巴赫金说："于是在 parody 中，有两种语言相互交叠，两中文本相互交叠，两种语言视角相互交叠。说到底，是两种说话主体。"③ 克丽斯蒂娃（Kristeva）在巴赫金"双重声音"理论的基础上，形成了"互文性"（intertextuality）的理论。克丽斯蒂娃把互文性理解成为一种动态，这种动态是关于创作本体的消亡和新复合型的重构，同时读者也参与了这一动态活动。她认为读者的参与对现代和后现代主义文本是绝对必要的。

在后现代主义文本中，互文性的问题在某些方面也许更重要。互文性就其基本意义来说，是指话语或文本与其他话语或文本之间的关系。克丽斯蒂娃的观点是：一切文本都不可能独立于其他文本④。互文性概念的形成虽然以克丽斯蒂娃 1969 年发表的《符号学》为标志，然而这一概念却孕育在结构主义和符号学之中，并在 20 世纪 70 年代的后结构主义和解构主义当中得到发展。结构主义研究的是文本的结构，文本的意义不存在于孤立的符号中，而是存在于结构或关系中。无论是结构主义还是符号学，文本的意义确定都依赖于一个他者。到了 20 世纪 70 年代，后结构主义或解构主义超越了结构主义和符号学。他们质疑文本的统一性，认为文本的统一性是一种幻觉。他们认为能指和所指的关系是不稳定的，所包含的意义是不确定的、很难把握的。因此，文本被视作

---

① ROSE M A. *Parody: Ancient, Modern, and Postmodern* [M]. Cambridge: Cambridge University Press, 1993: 145.

② 同①: 169.

③ 同①: 154.

④ WALES K. *A Dictionary of Stylistics* [M]. London and New York: Longman, 1989: 259.

一个动态概念，以及文本间不断相互指涉的游戏。帕特里克·奥唐奈
(Patrick O'Donnel) 认为"互文性"概念起源于结构主义，并因符号学
而出现。因此，他认为互文性的文本总是存在于一个不断改变形态的过
程当中。他说，"文本是一件织品，它被编织的同时又被拆散，这件织
品不是由相同的'料子'做成，而是由其他文本的遗迹构成。这一文
本最后可以进一步分化为其他文本，其他文本又可以分化为其他文本，
直至无限分化。"① 以下公式可以表示奥唐奈的观点：(符号→表
示动态)

互文性 = 文本（＋其他文本＋其他文本＋……）

$\longrightarrow$

从这个公式中我们看到了文本与另一文本的关系，同时我们也看到
了文本意义的"迟延""不确定性"和"游戏"。因此，关于文本的文
本就是互文性。在后现代主义作家看来，艺术不是高于一切，艺术也不
能拯救世界，艺术就是艺术。滑稽模仿的调侃方式让读者在玩笑之余，
既看到了其滑稽的一面，又看到了其互文的一面。后现代主义作家将滑
稽模仿和互文性当成主体消亡的见证，让读者看到小说的虚构本质。被
模仿的原文中，读者看到的是互文中的不确定性和游戏性。"就个人而
言，主体消失了；就形式而言，真正的个人'风格'也就越来越难得
一见了。"②

维尔登在《女恶魔的生活与爱情》中的创作，不仅与自由女性主

---

① Patrick O, Donnel, DAVIS R C, et al. *Intertextuality and Contemporary American Fiction*
[M]. Baltimore and hondon: The John Hopkins llniversity Press, 1989.
② 詹明信. 晚期资本主义的文化逻辑：詹明信批评理论文选 [C]. 北京：生活·读
书·新知三联书店，1997：450.

义、激进女性主义以及存在女性主义等女性主义运动相呼应，同时她将滑稽模仿和互文性创作手法在小说中展现得淋漓尽致。这部小说展现了一个反叛既定社会文化对女性传统形象的文本，同时这一文本又与女撒旦的反抗、拯救女性、女魔重生、美人鱼、灰姑娘等童话故事文本融合，让读者读后深感这一文本的虚构性和游戏性。根据前面提到的表示奥唐奈观点的公式，维尔登《女恶魔》的互文性创作公式也可以这样表示：（符号→表示动态）

《女恶魔》的互文性 = 《女恶魔》文本（ + 《失乐园》 + 《创世纪》

$$\longrightarrow$$

+ 《弗兰肯斯坦》 + 《美人鱼》 + 《灰姑娘》……）

1. 《女恶魔》与《失乐园》《创世纪》的互文

"女魔"名叫鲁思，无论从哪个方面看，她都不可能成为浪漫爱情故事的女主角，她既不美丽，也不温柔，但她却有着清醒的头脑和强烈的自我意识。她的婚姻被一位娇小美丽的女作家玛丽破坏了，鲁思发现自己的外形与社会文化要求的理想形象相去甚远，然而，玛丽·费什的小巧玲珑、身材苗条的形象却符合社会文化意识，鲁思强烈感到内心对外貌的深深焦虑和身体的羞耻感，一直逆来顺受、忍辱负重的鲁思毅然离开了丈夫，一把火烧毁了房子，离开了孩子，最后采取极端行为去改变自己的外貌。鲁思点着的这把火成为她对自己心灵上的一次彻底清理、洗涤和净化。这把火将鲁思从 Eden Grove 的虚假伊甸园中解放出来，鲁思开始寻求报复，并有意识地寻求"驾驭男人心和钱包的力量"。鲁思全身心地投入到了女性反叛当中，"她大笑着说她拿起来武器反抗上帝。撒旦也曾尝试过但却失败了，因为他是男性。她想她会做得更好些，因为她是女性。"

撒旦和伊甸园是英国诗人约翰·弥尔顿（1608—1674）《失乐园》中的人物和地点。《失乐园》（*Paradise Lost*）是一部诗歌作品，却具有史诗般的磅礴气势，它揭示了人的原罪与堕落。作品中的叛逆之神撒旦，因为反抗上帝的权威被打入地狱，却毫不屈服，为了复仇寻至伊甸园。生活在伊甸园的亚当与夏娃，受到被魔鬼撒旦附身的蛇的引诱，偷吃了上帝禁食的分辨善恶智慧树的果实。最终，撒旦及其同伙全变成了蛇，亚当与夏娃被逐出了伊甸园。该诗体现了诗人追求自由的崇高精神，是世界文学史、思想史上的一部极重要的作品。"失乐园"来自《圣经》创世纪的故事：亚当和夏娃偷食禁果以后，世界便因此颠倒。人失去了天真烂漫、无忧无虑的童年，注定要经历酸甜苦辣的洗礼，体验喜怒哀乐的无常。智慧是人类脱离自然界的标志，也是人类苦闷和不安的根源。上帝在伊甸园中行走时，亚当和夏娃听见他的脚步声，此时他们的心与上帝有了罅隙，出于负罪感，他们开始在树林中躲避上帝，上帝对人的失落发出了痛切的呼唤："亚当，你在哪里？人哪，你在哪里？"这呼唤中包含着上帝对人犯罪堕落，失掉了赐给人原初的绝对完美的忧伤与失望，又包含着对人认罪归来，恢复神性的期待。然而在上帝一步紧似一步的追问面前，亚当归咎于夏娃，夏娃诿罪于蛇。这就是上帝对人类最初的失望与忧伤，这就是人类背离上帝的最初堕落与痛苦。

《女恶魔》中的鲁思，从邪恶复仇方面而言，她变成了一个女撒旦。撒旦为了自由不惧怕上帝的控制，勇于反抗上帝的旨意，敢于带领人类开创自己的生活。而女撒旦鲁思，同样为了能够寻回自己作为女性的尊严，决心对丈夫和情敌开始复仇。当她被警告说她的反抗已经激怒了上帝时，她却回答，"他当然会生气了，我重新创造了自己。"当另一位女性人物告诉她"上帝出于某种目的才将我们带到这个世界中"时鲁思却回答说，"他的目的太神秘了，我已经不能够再忍受了。""我已经尝试过很多种方法让自己适应原初的身体，去适应那个生我的世界，然而都失败了。我不是革命家，既然我不能改变这个世界，我只能改变自己。"维尔登把基督教的道德观颠倒过来，基督教的母题是救赎，然而，维尔登将鲁思的遭遇呈现为相反的救赎母题："也许耶稣拯救了男人，所以我将去拯救女人，我把苦难和自我认识（两者结合）带给他人，把救赎带给自己。"《圣经》中全知全能的上帝，是为了拯救全人类而存在的。"救赎"的母题在维尔登笔下却成为女恶魔拯救自己的良好借口，因为女人的苦难需要上帝来拯救，既然《圣经》中没有这样的女神，那么女撒旦也许可以来拯救女人。

2. 《女恶魔》与《弗兰肯斯坦》的互文

鲁思意识到自己无法改变文化，但是可以改变自己面容和身材去附和既定的文化要求。无法忍受大众文化的女性形象，鲁思为了获得男性的注视，对自己的身体采取了医学暴力——整容整形。鲁思决心将自己的身体变成玛丽的样子，经历了巨大的痛苦折磨进行整容整形手术，破坏了身体结构：隆鼻、缩短下颌、挑高眉线、拉低头皮、双耳后移、减小耳垂、从肩膀、后背和臀部抽出脂肪、拉紧腋下松弛的皮肤、缩短胳膊和腿。鲁思经历了痛苦的整形手术后变成了一个外形美丽而心灵扭曲的"恶魔"。鲁思变成了弗兰肯斯坦的女恶魔。

《弗兰肯斯坦》（或译《科学怪人》）是文学史上第一部科幻小说，

由英国著名浪漫主义诗人雪莱的妻子玛丽·雪莱（Mary Shelley）创作。因为这部小说，她被誉为科幻小说之母。"弗兰肯斯坦"是小说中那个疯狂科学家的名字，他用许多碎尸块拼接成一个"人"，并用闪电将其激活。故事讲述主人公弗兰肯斯坦是一位从事人的生命科学研究的学者，他力图用人工创造出生命。在他的实验室里，通过无数次的探索，他创造了一个面目可憎、奇丑无比的怪物。开始时，这人造的怪物秉性善良，对人充满了善意和感恩之情。他要求他的创造者和人们给予他人生的种种权利，甚至要求为他创造一个配偶。但是，当他处处受到他的创造者和人们的嫌恶和歧视时，他感到非常痛苦，他开始憎恨一切，他想毁灭一切。他杀害了弗兰肯斯坦的弟弟威廉，又企图谋害弗兰肯斯坦的未婚妻伊丽莎白。弗兰肯斯坦怀着满腔怒火追捕他所创造的恶魔般的怪物。最后，在搏斗中，弗兰肯斯坦和怪物同归于尽。这部小说揭示了玛丽·雪莱的哲学观点，她认为人具有双重性格——善与恶。长期受人嫌恶、歧视和迫害会使人变得邪恶而干出种种坏事，甚至发展到不可收拾的地步。它还为英语添加了一个新的单词 Frankenstein，一个最终毁了它的创造者的东西，"弗兰肯斯坦"一词后来用以指代"顽固的人""人形怪物"或"脱离控制的创造物"。

鲁思改变自己身体变成了弗兰肯斯坦的女魔鬼：在自己获得新生的最后阶段，鲁思被推到了"生命与死亡的边缘"，仿佛遭到电击后获得了生命。后来鲁思的医生把她比喻成"弗兰肯斯坦的魔鬼，需要闪电来赋予并维持生命"。

3.《女恶魔》与童话故事的互文

维尔登是一位作家，同时也是一个好女巫，她设计一些毫无尊严，甚或是思想断裂的人物形象，来修正传统观念。她收集了安徒生童话、格林童话，发现童话故事都是关于女性的故事：不仅有关于女性传统的继承故事，也有关于女性命运的故事，如白雪公主、睡美人、小红帽和灰姑娘等。维尔登出于以下两个原因运用童话故事：一是为了阐明等级；二是为了阐明性别。她笔下的当代世界与封建的童话世界一样，到处充满着严格的等级差异，从经济和思想意识方面，资产阶级和无产阶级仿佛被难以逾越的鸿沟所隔开。

　　尽管有些女性人物最终结果是与王子结婚，但我们无法忘记她们为了这个结局而忍受了多少痛苦：吃了毒苹果、沉睡一百年、穿得破破烂烂去擦地板。人们很容易忽视童话中的残酷和暴力，而且，童话故事很少提到与王子结婚后发生了什么，王子是否忠诚、是否让人厌倦以及是否骂人。假如小红帽没有让大灰狼吃掉（有些修改后的版本就没有被大灰狼吃掉），她会怎样呢？维尔登笔下的人物大多生活在当代都市当中，也生活在人们听过的童话故事里，所以人们分不清生活和小说的界限，也分辨不出过去和现在的时间差异。她笔下的女性人物和叙述者善于讲故事，是编织现实和谎言的现代"鹅妈妈"。维尔登修改了传统童话故事情节，从而编写新的现代女性童话故事。维尔登讲述的现代童话故事中，人物也被置于童话故事的海洋里：年老的妻子、文化神话、关于自己和他人的谎言。"女巫维尔登"所讲述的童话故事也是些让人警戒的故事。在传统的童话故事中，为什么要跟王子结婚、为什么稻草会变成金子、为什么让童话实现人们的愿望、为什么森林中每一棵树后都有狼或其他的危险潜伏？

　　假如说童话故事在一定程度上描述了女性行为的话，那么灰姑娘和睡美人的被动处境，白雪公主和小红帽容易上当受骗的性格，都说明了这一点并未起到警示他人的作用。维尔登的人物不仅是演绎了故事，同时围绕王子、青蛙、公主和乞丐女孩展开。"王子、青蛙、公主和乞丐女孩——我们都尽力为自己安排一个最好的位置。""对于小说而言，将自己完全投入到小说中，你就可能拥有永恒的生命。"神话和童话故事允许维尔登的女性人物去做梦，即使她们自己知道梦是虚假的。"神话，是不真实的，它只是回应了一种需求。"生活在神话和童话故事当中，不仅让女性看不到事实，而且离间了女性之间的关系，让她们为了极少的奖品而成为竞争对手。童话故事的确为这种竞争提供了范例，通过无止境的选美竞赛来决定"谁是最美丽的"。"灰姑娘"就表达了女性之间的敌意：

"这是个关于一群孤独女人的故事，而她们又视对方为敌人。这个故事不只是舞会、王子或者水晶鞋，更是一个有效的课堂。童话、神话和文学作品中的'灰姑娘'都折射出了女性之间糟糕的关系。银幕和看座上的女孩子们都需要被拯救。女人们救不了她，她们只会阻碍她的成长。"①

汉斯·克里斯蒂安·安徒生（Hans Christian Andersen, 1805 - 1875），丹麦作家、诗人，因为他的童话故事而闻名世界。家喻户晓的"美人鱼"故事讲述的是：在海底深处有一座城堡，城堡中住着几位人鱼公主，其中最小的公主长得最为美丽。她常常听她的姐姐们说许多海面上的新鲜事，但她因为未成年而不能上水面，所以她经常想着到海面

---

① BERNIKOW L. *Among Women* ［M］. New York：Harper Collins Publishers Incorporated, 1981.

151

上看看。结果在她 15 岁生日的时候，她悄悄地游到了海面，遇到一位从船上掉落海中的王子，漂流到海面上，她便立即救了那位王子。但此时因有人接近，她没法子，只得走了。而王子醒来时见到一位乡村少女（另一说是邻国公主），便以为是那位少女救了他。人鱼公主无法将王子忘记，于是去求助女巫来帮助她达成心愿。女巫帮助了她，但她走路的时候，那由尾巴变成的双脚会像刀割一般地疼痛。而且如果王子和别人结婚的话，她便会化成海中的泡沫而死去。同时，女巫还要人鱼公主把美妙的声音送给她。人鱼公主虽然上岸见到王子，但王子却不认得她，最后便与那位乡村少女结婚。人鱼公主只得回到海底，但她将会化成泡沫而死去。这时她的姐姐给了她一把剑，要她去刺杀王子，这样人鱼公主便不用死去。但人鱼公主最后下不了手，宁可自己死去也不愿刺杀王子。最后人鱼公主回望王子一眼，然后变成空气，并往云彩的深处飞去。人鱼公主为了得到王子的爱情，宁愿舍去自己的鱼身，牺牲自己的性命，看起来多么美妙而凄惨的童话故事，却将女性置于一个无声和压抑的处境。维尔登曾经说过，"这个故事和那个故事有什么区别呢？都是一样的，都是从单纯到世故、从无知通向知识的单向道路，我们必须通过这条道路，无法逃离。"[1]

　　鲁思长期被轻视，内心为自己的身体而感到无比痛苦。她非常"高兴地除掉"自己魔鬼般令人厌恶的身体，消除那个社会所鄙视的非人，重新整容成玛丽的模样，变成了"男性幻想的肉体"。正如安徒生的人鱼公主一样，想要得到王子的爱情而将尾巴换成了人腿。"她得到

---

　　[1]　BERNIKOW L. *Among Women* [M]．New York：Harper Collins Publishers Incorporated，1981．

了腿，但此后她每走一步如同刀割一样疼痛。"而鲁思做完手术后变成迷人的女人，然而却要忍受一生的痛苦，因为"她每一步仿佛都踩在刀尖上"。

《灰姑娘》（法文：Cendrillon；英文：Cinderella；德文：Aschenput-tel），也音译作《仙杜丽拉》或《仙杜瑞拉》，在迪士尼的经典动画长片中被称为《仙履奇缘》，是一则著名的童话，灰姑娘是这一故事的主人公。该故事在世界各地流传广泛，亦拥有许多不同版本，各版本之间有时差别很大，其中以 1697 年《鹅妈妈的故事》（*Mother Goose*）和 1812 年《格林童话》中的版本最为人熟知。《灰姑娘》经久不衰，至今仍在世界范围内影响着流行文化，不仅"灰姑娘"成为新词，被用来比喻"未得到应有注意的人或事"等，且故事本身还不时为各类作品提供灵感与元素。从前，有一位长得很漂亮的女孩，她有一位恶毒的继母与两位凶恶的姐姐。她便经常受到继母与两位姐姐的欺负，被逼着去做粗重的工作，全身满是灰尘，因此被戏称为"灰姑娘"。有一天，城里的王子举行舞会，邀请全城的女孩出席，但继母与两位姐姐却不让灰姑娘出席，还要她做很多工作，她很伤心。这时，有一位仙女出现了，帮助她摇身一变成为高贵的千金小姐，并将老鼠变成马夫，南瓜变成马车，又变了一套漂亮的衣服和一双水晶（玻璃）鞋给灰姑娘穿上。灰姑娘很开心，赶快前往皇宫参加舞会。仙女在她出发前提醒她，不可逗留至午夜十二点，十二点以后魔法会自动解除。灰姑娘答应了，她出席了舞会，王子一看到她便被迷住了，立即邀她共舞。欢乐的时光过得很快，眼看就要午夜十二时了，灰姑娘必须要马上离开，在仓皇间留下了一只水晶鞋。王子很伤心，于是派大臣至全国探访，找出能穿上这只水晶鞋的女孩，尽管有后母及姐姐的阻碍，大臣仍成功地找到了灰姑娘。王子很开心，便向灰姑娘求婚，灰姑娘也答应了，两人从此过上了幸福快乐的生活。

Cendrillon 是灰姑娘的法文名字，但它其实不是此人物真正的名字，而是一个外号。Cendrillon 一词由 cendre 和 souillon 两个法文单词合成。构成 Cendrillon 的第一部分的"cendre"在法文中是"灰"的意思，这样取名是因为灰姑娘工作后躺在炭灰上休息，总是脏兮兮的；souillon 是"贱人"的意思，是两位姐姐对灰姑娘的蔑称。灰姑娘还有一个外号，叫 Cucendron，cu 是 cul 的意思，即中文的"屁股"；cendron 跟上述 cendre 的意思一样，即"灰"，也是她低俗的姐姐所取的。而至于灰姑娘的真正名字，我们无从得知。1998 年由安迪·泰伦（Andy Tennant）导演的电影《灰姑娘：很久很久以前》（*Ever After：A Cinderella Story*），则删除以往灰姑娘故事中过度梦幻童话及女性全然美貌取向等部分，重新诠释并赋予饰演灰姑娘的茱儿·芭莉摩以女性意识及独立解决问题的形象。灰姑娘效应是一个心理学术语，指代继子继女受到其继父母毒打、性虐待、忽视、谋杀和其他虐待的比率明显高于那些受亲生父母抚养的孩子这一现象。灰姑娘效应一词来源于童话《灰姑娘》，在故事中灰姑娘受到了其继母和继姐妹的残酷虐待。鲁思由于外形丑陋所遭受的残酷对待将其内在美一扫而光。鲁思放弃了童话故事，拥有了美丽的外表之后，内心却丧失了先前的美丽，变成了恶魔般的心灵，充满了仇恨。她没有等待勇敢的白马王子来拯救自己，而是将波波最终囚禁在了自己编织的"牢笼"中，让他乖乖地伺候着自己。

"如卡勒所说，不管从哪种预设入手，对文学的解读终将是一种互文性解读，而对互文性的阐释，终将有利于一种阅读诗学的建设。"①
互文性的解读方法，使得读者在阅读小说的愉悦心情中，习得其他文学
作品知识，这也是维尔登期盼读者在阅读自己小说中能够达到的目的之
一。而《女恶魔》作为一部具有后现代主义特色的小说，在各种文本
的融合和再创造的基础上，不仅表达了女性要求颠覆传统的心声，同时
表达了后现代主义的不确定性，文本的意义并不是一成不变的，作者和
读者都有权力对原文本进行改造和再创造。这种文本意义的不确定性，
也表达出女性地位的不确定性，女性的处境是可以通过反叛社会既定的
角色而得到改善或改变的。女撒旦鲁思通过改变自己去改变命运，女性
不必死等上帝的拯救，女性可以拯救自己。美丽童话结局被打破，女性
通过改变自己容貌得到了自己想得到的一切，摆脱了男性的保护和
爱情。

（四）《宝格丽关系》中的文本艺术生产和消费

《宝格丽关系》是其一部颇有争议的小说。争议的焦点主要集中
在：作为英国知名畅销小说家，费·维尔登接受了意大利宝格丽珠宝公
司的要求和赞助而完成，其实质目的是为了进行宝格丽珠宝的商业宣
传。对于维尔登的做法，整个文学艺术界都为之感到震惊。震惊之余，
无休止的评论和争议便纷至沓来：美国"兰登书屋"（Random House）
的前任编辑主任杰森·爱普斯坦说："对小说家而言，为了获得酬金而
宣扬某公司产品是件令人厌恶的事情。"② 曾获普利策奖的小说家麦

---

① 陈永国. 互文性 [J]. 外国文学, 2003 (1)：80.

② ROSE M J. *Your ad here*, [EB/OL]. (2001 – 09 – 05).

克·查邦把《宝格丽关系》称为一个"蹩脚的想法"①；美国小说家里克·穆迪说："你不想去评价一位作家，更不用说有名的英国作家，但是你确实想说，哦，难道你们的书不也已经售出了足够多的复本了吗？别傻了！"② 美国小说家简·汉密尔顿说："没有人会告诉我怎样去写或者写些什么，对我来说那是最要紧的问题……"③ 以上评论中只有里克·穆迪赞同费·维尔登的做法，他认为作家的作品都是通过各种方式进行销售，从而获取经济利益。但除此之外，其他几位作家都在讽刺甚至反对维尔登的大胆举措。然而，对于《宝格丽关系》这部小说的创作，从西方马克思主义角度来审视，它正是与时代共生的产物。依据德国西方马克思主义理论家瓦尔特·本雅明（Walter Benjamin, 1892－1940）的文本艺术生产论的观点，他认为，"把艺术创作看作是同物质生产有共同规律的一种特殊生产活动和过程。在他看来，艺术创作是生产，艺术欣赏是消费，小说文本艺术生产完全可以遵循与社会生产力水平相适应的艺术生产规律。"④因此，《宝格丽关系》这一文本从生产目的、生产与消费的关系以及具有后现代特点的文本创作手法，都顺应了当今社会的消费状况。

1. 小说文本的艺术生产目的

《宝格丽关系》这部小说文本的艺术创作，摆脱了过去传统小说那种追求一种宏大叙事与伦理教化的束缚。在当代经济中，小说文本的生产目的呈现出简单化和商业化趋势。小说生产目的简单化和商业化使文

---

① ROSE M J. *Your ad here*，［EB/OL］.（2001－09－05）.

② 同①.

③ 同①.

④ 朱立元. 当代西方文艺理论［M］. 上海：华东师范大学出版社，2005：207.

本原初的文学性被逐步削弱了。这部小说写就于 2001 年，作为 21 世纪早期的作品，小说的创作与新世纪社会生产力发展状况是分不开的。受到高额经费赞助的小说《宝格丽关系》，也证实了作者愿意去适应当代社会的物质追求。

维尔登创作这部小说的生产目的简单化特点主要体现在：为宝格丽公司进行珠宝饰品的商业宣传，使"宝格丽"这一品牌名在小说中被提及的次数达到公司规定要求，以增强"宝格丽"这一品牌的知名度。实际上，维尔登已经超额完成了所规定的宣传任务。"宝格丽"（Bulgari）一词在小说中出现的次数远远超过了之前规定的 12 次。起初，维尔登对于这种创作目的心存疑虑，但由于自身就处于经济膨胀的当代社会之中，无法摆脱经济力量对个人生活的冲击，最终她选择了坦然接受。维尔登曾告诉《纽约时报》记者说："我刚听到这种（写作）方式时，认为是行不通的，我是一名文学作家，不能做这种事情，否则我的名声将会永远存有污点。但之后又想了想，我不在乎，有污点就有污点吧，反正他们也没有授予我布克奖嘛。"小说中第一次提到"宝格丽"这一品牌名称是"巴利和桃丽丝手牵着手，缓缓地向时尚女子购物街宝格丽珠宝店走来，想为桃丽丝那纤细的手臂挑选一款镶有红宝石的手链。"简短的几句话为读者描绘了一幅温馨的画面，同时向读者传递出了这样的信息：宝格丽珠宝总是与甜蜜爱情和窈窕淑女相匹配。"宝格丽"这一品牌名在小说中第一次闪亮登场便展现出了小说文本的简单的生产目的——品牌广告宣传。

另一方面，小说的商业化特点主要体现在：小说文本的文学性被进一步削弱了，其商业操控性却大大增强了。小说文本作为一种文字符号体系，在为整个消费大众传播宝格丽珠宝广告信息的同时，通过文字视觉阅读的途径来操纵大众的审美趣味与欲望，从而提升小说的销售量，并从中获取巨大的经济利润。美国学者大卫·哈维在《后现代性的条件》一书中认为，20 世纪六七十年代爆发的资本主义经济危机使得灵活积累通过采用新的组织形式和新的技术，加快了生产和消费的步伐。面对转瞬即逝的消费时尚，人们不得不采取新的应对策略，他们有意识地操纵和控制消费趣味与时尚。符号体系和视觉形象的生产占据了一个特殊重要的位置①。这种对人们审美观念的商业性操控在小说第二次提到此品牌名时得到了证实。文本中第二次提到"宝格丽"是在朱丽叶夫人在儿童慈善捐助会正式出场时，对其着装服饰的描绘："脖子上戴着一条宝格丽项链，上面镶嵌着各种圆形绿翡翠石、红宝石、蓝宝石，还有 60 年代出产的制作优良的钻石，价值 27.5 万英镑……映在她那富有弹性而白皙的皮肤上光彩照人。"这番描述把宝格丽珠宝暗含的时尚尊贵概念展现得淋漓尽致。通过文字符号向消费读者设定了"宝格丽珠宝意味着爱情、美丽和尊贵"的审美观念，从而使小说文本艺术与广告文编写艺术的效果如出一辙，以此来影响读者或消费者的消费观念。由此可见，《宝格丽关系》小说文本的生产目的与整个消费社会生产力水平是密不可分的。在简单化和商业化的小说文本生产目的驱动下，小说的文学性便居于附属地位了。

对于文学性的理解，俄国形式主义文学批评家维克多·什克洛夫斯基（Viktor Shklovsky，1893 – 1984）提出了"陌生化"概念，"主张艺

---

① 罗钢. 后现代主义文学作品选 [M]. 北京：高等教育出版社，2002：5.

术的设计是对象的陌生化设计，是造成形式的困难、增加感觉难度与长度的设计。"① 在《宝格丽关系》中对于各种场景的设计，让读者感到那么熟悉而不陌生，那么直接而不费力。换句话说，作者的意图本身并不是崇尚小说的文学审美价值，而是商业性地竭力推销宝格丽珠宝而已。俄国形式主义叙述理论的另一个概念是"动机"，鲍里斯·托马舍夫斯基（Boris Tomashevsky，1890 – 1957）把情节中最小的单元叫作"动机"。确定动机是故事要求的，不可缺少的，而自由动机从故事的角度看则无关大局，可有可无。② 因此，推销宝格丽产品是小说《宝格丽关系》的明确动机，是小说故事所要求的，或者说是出版商所要求的，不可缺少的，而小说中有趣而紧凑的故事情节反而成了自由动机，情节场景的设置并不是至关重要的因素，可以这样安排也可以那样安排，甚至于可以忽略某些情节（假如烘托不出宝格丽珠宝的商业价值）。这样一来，小说文本的生产目的和其文学审美价值都由整个消费社会的生产力水平所控制和制约，而小说文本创作不再是拘泥于文学艺术价值追求，而是与商业性炒作千丝万缕地联系在一起。从而，精英文化与大众文化的界限日渐模糊，成为后现代小说文本创作的一个重要特征。

2. 小说文本艺术生产与艺术消费

《宝格丽关系》作为后现代主义小说文本生产是逃不出后现代主义消费社会的圈子。《宝格丽关系》是一部情节紧凑、动人且易读的小

①　朱立元，李均. 二十世纪西方文论［M］. 北京：高等教育出版社，2002：183.
②　拉曼·塞尔登，彼得·威德森，彼得·布鲁克. 当代文学理论导读［M］. 刘象愚，译. 北京：北京大学出版社，2006：42.

说，小说内容是关于中年人的贪婪自负与爱情。《宝格丽关系》被《人物》杂志称作"邪恶而滑稽"。小说世界充满着热恋、情敌与复仇。它呈现给我们一个疯狂喧闹的故事，故事中充满着商业气息的讽刺诙谐。这部小说能够迅速地被 21 世纪广大消费者所接受的事实，足以证明文本的生产顺应了整个社会消费水平。人们不顾一切地开始疯狂追逐奢侈品的高消费生活，把社会伦理道德放置一旁。杰姆逊曾经说过，"后现代主义时代的叙事及其同晚期资本主义的关系是全部问题之所在，无论在世界的哪一个角落，人们都无法逃避晚期资本主义的引力场。"①

　　然而，后现代性的文本生产与消费总是对现代性的文本生产与消费提出挑战，甚至于存在着某种颠覆倾向。"因此，大写'文学'仅成为一切艺术形式的大众文化生产与再生产的'技术'谱系中的一套离散的文本。"② 在现代传统题材小说文学作品及其评论中，产生于现代主义文学的"俄狄浦斯情结"对于 20 世纪文学批评产生了深远的影响。1900 年，弗洛伊德（Sigmund Freud，1856 – 1939 ）在《释梦》中提出了著名的"恋母情结"（Oedipus Complex），即"俄狄浦斯情结"。这个概念在小说文本《宝格丽关系》中再一次出现，这是对过去的怀念而旧事重提呢？还是对过去的一种否定而提出挑战？小说中格蕾丝作为母亲想写封信告诉儿子卡迈克尔近期所发生的事情，但又不知写些什么。"难道告诉他（儿子卡迈克尔），威尔特还不如他年龄大？不！还是告诉他威尔特和他长得很像，起初认为他也是个同性恋者，直到把画像带

---

① 詹明信.晚期资本主义的文化逻辑［M］.陈清侨，译.北京：生活·读书·新知三联书店，2003：26.

② 彼得·威德森.现代西方文学观念简史［M］.钱竞，张欣译.北京：北京大学出版社，2006：87.

回他的画室后，他吻了我？或者告诉他我和崴尔特已经上床了？不！这一切足以把任何一个男孩子变成哈姆雷特。""哈姆雷特"的出现让读者立刻联想到弗洛伊德所提出的"恋母情结"。而"恋母情结"一词的英文表述最初来自古代索福柯勒斯的神话《俄狄浦斯王》（Oedipus Rex）。文艺复兴时期，莎士比亚的悲剧《哈姆雷特》在弑父娶母的结局安排上与《俄狄浦斯王》神话文本前后呼应。因此，21世纪的小说文本《宝格丽关系》，在描述年龄相差26岁的格蕾丝与崴尔特恋爱关系时，总是能够唤起读者对古代神话文本《俄狄浦斯王》、文艺复兴时期戏剧文本《哈姆雷特》以及20世纪初期的弗洛伊德"恋母情结"等文学概念的记忆。

除此之外，小说还描写了桃丽丝的"恋父情结"（Electra Complex）。"桃丽丝记得20年前，结婚纪念日那天父亲送给母亲一个钻石戒指，而那天正巧是我13岁的生日，事实上他们就在我出生时才结婚的。我一直渴望得到那样一个钻石戒指，可得到的却是一个装饰桌子用的橘黄色的塑料饰品……"这也许就是桃丽丝嫁给巴利的原因。在潜意识中，她把格蕾丝幻想为自己的母亲，把巴利幻想为自己的父亲，出于嫉妒，她从格蕾丝身边抢走巴利，试图在与巴利的婚姻中弥补童年时期的缺憾。《宝格丽关系》在后现代的文化背景中产生，却穿插着富有现代性的传统概念——"恋母情结"与"恋父情结"，这一传统的文学概念在21世纪创造出的《宝格丽关系》小说文本中，通过再次生产把传统的"俄狄浦斯情结"与"同性恋"并置一起，并且与大众文化相契合，对传统文学中的"高级文化"进一步提出了挑战。"同性恋"（gay）一词在《宝格丽关系》中频繁出现，暗示不论是由于"恋母"

而发生在格蕾丝和画家崴尔特（年龄相差 26 岁）之间的恋情，还是由于"恋父"而发生在巴利与桃丽丝（年龄也相差 26 岁）之间的恋情，总是属于"异性恋"的范畴。而格蕾丝和巴利的儿子卡迈克尔却站在了他们的对立面，成了"同性恋者"。如果说"异性恋"代表了生殖，反映生产，那么"同性恋"则否定了生产。这种否定生产、否定传统的思想在当代的资本主义社会中，形成了一股不可忽视的力量，被称作"酷儿"（queer）。酷儿的研究"质询"正统性，反映出后现代特色的"颠覆性"与"叛逆性"。因此，《宝格丽关系》小说文本的生产过程完全反映了后现代消费社会的特点。"正统"与"叛逆"相撞，使得社会的审美价值观念或者说艺术消费观念不再受限于一种固定的模式，呈现出多元化和多样性趋势。

3. 小说文本艺术生产技巧

根据马克思主义关于生产关系决定于生产力的原理，本雅明提出，在人类艺术活动中，艺术生产关系也决定于艺术生产力，即技巧①。同时，伊格尔顿也曾经探求过晚期资本主义中艺术和商品会合的观念，强调虚构作品中商品的独立真实性。《宝格丽关系》作为一部虚拟的小说文本，已经成为宝格丽珠宝公司的一件商品，用来为公司进行品牌宣传的商品。小说中各种有趣的故事情节是虚构的，而宝格丽这一品牌却拥有了自己独立的真实性。小说中运用了后现代主义的创作技巧，如复制和互文，呈现出小说文本的后现代主义特色。

首先，体现了后现代主义复制特点。《宝格丽关系》中桃丽丝的画

---

① 罗钢. 后现代主义文学作品选［M］. 北京：高等教育出版社，2002：207.

像本身就是一件复制品，是对朱丽叶夫人画像的复制。桃丽丝本人的头像被画在了朱丽叶夫人的人身像上，带来的后果却是让客人们感到吃惊和厌恶。本雅明在《机械复制时代的艺术作品》一文中提出了著名的"机械复制时代的艺术论"。他认为，随着现代科技和生产力的发展，艺术生产也进入了机械复制的时代。这带来了艺术的巨大变革，传统艺术的"光晕"消失了，可用机械复制的艺术却悄然崛起①。而小说《宝格丽关系》中运用了复制这一技巧，使得桃丽丝的半复制画像失去了原有的"光晕"。人们感到画像那样的模糊、不真实，而同时复制过的画像让桃丽丝显得那样"残酷"和"邪恶"。所以，桃丽丝追逐的朱丽叶画像所展示出的那副尊贵而美丽的"光晕"，却在这幅复制画像中消失殆尽，复制打破了独一无二的尊贵魅力。

其次，体现了后现代主义互文性特点。小说中在客人们见到桃丽丝那半复制的画像时，看到的却是桃丽丝面部的"残酷"和"邪恶"，有人联想到"多利安·格蕾的画像"（the portrait of Dorian Gray），甚至于有人把桃丽丝称为"多利安·格蕾"（Dorian Gray）。此处提到的"多利安·格蕾的画像"，是来自于对王尔德小说《多利安·格蕾的画像》（*The Picture of Dorian Gray*）的戏仿。王尔德小说《多利安·格蕾的画像》是一个关于自负的经典故事。天生漂亮非凡的多利安·格蕾（Dorian Gray）因见了画家霍华德给她画的真人一样大的肖像，发现了自己惊人的美丽，开始为自己韶华易逝、美貌难久感到痛苦。后来多利安·格蕾把灵魂卖给了恶魔，换来了不变的容颜。桃丽丝（Doris）这个名字

---

① 朱立元，李均. 二十世纪西方文论［M］. 北京：高等教育出版社，2002：208.

本身也是对多利安·格蕾的一个戏仿。Doris 意为"古希腊中部的多利士地区"，Dorian 意为"古希腊多利士地区居住的多利安人"。传说此地是古代年轻貌美的妓女保护区，不论妓女犯下何种过错，只要她逃到了多利士这个地方就会得到庇护。小说中的桃丽丝和王尔德小说中的多利安·格蕾同是为了留住并展现自己的美貌而请画家画下自己的画像，最终给人留下的不是美丽反而是罪恶与邪恶。小说中主人公的命名和情节与古代神话和王尔德小说文本呈现出了互文特点，进一步加强了对桃丽丝欲望的渲染。

复制和互文同属于后现代小说创作特点。复制与文本间互文性，使得文本叙事结构不再那么宏大，文本意义变得肤浅可及，对传统的文学范式进行改造和呼应，进一步烘托出后现代主义消解权威和中心的文本创作目的，同时暗示小说文本的虚构和不确定性的本质特点。因此，从后现代主义艺术角度来看，《宝格丽关系》的商业性文学生产目的，降低了传统文学审美价值。小说将"同性恋"与"异性恋"的二元对立并置，引起后现代读者对"酷儿"的关注，挑战传统的思维模式。小说运用复制和互文等后现代创作技巧，增强了小说文本艺术效果，拉近了作者与读者的距离，使其走进大众文学的行列。

（五）《她不会离开》随意、非连续书写中的邪恶幽默

1. 邪恶幽默的后现代女性主义书写

小说《她不会离开》出版于 2006 年，讲述了一个保姆蓄意破坏别人家庭生活的故事。现代生活中的海蒂和马丁夫妇都 30 多岁，对于刚出生的女儿基蒂非常满意，两人都很聪明、潇洒、漂亮，但出于自身自由的考虑，他们同居在一起而没有正式结婚。起初，他们的家庭生活非

常和谐，宝宝健康，爱情甜蜜，然而当他们决定由谁来照看小基蒂时，事情变得复杂起来。海蒂渴望重新工作，建议雇用保姆来照看孩子，但马丁害怕外来的保姆会妨碍他的政治新闻事业。然而当保姆阿格尼丝卡到来时，马丁最终做出了让步。阿格尼丝卡是一个来自波兰的女孩，她既是一位家务能手又是一个出色的肚皮舞者，还会冲制别有用意（含有镇定药物成分）的可可饮料。阿格尼丝卡的到来使这对年轻夫妇摆脱了照顾孩子的烦扰。当阿格尼丝卡的移民证件出现问题时，海蒂和马丁想尽各种办法确保她能合法地留在英国，其中一个办法是让马丁和阿格尼丝卡正式结婚。然而，小说的叙述者弗朗西斯（海蒂的祖母）对于他们的这一决定感到疑虑重重。最终马丁和阿格尼丝卡领了结婚证书，但阿格尼丝卡仍然以保姆的身份出入这个家庭。随后，得寸进尺的阿格尼丝卡却整夜哭泣，故意扰乱海蒂和马丁的平静生活，以此达到她与"法律上"的丈夫马丁同房的目的。海蒂对于马丁和阿格尼丝卡之间的暧昧关系视而不见，在喝下保姆冲制的可可饮料后，海蒂昏睡过去。阿格尼丝卡缓缓地走到海蒂和马丁的床边，躺在了他们中间……海蒂最终离开了这个家。在小说结尾，海蒂道出了她的真实想法："事实上，我已忍受不了琐碎的家庭生活了。"所以海蒂"幸福地"离开了那个家，离开了那个不该让她怀孕的丈夫，离开了那个让她烦恼的孩子，离开了那个保姆"不会离开"的家。

　　维尔登在《她不会离开》的结尾处设置了一个让人做梦也想不到的惊奇而绝妙的转折，这种转折手法为小说创作带来了创新和突破。小说中保姆"抢夺"了海蒂的恋人、孩子和家庭生活，最终保姆和马丁领了结婚证书。然而，海蒂却说这个结局是她自己一手促成的，因为

"事实上，我已忍受不了琐碎的家庭生活了。为我感到高兴吧，因为我是幸福的。"此处的转折隐含着一种"邪恶幽默"（wicked humor）的意味。"幽默"这一术语可以追溯到古代的人体四液理论，这一理论认为人体四液的特定融合决定了各种性格类型。到了伊丽莎白时期，该词的意义引申用于指性格喜剧中某个滑稽、乖戾的角色。现在幽默这个词可以表示某种滑稽的言谈、某种滑稽的外表或行为举止模式①。如果说后现代的写作手法"黑色幽默"（black humor）已经为大多数人所熟悉，而维尔登小说创作的特点却不能简单地用"黑色幽默"来加以概括。因为黑色幽默是以存在主义哲学思想和"荒诞"观念作为基础的，通过奇异的手法，使荒谬和真实之间建立起一种似非而是的关系。可以说，"黑色幽默"是在绝望条件下做出的喜剧式反应。在黑色幽默作品中，普通人往往被描写成荒诞世界中的倒霉蛋。然而在《她不会离开》中，海蒂做出的选择并不是一个"倒霉蛋"式的选择，海蒂"逃避家庭生活"的选择反而多了几分"幸灾乐祸"的主动色彩，少了几分"迫不得已"的被动成分。因此英国评论界总是用"wicked humor"或"a wry sense of humor"（邪恶的幽默）来界定维尔登的作品。维尔登采用这种邪恶幽默的创作手法，正是其女性主义思想与后现代主义思想相融合的结果。小说中女性人物身上渗透的邪恶幽默正是在摧毁现存的"男性中心主义"的思维方式，表达着对一切元叙述的怀疑和颠覆的后现代主义思想。

---

① M. H. 艾布拉姆斯. 文学术语词典［M］. 北京：北京大学出版社，2009：663.

2. 随意、非连续的后现代女性主义书写

除了这种"邪恶幽默"的创作手法之外，维尔登曾经承认，她的写作风格有时几乎接近于随意书写。《她不会离开》中的某些章节初读起来确实给读者一种随意的感觉，这些章节与叙述主线关系不大，有时让读者感到厌烦，因为这些与故事无关紧要的情节本身让读者感到莫名其妙。这种非连续性和随意性的书写都赋予了维尔登的创作一种后现代主义特点。后现代主义作家怀疑任何一种连续性，他们认为必须打破现代主义的那种意义的连贯、人物行动的连贯、情节的连贯是一种"封闭体"（closed form）写作，而形成一种充满错位式的"开放体"（opened form）写作，即竭力打破它的连续性。这种"开放体"的后现代性写作使现实时间与历史时间随意颠倒，使现实空间不断分割切断。《她不会离开》中，维尔登经常将互不衔接的章节与片段编排在一起，并在编排形式上强调各个片段的独立性，给予读者充分阅读和想象的自由空间。

小说第一章开宗明义地介绍了马丁和海蒂雇用了一个保姆，第三章介绍了马丁和海蒂关于雇用保姆的不同意见。这两章的故事情节完全可以紧密衔接在一起。然而第二章却穿插了祖母弗朗西斯关于故事背景的介绍，让读者不得不驻足聆听这位老祖母的"唠叨"："让我来澄清一下是谁在说话，是谁在讲述海蒂、马丁和阿格尼丝卡的故事，是谁在解读他们的思想，是谁在评判他们的行为，是谁督促他们要仔细审查保姆身份呢？是我，弗兰西斯·沃特，72岁，我的娘家姓豪森－科，之后改姓海默尔，先前我是斯巴格鲁夫小姐，后来差点成为奥·布赖恩夫人——就要与奥·布赖恩结婚时，他却死了。我是拉莉的坏母亲，海蒂的好祖母。我决定用笔记本电脑写作挣钱，这个电脑是姐姐塞丽娜为我买的。我写、写、写，就像姐姐那样……"除了老祖母的"唠叨"之外，维尔登还漫不经心地介绍了祖母的姐姐塞丽娜的写作生活，仿佛是维尔登在记录自己的日常写作生活。"塞丽娜从30多岁就开始每天不停地写作，她用写作挣来的钱去支付家佣、秘书、出租车司机、会计、律师、税款、朋友、杂物等消费开支，也为了打发他们赶紧离开，这样她又可以继续写作。但这并不意味着她具有多么高的写作技巧……"这些文字实际上接近于漫无目的的书写，它们中断了读者正常的阅读进程，读者只能"被迫"徘徊于这些随意书写之中，在读者的脑海里却隐隐地闪现出作者维尔登写作时的影子。这样随意书写的方式，正是一种颠覆宏大叙事的传统，这种枯燥无味的记流水账式的写作，打破作者在读者心目中的权威形象，中断了马丁和海蒂故事发展的总体性。从根本上说，维尔登笔下的这些"随意书写"章节在消解中心的意义层面，与后结构主义的宗义不谋而合。德里达指出："结构的'结构性'总是被中性化或简约为一种中心，或归结为一个在场点，一个固定的本源。这种中心的功能首先是保证结构的组织能力……"但是从后结构主义观点看，不管中心概念如何牢固，如何深入人的无意识之中，其历史如何悠久，它毕竟只是一种虚拟的存在，关系的产物，无限结构之网中的一项。如果结构对中心的需要说明了结构本身的结构性或自由游戏性，那么中心的那种永远缺场的"在场性"恰恰说明：对于自由游戏活动，中心只能是一种零限制，或"中心"本身就置身于自由游戏当中①。维尔登在章节安排中，不以线性的顺序进行安排，在海蒂、马丁雇佣保姆

---

① 赵一凡，张中载，李德恩．西方文论关键词［M］．北京：外语教学与研究出版社，2006：169.

阿格尼丝卡的主线故事中总会不间断地穿插弗朗西斯的个人故事，她的故事几乎与主线故事毫无联系：第五章关于"丈夫监狱中的生活"，第七章关于"小基蒂祖祖辈辈的故事"，以及第十五章关于"自己母亲和姐妹的生活"等。这种没有把海蒂和马丁的故事置于小说中心的安排，恰恰说明了后现代主义的去中心化、颠覆权威和消解历史的倾向。读者在阅读小说时，进入了一种由作者设置的自由游戏当中，不必为中心故事所限制，读者完全可以把祖母个人琐碎的生活故事当成中心故事去欣赏。

《她不会离开》中，第七章的题名是"左倾思想"，其中介绍了女婴基蒂的太太祖父、太祖父、曾祖母、祖母和母亲等祖祖辈辈的故事，也许由于基因遗传的缘故，他们脑海中都充满着某种"左倾"的思想元素。基蒂的太太祖父在 1897 年成为一名音乐家，并联合性学家共同编写了《坎特伯雷的大教主》来颂扬争取性自由权利的年轻女性，后来因此丢掉了皇家音乐学院主任的工作，为早期的女性主义发展做出了牺牲；基蒂的太祖父是著名的作家，也站在了女性主义者的一边；基蒂的曾祖母旺达和她的三个女儿苏珊、塞利娜和弗兰西斯由于血缘关系，也具有相同的"左倾"思想，塞利娜夫妇曾经参加过反对越南战争、反对种族隔离、反对伊拉克战争的游行；基蒂的母亲海蒂也参加过反对乔治勋章的示威游行。"那么，我想知道基蒂将如何安排她未来的生活呢？假如她继承了父亲的基因，也许将来会为非政府组织做事，但假如她继承了母亲的基因，她会具有特殊的才能而成为音乐家、作家、画家，甚至是带有反抗思想的戏剧家。"通过这段描写，维尔登把希望寄托于 21 世纪出生的女孩基蒂身上，希望她能遗传到家族的创造性思维来开创自己的未来，但结果谁也说不准。对基蒂未来生活方式的这种不可预见性，对于改变传统的创造性思维的憧憬，也体现出后现代女性主义不拘泥于传统、要求改变现状、突破中心的后现代主义特点。

3. 后现代幽默警戒的故事

《她不会离开》这部充满随意书写文字的小说自问世以来，可谓"一石激起千层浪"，立刻引起了英国国内读者和评论界的关注，成为许多报纸杂志争相评论的焦点。有读者说喜欢这种"邪恶幽默"的结局，虽然认为这个结局并不现实，但维尔登在故事末尾揭示出的真相，既让人感到出乎意料又让人印象深刻。英国各大报刊也纷纷对这部小说进行了褒扬。《每日电讯报》评论道，《她不会离开》是"诙谐的、非道德的，却又极其优雅的小说""费·维尔登的新小说总是有理由让人去庆贺一番，总是有理由让人如此地上瘾。《她不会离开》同维尔登20世纪60年代以来创作的其他小说一样，既有趣又阴暗。"《泰晤士报》写道："这部新小说使维尔登进入最佳状态，为古老的戏剧赋予了新的写作手法。"《观察家报》评论，"这部小说快节奏而巧妙地展现了一个有趣而让人警戒的故事。"然而，有读者却认为《她不会离开》纯粹是个荒诞的故事，这个故事由全知全能的海蒂祖母弗兰西斯来讲述，而这位祖母却是一位因贩毒而锒铛入狱的犯人妻子。马丁和海蒂各自的家庭都混乱不堪，好像没有人抚养过童年时期的马丁和海蒂。他们的母亲都把孩子塞给姨母或祖母养育，每个人在婚外都有自己的孩子。有些读者认为这部小说中的人物，没有一个是重情感的人，虽然马丁、海蒂和弗兰斯之间彼此相爱，但是他们却更是爱自己的。比起日渐衰弱的伴侣，马丁更关心自己的政治新闻事业；比起未婚夫和孩子，海蒂更关心能否更快地返回工作；虽然会给小基蒂带来长久的伤害，阿格尼丝卡却更关

心如何留在英国；而小基蒂，维尔登指出，更喜欢能够满足她需求的
人。也有读者认为这是部有趣的小说，但并不具有任何现实意义，它只
是一出闹剧、一个讽刺而已。凡是把这部小说当成反映现实的自然主义
小说的人，一定会感到非常失望。还有读者认为这是一个具有英式
"邪恶幽默"的小说，小说题目"She May Not Leave"甚至都是模棱两
可的，有人被迫离开吗？是谁呢？或者隐含了一种恐惧，对不受欢迎的
人不会离开的那种恐惧？

　　不论小说讲述的是一个"让人警戒"的故事也好，还是一个"邪
恶幽默"故事也罢，维尔登为我们指出家务劳动给女性生活确实带来
了较大程度的影响。女性可以像保姆阿格尼丝卡那样把家庭生活打理得
井井有条，也可以像海蒂那样出去发展自己的事业，社会应该赋予女性
选择多种生活方式的自由，家务劳动不能够再成为女性实现自我价值的
羁绊。

　　最后，《观察家报》和《星期日泰晤士报》评论说《她不会离开》
是个让人"警戒"的故事，但笔者认为，让人"警戒"的未必是破坏
家庭生活的"保姆"，反而是提醒年轻而充满理想的女性如何在自己的
事业和家庭生活中寻找到一个平衡点，找到自己能够实现自我的途径。
维尔登在结尾处笔锋突转，正是希望新世界的女性警戒起来，希望女性
寻找到并真正把握好"实现自我"的方向。

　　（六）《科娃！：鬼故事》中虚构的作者与读者

　　维尔登年界八旬，依然宝刀未老。2010 年，她又添新作《科娃！：
鬼故事》有人说它是一部超小说，有人说它是一个闹剧，还有人说它
是个鬼故事。实际上，它是一个关于谋杀、通奸、乱伦、幽灵、怜悯与

赎罪的故事。菲利普·沃马克（Philip Womack）在《英国每日电讯报》上评论这部小说时说，"作为对小说、女性主义和家庭方面的研究而言，它迸发出智慧的火花。"① 维尔登在新西兰度过的童年往事对现在的生活和创作仍然存在很大的影响，这也是她试图在这部小说中要表达的一个主题——人不可能将过去的回忆和感觉完全抹杀。维尔登在接受采访时坦言，在新西兰度过的童年时光，幽灵的故事给她留下了深刻的印象。睡觉的时候，她时常被游荡着的幽灵鬼魂所干扰。科娃是源于新西兰毛利族的幽灵，维尔登认为幽灵如同森林一样是构成大自然风景的一个组成部分。森林既是和善的又是危险的，幽灵也是如此。同时，科娃这个幽灵在小说中又是一个暗喻，暗指给家人带来厄运的东西，还暗示出一个不正常的家庭关系。这些蝙蝠似的全身裹有胶质的幽灵悬吊在各个家庭成员周围，试图让这些家人重聚在一起。"它们是毛利族死去人的孤魂，从祖先居住的地方飘荡而来。它们并不危险，这些迷途的孤魂只是想让自己变得有用，尽管它们确实挺吓人。"

1. 迷失自我的自由女性

小说从女主人公斯佳丽（Scarlet）想逃离"丈夫"路易斯（Louis）（他们没有举行婚礼，但确实登记过）讲起，由于路易斯有同性恋的倾向，斯佳丽便投入了自私贪婪的演员杰克逊（Jackson）的怀抱，去寻求刺激的性生活。斯佳丽告诉祖母贝弗利（Beverley）她想逃离家庭，与杰克逊私奔。这勾起了祖母贝弗利对自己过去乱伦和谋杀往事的回忆。她隐约地感到死去亲人的灵魂不断地聚集到现在家人的身边，自己

---

① WOMACK P. As a study of fiction and femininity, Kehua! is bursting with intelligence and fire［N］. Daily Telegraph, 2010 – 08 – 09（S3）.

和后代的身体里流淌着乱伦和谋杀者的血液，成为现在自己的女儿、孙女、重孙女逃离家庭、逃离责任的根源。让我们来分析一下这个家庭的家谱，就能体会出这种家庭关系是多么复杂，多么不正常。

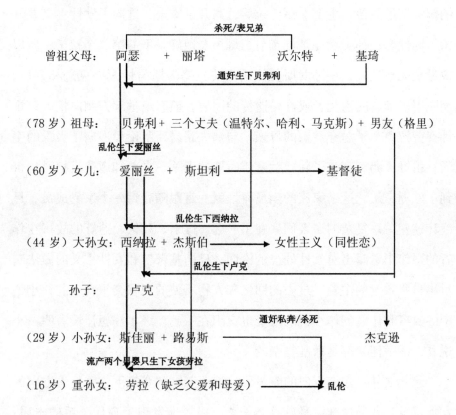

从这个家谱结构图中，我们发现祖母、母亲和孙女三代女性的生活有一个共同特点：对情感的不忠和对家庭的不负责任。维尔登说："很多习惯不是通过后天习得的，而是遗传而来的。"① 她认为孩子们在成长过程中不仅会受到父母性情的潜移默化，在为人处世方面也会受到父

---

① GALTON B. Interview：Fay Weldon［N/OL］Ham&High，2010－10－25.

母的影响。假如父母遇事喜欢逃避，那么这种行为方式很可能会成为下一代解决问题的方式。小说中每个人都在逃跑：祖母贝弗利与亲生父亲乱伦后逃离家庭；女儿爱丽丝与两位继父乱伦后皈依了耶稣；大孙女西纳拉流产了男孩，生下女孩劳拉后，离开了丈夫，逃向了女性主义并开始了同性恋；孙子卢克是母亲与祖母男友通奸生下的第二个孩子，所以被母亲无奈送人；小孙女斯佳丽逃离丈夫路易斯与情人杰克逊私奔后，摆脱不了幽灵的困扰，或许是遗传的因素，愤怒地举起刀刺向情人；重孙女劳拉离开了抛弃父亲的母亲，与姨夫路易斯乱伦后逃向了吸毒的生活；祖母贝弗利逃离了新西兰童年时期的谋杀、自杀和虐待后把科娃带到了欧洲，从此这个家族的幽灵科娃就一直跟随着每一个家庭成员，最终让这些关系复杂的亲人们聚在了一起。谋杀、乱伦、通奸的故事在作者的写作中透露出对女性处境的怜悯，逃向基督教和女性主义的做法暗示出自我救赎的主题。过去的回忆和人物所处的现状交织在一起，小说中的故事和作者创作小说的故事也交织在一起，维尔登想让读者明白小说和生活一样，都是散乱复杂的。

除此之外，迷失方向的幽灵科娃追逐着维尔登笔下这些迷失方向的女性，维尔登通过幽灵科娃这条线索，敏锐地发现了现代关系的本质：当独立的女性拥有选择爱情的自由时，混乱便接踵而来。在过去，女性唯一能够选择的就是与她结婚的男人，而且这也是关乎女人一生的选择。从此之后，男人有权为她决定所有的事情。现代人们确实在多重选择中把事情搞砸，也许没有太多选择的机会，生活反倒平静得多。"选择真是一件可怕的事情。"①作为一位女性作家，她的创作生涯从 20 世纪 60 年代开始到现在经历 40 多年，其作品中渗透着多种女性主义思想。无论是她的小说、剧本还是其他杂文，在帮助女性实现自我价值方面的思想是一致的，但是维尔登的许多个人观点和言论却受到了一些女性主义者的批评。比如前面所提到的关于女性不要把强奸看得过于严重的观点，就引起了许多女性主义者的不满。从表面上看，维尔登的许多言论与女性主义相矛盾，甚至有标新立异的嫌疑，实则不然。她关于女性的一些过激言辞，正是为了将女性的生活引入正轨，劝导女性不要自卑，也不要自负。在这部小说中，女性拥有了许多选择的权利，但如何去选择，选择什么样的道路（通奸、谋杀、乱伦），女性一定要为自己的选择承担责任。否则，过于自由、不负责任的选择结果将会导致复杂的，甚至是不正常的家庭关系，而不正常的家庭关系对于个人和社会都会产生不良的影响。假如女性迷失了自己生活的方向，那么女性的自我价值实现又将从何谈起？

2. 作者、文本与读者的交流

维尔登在小说中穿插了自己独特的声音而形成了与众不同的叙事方法，然而这种方法却受到了许多批评。在《科娃！：鬼故事》中，作者的声音不断地穿插于故事中，提醒读者故事的建构过程。在采访中，维尔登说，"这是一种让读者参与的方式，但是我认为读者并不太喜欢，他们更喜欢不被人打扰。"② 维尔登在小说创作中以作者的口吻不断地召唤读者的参与，吸引读者从一个未讲完的情节转入另外一个情节，积

---

① GALTON B. Interview: Fay Weldon ［N/OL］. Ham&High, 2010 – 10 – 25
② 同①.

极调动读者的积极性和能动性，帮助作者构思下一个情节发展的动向。这种写作方法正契合了伊瑟尔（Isel）的接受美学或阅读理论。伊瑟尔的接受美学理论主要特点在于从作品和文本的结构分析出发，来研究阅读活动，注重"文学作品是一种交流形式"①。文学作品不再只是传统上被认为是作者想象力的产物，也不再是一个单独由词语和句子构成的文本。在伊瑟尔看来，文学作品是由文本和读者构成的。阅读前的文本和阅读后的文本已经具有明显的不同，因此文学作品应该是介于文本和阅读之间的一个媒介。读者的阅读不是外在于作品而存在，阅读与文本之间存在着一种互动的关系，伊瑟尔用"文本的召唤"来探讨读者的阅读和文本研究之间的关系。他认为"文学文本不断唤起读者基于既有视域的阅读期待，但唤起它是为了打破它，使读者获得新的视域。如此唤起读者填补空白、连接空缺、更新视域的文本结构，即所谓'文本的召唤结构'。"② 正如下图所示：

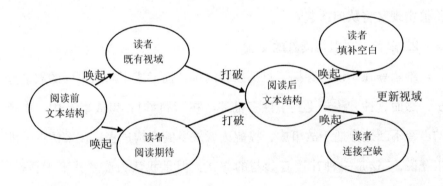

根据伊瑟尔的阅读理论，我们来分析一下这部小说的文本和读者之

① 伊瑟尔. 阅读行为［M］. 长沙：湖南文艺出版社，1991：26.
② 朱立元. 当代西方文艺理论［M］. 2 版. 上海：华东师范大学出版社，2005：295.

间的互动关系。在此，作者的召唤作用是不能被忽视的。在小说开篇处，作者向读者这样介绍，"你的作者在为你讲述这个关于谋杀、通奸、乱伦、幽灵、赎罪和怜悯的故事时，首先要带你到伦敦北部海格特墓地附近的一间舒适房子里，厨房窗外，微风荡漾，水仙花盛开着：一群黄色的雄性花蕊在激烈地竞争着，渴望将自己独特的花粉喷向世界。""谋杀""通奸""乱伦""幽灵"这几个词汇唤起读者的好奇，读者阅读前已经做好准备去观看一个让人恐惧和不安的故事。接下来，维尔登以作者的身份介绍了29岁的记者，即故事女主角丝斯丽想要与情人私奔，现在她正在厨房里对祖母贝弗利说："我决定要离开这个家。"看来，女主角对现在的丈夫和家庭感到厌倦了，打算与情人私奔，读者接下来应该能读到女主角与情人通奸的故事了。可惜读者的期待被作者及其创作的文本打破，作者转而向读者传授小说的本质。"小说不能再摆放在书架上而假装现实，它们不是现实，只是虚构，是现实的延迟，小说必须展现自己的虚构性。"作者除了告诉小说本质是什么之外，还告诉读者这部小说的创作过程和条件，"亲爱的读者，为了让你了解这个故事，你的作者正在笔记本电脑上工作着，在地下室里搭建了办公室与蜘蛛一同工作，远离电子邮件、远离交通、远离冬天的寒气。""我的笔记本电脑具有 WiFi 无线上网功能，在任何地方都可以上网。而且这个地方非常暖和，所以手指也没有冻得无法敲键盘，这样我才能将斯佳丽的故事传遍世界，她放纵而鲁莽的行为、逃离家庭的私奔故事才能进一步展开。"

就这样，读者对这部小说最初的期待一次次被作者及其虚构的文本打破。作者一次次地邀请读者来关注自己的写作过程。到现在为止，读者虽然还不知道具体的通奸、谋杀、乱伦等相关的故事情节，但是读者学到了一些写小说的方法和技巧，了解作者在创作这部小说时的情景，感受到了与作者和文本的交流。因此，读者最终获得了新的阅读视域，读者明白这些故事只不过是作者的虚构而已，是作者在自家安静的、温暖的、可以上网的地下室里，用笔记本电脑编造的一个虚假故事而已。为了让读者跟上作者的思路，作者还要不断地提醒读者，别把刚才讲过的小说人物忘记或是记混了。"让我来提醒你一下，斯佳丽是我的女主人公，路易斯是她的丈夫，杰克逊是她的情人，她处在丈夫和情人之间。但是尽管我们已经来到第 23 页上了，可她仍然在祖母的厨房里正把饭放入冰箱。"在此，维尔登清晰地向读者说明这部小说的特点，"恐怕它是这样一部小说：如同河水溢出河堤，漫延到路边，而非按照情节的发展向前涌去。"所以，维尔登在这部小说中将读者的阅读置于中心位置，暗示作者和读者在文学文本的创作中的互动关系。

3. 虚构与真实的模糊界限

《科娃！：鬼故事》是一个怪异而令人着迷的小说，它是一个虚构的生活故事。老妇人及其家人的故事是由另一个人来讲述的，这个人是一位与维尔登在新西兰的童年生活有着共同经历的小说家，拥有与维尔登同样严肃冷静的智慧。这位小说家在自家地下室里写着关于贝弗利家族的故事，同时仿佛看到了远逝的女仆与男主人在地下室通奸的场面。作者一会儿走出地下室与丈夫雷克斯（Rex）说话，一会儿又回到地下室继续编写贝弗利及其三个丈夫的故事，一会儿走出地下室上楼去喝杯咖啡，一会儿又回到地下室仿佛看到逝去的女仆们清扫房间的身影，一会儿走出地下室上楼吃午饭，一会儿又回到地下室看到女仆正在展开桌布准备茶宴，"女仆麦维斯（Mavis）好像不想让我注意她，她只是想做自己的事情。她和劳拉一样 16 岁，快 17 岁了，但是她不像劳拉那样有太多不满，没有劳拉那种后现代的厌食症。"女仆麦维斯是作者幻想中看到的鬼魂，而劳拉是作者正编写的小说中的人物，她们之间本来没有关系，可是作者却发现了她们的相似点和不同点。接着，作者又说，"我也要像麦维斯一样开始我的工作了。这儿冷吗？是的。但怎么会冷呢？中央空调系统坏了：空调维修工人上次把数据搞错了，大房间的温度太低，小房间的温度太高。我知道幽灵和寒冷是联系在一起的，假如麦维斯冷得打哆嗦，我也是。"作者自己、想象中死去女仆的鬼魂、编写中的小说人物在《科娃！：鬼故事》中紧密得交织，让读者不但了解作者创作小说的过程和死去女仆不幸的遭遇，还让读者了解了贝弗利混乱家庭的故事。这种写作手法让我们联想到后现代主义小说的一种叙述技巧——元小说，是一种故事套故事的叙事形式。这种元小说叙事技巧改变了传统的线性叙事结构，将小说分解成几个故事，使之互相穿插，你中有我，我中有他，他中还有你。这种故事套用的叙事形式，让读者无法分辨真实与虚构的界限。也许这种叙事形式不只是让读者感到虚构与真实的模糊，就连维尔登本人在创作中也应该是费尽心机、谨慎地将各个故事中的人物加以区分，才得以完成这部巨著。所以维尔登说，"我保证下一部小说绝不会再出现作者的痕迹。"[①]

《科娃！：鬼故事》中编写故事的人是与维尔登本人相像的一位小说家，她在自家地下室里辛勤地创作小说，享受着与外面喧闹世界隔绝的那份宁静。小说家的家住在一个山顶上，宽敞明亮的房子，严肃而让

---

① GALTON B. Interview：Fay Weldon [N/OL]. Ham&High, 2010-10-25.

人敬畏的格调，属于1840年那段时期典型的家境殷实职业阶层者的居住风格。那个时期，富裕的家庭都会雇佣仆人打扫楼上楼下的卫生，仆人们暂住在楼下的地下室，而作者把自己写作的地方也选在了地下室。作者在地下室里写作时受到了过去已逝仆人鬼魂的骚扰，但是作者并不在意，反而觉得有"人"做伴挺好。

作者在写作过程中不断地看到了死去了的房子主人和仆人鬼魂的身影，听到了仆人们打扫房间的种种声音，于是第二个故事是一个关于鬼魂的故事：地下室里总是出现各种声音，储物柜中发出沙沙的声音，难道是老鼠吗？打开橱柜门一看只有厨架，瓷器还有玻璃器皿，没有被移动过的痕迹。现在又听到金属碰撞金属的声音，忽隐忽现，我们很容易想象出各种东西，我轻轻地关上橱柜门，知道是怎么回事了。又是厨房的女仆，是麦维斯在清扫壁炉的灰，用班尼特（Bennett）太太废纸篓的纸生火……《圣经》告诉麦维斯要勤劳，清晨五点生火，六点为整个家庭准备好早餐，所以五点半就要在楼下做饭。班尼特先生八点吃早餐，班尼特太太喜欢在床上用餐。三个男孩子厄内斯特（Ernest）、威廉姆（William）、托马斯（Thomas）和他们的奶妈在活动房吃饭。有一次，班尼特先生趁太太和孩子们不在家强奸了麦维斯，而麦维斯只有无声的反抗，因为在一个柔弱的女孩面前，班尼特先生作为男主人具有绝对的强势。后来地下室的奇怪声音渐渐地消失，而来自新西兰的科娃幽灵却不断地出现，幽灵笼罩着贝弗利家族，科娃伴随着通奸、乱伦和谋杀接连不断地出现。

虽然受到孤魂和幽灵的骚扰，作者仍然到地下室继续创作一个关于科娃和贝弗利家族的故事，也是《科娃!：鬼故事》中的第三个故事：

贝弗利的母亲在外有了情人阿瑟后，却不愿离开丈夫沃尔特，于是情人阿瑟杀死了他们夫妻俩，并将三岁私生女儿贝弗利抚养长大。但是在贝弗利长到 17 岁时，阿瑟终于如愿以偿地把贝弗利当成过去心爱的情人与之乱伦通奸，致使贝弗利生下了阿瑟的女儿兼孙女爱丽丝。从此，这个家族的每个成员中都流淌着谋杀者和乱伦者的血液。女儿爱丽丝与第一位继父生下了女儿西纳拉，与母亲的男友生下了儿子卢克。西纳拉的女儿又和姨夫乱伦。为了寻求解救自己的出路，爱丽丝皈依了基督教，西纳拉走向了女性主义一面，然而最终科娃带来的厄运降临到斯佳丽的头上，斯佳丽踏上了谋杀的道路，踏上了曾祖父阿瑟以前走过的路。

这三个故事在小说中并不是独立的，而是互相穿插交织，作者的身影、读者的身影、鬼魂的身影、幽灵的身影，还有三代女性人物的身影交织在一起，打破了传统小说的真实与虚构泾渭分明的二分法。作者编写的小说故事本身就是一个虚构的产物，而鬼魂和幽灵本身又是一个虚构的概念。维尔登在虚构故事中再增添虚构成分，有意阐明小说的虚构性：人物、情节、地点以及词语都是作者的想象，而非现实的再现。虚构故事中的作者和读者，在虚构的文本中创作和阅读着虚幻的故事。到底什么才是真实的？维尔登在《科娃！：鬼故事》中彻底击碎了传统批评在小说中寻求的"真实"和"想象"区别的梦想。因此，有评论说，"许多著名的小说家从未写过能与之相媲美的篇章。"①

在《科娃！：鬼故事》中，维尔登带给读者一种愉悦的情绪，完全拒绝沉溺于情感纠葛当中。正如作家穆里尔·斯帕克（Muriel Spark）一样，

---

① CRAVEN P. *Weldon brings light touch to dark material.* [N]. The Australian ，2011 - 01 - 08.

维尔登创造了一个在老人灵魂中探险的原始神话。如同斯帕克一样，她为黑暗而死寂的事物带来了崇高的光明，同时对于虚构中的荒原予以嘲讽。小说家在两种世界的中心，在虚构作品中跳来跳去，表现了毛利族复仇女神科华的主题，科华从遥远的新西兰到伦敦，将扰乱切尔西艺术界中许多颓废人们的生活，让人们有了杀人的念头、扰乱家庭成员的关系、逃避鲜血和香烟，牺牲了人类的命运，虽然悲哀但却又很可笑。

（七）《女恶魔之死》的后现代女性主义诠释

《女恶魔的生活与爱情》小说中的"女恶魔"在与男性争夺权力斗争过程中取得胜利，但40年过去之后，这场战争在转战新阵地后依然持续着，只是战争的目标和意义却悄然地发生着改变。2017年10月，维尔登新作《女恶魔之死》（*The Death of She Devil*）正式出版。小说中女性抗战的"新阵地"从单纯的性别战争转向老年和青年女性间权力之争，再转向女性、男性和变性人之间的混战。澳大利亚评论家彼得·克莱文在脸书中评论，"维尔登的才华在续篇中又迸发出活力。"《女恶魔之死》作为《女恶魔的生活与爱情》的续篇，对"女恶魔"形象的刻画，不再像从前那样强势和走极端。维尔登在《女恶魔之死》中，描述了"女恶魔"步入老年后落得一个无奈而可悲的下场。

《女恶魔之死》中的主人公鲁思，最初的"女恶魔"现已84岁，渴望着退休生活。她为了创造自己想要的世界——女性的胜利，男性的屈服，而付出了艰辛努力。现如今她已退休，事业已近终结。她的权力与影响力不再那么神圣不可侵犯，在小说中谁都可以取代她。但究竟谁会承担这个角色呢？瓦莱丽·瓦莱里亚（Valerie Valeria），是千禧一代的能人，既年轻漂亮又骁勇善战，已经准备好并渴望着权力的继承。她主动接近"女恶魔"的外孙泰勒（Tyler），并秘密联系泰勒与祖母"女恶魔"的会面。祖孙俩见面后，"女恶魔"让外孙做变性手术成为女孩，并改名为苔拉（Tayla），这样她就可以正大光明地将自己苦心经营的 IGP 女性慈善机构交给"孙女"苔拉管理。然后瓦莱丽坚持与苔拉结婚，同性婚姻得到了 IGP 员工们的祝福，这样她轻而易举地得到了 IGP 的控制权。瓦莱丽和苔拉结婚后对年迈的"女恶魔"表现出冷漠，让这位为女性权力奋斗一生的老妪伤心无助。她看到自己的后代泰勒或者苔拉只顾低头玩电脑游戏，对她置之不理。变性后的泰勒只是拥有了女性的身体，然而思维却仍然保持着男性的强势。这时"女恶魔"突然幡然醒悟：如果她将自己所有积蓄传承给他（她），那么到底是男性还是女性取得了最终的胜利呢？她开始怀疑泰勒（苔拉）仍然作为男性的代表，会不会窃取了女性胜利的果实？最终迷茫的"女恶魔"独自蹒跚地登上山顶，打开装满金钱的手提箱，任由风儿将钱币吹向大海，她也惨淡地结束了自己的生命。

从维尔登所设计的"瓦莱丽·瓦莱里亚"这个名字，读者就可以看出这位女性的性情和野心。"瓦莱丽·瓦莱里亚"是一个女子名，是古罗马氏族名的阴性，具有"强健的、勇敢的"的含义。这位"勇敢"的年轻女性，在这部小说中，继续展开对男性的反击战，破坏"女恶魔"的管理方式，颠覆异性婚恋模式，展现出新一代后现代式"女恶魔"的"反叛""破坏"和"颠覆"特点。

1. 新一代"女恶魔"的反叛

《女恶魔之死》小说伊始，向读者介绍"女恶魔"鲁思已经年迈，正在经营着 IGP 女性慈善机构，这个机构只招收女性工作人员。坐落在灯塔中的 IGP 女性慈善机构俨然是女性的王国，保安由健硕的女性或者变性人来充当。在招聘工作中，对性别的限制（仅招女性）是对男性的歧视，这成为女性反击男性的手段之一。新一代"女恶魔"的反叛，主要体现在女性战斗阵地的转换，老一代女性传承到千禧一代年轻女性后，她们继续反击男性的斗争。在第十一章中，照顾"女恶魔"的青年女性瓦莱丽正在撰写有关灯塔的历史，"女恶魔"对她运用的词汇予以纠正，告诉瓦莱丽所使用的"history"（历史）这个词"是过去对男人所做事情的记录，需要做出重新更正，现在的状况已与之无关了。"对于"history"一词的纠结，显示出"女恶魔"对语言词汇中具有歧视女性的倾向仍然耿耿于怀。人类的历史不能只有"他的故事"（his story），应当做出更正。然而，瓦莱丽对此并不介意，她认为纠结于词汇的更正，又能如何？"这种在语言结构中关注'男性'和'女性'主体位置的理论属于后结构主义理论。"[1] 她的反叛体现在对"女恶魔"的想法不再赞成，对于后结构主义倡导的二元对立思想漠不关心，对于鲁思所崇尚的"话语即权力"[2] 的后现代女性主义思想嗤之以鼻，然而对过去居住在灯塔中玛丽·费什（Mary Fish）的生活，这段不愿被"女恶魔"提及的历史，瓦莱丽却总是跃跃欲试地去探询和追问，无形中成为年轻"女魔"对老年"女魔"权威的挑衅和反叛。

2. 新一代"女恶魔"的破坏

瓦莱丽的"破坏"行为，集中体现在不服从"女恶魔"对 IGP 的

---

① KLAGES M. *Key Terms in Literary Theory* [M]. Beijing: Foreign Language and Research Press, 2017.

② 方刚，罗蔚. 社会性别与生态研究 [M]. 北京：中央编译出版社，2009.

管理，暗中与"女恶魔"针锋相对，在"女恶魔"每日咖啡中下毒，让"女恶魔"变得越来越虚弱。第十六章中"随着年龄的增长，记忆力减退，小睡的时间越来越多。"暗示老年的"女恶魔"精力逐渐不足，示弱的句子讽刺年轻一代女性为什么能够驾驭世界。第十七章中描写去世已久的玛丽的鬼魂又来侵扰灯塔：风的呼啸，海水的冲刷……不禁让人联想到维尔登《科娃！：鬼故事》中的鬼魂。维尔登描写玛丽的鬼魂爱上了自己的外孙泰勒，借玛丽鬼魂说出泰勒的父亲是波波，那就意味着"女恶魔"的女儿和丈夫波波乱伦生下了泰勒。这与《科娃！：鬼故事》中的乱伦又不谋而合，或者是故意映射"玛丽愿化作鬼神摩洛斯，与女恶魔继续抗争"。然而阴阳之隔，玛丽再怎样"兴风作浪"都不可能对"女恶魔"造成任何伤害。在此，维尔登将玛丽鬼魂引入小说，讽刺老人对于青年人的权力之争尚且无力反击，更何况已离开尘世的鬼魂呢？在第五十八章中，"谁会向我开第一枪？我是老女人了。我们居住在一块和平的土地上，我们为性别而战，但我们必须相信声音而不是武器。"女恶魔在反思：她一生与男性的战争，只是"性别"战争。"声音"意味着思想意识的表达，"武器"意味着身体上的伤害。没想到现在 IGP 中出现了女性间的战争，出现了身体上的伤害。困惑的"女恶魔"发出了疑问"谁会向我开第一枪？"，也许她已经意识到，她这位"老女人"已经成为以瓦莱丽为首的年轻一代女性的手下败将。瓦莱丽为了获取 IGP 的控制权，采用了邪恶的手段，"女恶魔"心知肚明却无能为力。"女恶魔"的"恶行"不只是针对二元对立的男性，而现如今对年迈的"女恶魔"也造成极大伤害，充分体现了新一代"女恶魔"巨大的破坏力。

3. 新一代"女恶魔"的颠覆

瓦莱丽颠覆异性婚恋的行为实际上拉开了女性、男性和变性人之间混战的序幕。在第二十一章中，维尔登对"女同性恋者"做出了明确的阐述，女恶魔将孙女和孙子区别对待，女恶魔仍然想把女性主义思想传承给后代，因此对于外孙泰勒的性别她感到有些遗憾，这为泰勒日后的变性埋下了伏笔。在第 23 章中描述"女恶魔如同弗兰肯斯坦夫人（Mrs Frankenstein）一样，浑身布满切割伤口，重新缝合后把自己变成了玛丽·费什。"弗兰肯斯坦的形象与恶魔的形象前后呼应，但在英国文学历史上，弗兰肯斯坦和恶魔都是男性形象，而如今在 Frankenstein 和 Devil 两个词前分别添加了 Mrs. 和 She。女性人称加在男性人名前，人称的混乱，暗指小说中人物性别的混乱。《女恶魔的生活与爱情》中整容的鲁思和《女恶魔之死》中的变性人苔拉都经历了身体上创伤。让读者不禁想问男性变成女性的过程，究竟是女性的胜利，还是男性的胜利，或是男女同性的变性人的胜利？最终瓦莱丽与苔拉结婚了。维尔登精心设计的苔拉这个变性人物，以及同性婚姻主题，不仅触及了后现代社会人类的"异化"现象，而且还为未来年轻人做出了明确回答。在第二部分的"四月"（April）一章结尾，维尔登借用西蒙斯医生的话"无论怎样改变，当今除了性别之外，仍然存在善良人和邪恶人之别。有些是男人，有些是女人，还有很多处于两性之间的人。"从这句话，读者可以了解到，"女恶魔"颠覆了"恶"的存在范围。《女恶魔之死》中的性别之战不再像《女恶魔的生活与爱情》中那样不可调和，善与恶之战才是全人类包括男性、女性和变性人所面临的问题。

《女恶魔之死》中，维尔登通过对新一代"女恶魔"瓦莱丽的后现代式的反叛、破坏和颠覆，将女性间的斗争、老年人的无助和年轻一代的淡漠等问题暴露于小说之中。《女恶魔的生活与爱情》中母亲对子女的抛弃，和数十年后《女恶魔之死》中子女对母亲的淡漠形成了如同因果效应的对比。这两部作品的历时性对话，使《女恶魔之死》成为对《女恶魔的生活与爱情》女性主义主题的自我解构。维尔登从而站在了"通过一种双重姿态、双重科学、双重书写，将传统的二元对立颠倒过来"① 的立场上。"二元对立""性别战争"的思想被消解后，维尔登笔下的两代"女恶魔"形象，为当代女性提供了一个寻求自我的别样视角——男性与女性的斗争和女性与女性的斗争最终的结局会怎样？最终的胜利者又有何荣耀？《女恶魔之死》让当代女性重新审视：难道人类后代的创伤和淡漠就是女性长期斗争的终极目标吗？维尔登笔下的"女恶魔"原型最终凄惨地死去，可新一代后现代主义的"女恶魔"又诞生了，但《女恶魔之死》中瓦莱丽的"反叛""破坏"以及"颠覆"的后现代"解构式"行为，在老"女恶魔"鲁思无助和凄惨死去时，显得不再那么喧嚣和张扬，而是将读者引入深刻的思考——女性的解放应当是全人类的解放，包括男人、女人、变性人、老人、年轻人、善良的人、邪恶的人……《女恶魔之死》诠释了善良与邪恶的区分不能简单地以性别来圈定，人类和谐生存是维尔登在 2017 年新作中区别她以往小说，对后现代女性主义的崭新诠释。

---

① 赵一凡. 从胡塞尔到德里达——西方文论讲稿［M］. 北京：生活·读书·新知三联书店，2007.

结　语

维尔登是一位才思敏捷、写作速度极快又多产的女作家。虽然维尔登本人不喜欢用"多产"形容自己的创作事业，但她在 40 多年的创作生涯中写就的小说、剧本、杂文集等作品共约 40 部。可以说，她的创作频率达到平均每年出版一本新书的速度，真正是一位多产的作家。但与此同时，她的小说作品凝聚了作者敏锐的洞察力，对社会政治、经济、文化等各个方面都予以深刻的关注，因此作品都脍炙人口，还经常成为国内的畅销作品。本研究主要涉及维尔登 20 世纪 80 年代以后的部分作品，对于这样一位仍然处于创作盛期的作家进行研究，不单是从女性主义角度，而且从后现代主义的创作技巧来研究这位作家，无疑是一次冒险。

从女性主义视角来研究维尔登的作品，在国外已经是屡见不鲜了。她创作初期的作品无疑具有鲜明的女性主义特点，关注女性在父权社会中压抑和"第二性"的地位。然而，她笔下的女性人物总是被置于家庭生活当中来描写，从而遭到某些批评家的贬低，认为她的视野不够宽阔，也许还不能被称之为"伟大的"作家。这样的偏见对于维尔登而言，可以置之不理，因为事实胜于雄辩。《普拉克西斯》涉及了生物学方面女性的处境。小说通过普拉克西斯一生的经历，说明女性意识一步一步地建立，然而却永远无法摆脱女性生理上带来的困扰。从生物学角度而言，女性的身体是人类繁殖最具特权的地方，然而在父权社会中女性的生殖却受到了法律、宗教和医药学的控制和限制。假如没有经过法律程序，女性生育的私生子女要想正常地生活或者生存下去，就要经历更多的磨难。《总统的孩子》涉及了政治生活方面的女性艰难的处境。这部小说在探索女性意识建构的过程中，对于当时的政治也做出了一定的预言，有评论说这部小说影射了克林顿总统的被弹劾的政治事件。同时它还是一则关于英国与美国之间、政府与个体公民之间政治斗争的寓言故事。《宝格丽关系》涉及了后现代经济和消费社会的方面，小说商业性的创作目的体现出了文学小说文本创作不再拘泥于文学艺术价值追求，体现了精英文化与大众文化的界限日渐模糊的趋势。《乔安娜·梅的无性繁殖》中涉及了现代化的克隆技术、《施莱普诺学院》中涉及了盲目和可笑的军事主义和沙文主义等，由此可见，维尔登的作品对于政治、经济、文化、道德、生物、科技、军事、家庭婚姻等从大到小的各个领域都有所涉及。她游刃有余地在家庭小说、惊悚小说、科幻小说、现代寓言故事、鬼故事等多元的体裁形式中转换和探索，都反映出她深厚的文化底蕴、敏锐的洞察力以及诙谐幽默的语言。因此，她是一位当之无愧的伟大作家、伟大的女性作家。

假如说维尔登的作品所涉及的主题和体裁是非常宽泛的，那么她的后现代主义创作手法也不是单一的。她的创作手法也呈现出了后现代主义多元化和多元性的特点。比如在《女恶魔的生活与爱情》中运用了滑稽模仿与互文性写作手法，对于传统经典的文本进行解构。《她不会离开》中的随意书写或非连续性书写、邪恶幽默的叙事技巧都表现了后现代主义颠覆性的小说创作手法。《科娃!：鬼故事》中呈现出虚构与真实的模糊界限，作者、文本和读者在一部虚构作品中的交流，都体现出了后现代主义文本的虚构性。

维尔登的小说内容丰富、体裁多变、语言简洁有力，具有极大的艺术张力。她关于女性主体意识的小说创作，证明她想用实际行动来追赶那个被男性霸占许久的文学舞台的决心，同时她运用多种后现代主义特点的写作技巧，证明她想摒弃传统文学禁锢的决心，开创多元化的文学创作形式，展现文学中虚构的现实。在打破单一的、秩序的、稳定的父权叙事结构后，难道后现代主义文学就只能走向多元的、混乱的、分崩离析的叙事方式吗？在维尔登和其他后现代主义作家的共同努力下，他们在虚构现实的小说文本中仍然强调了对人道主义和女性主义"平等地位"的追求，对道德与责任的呼唤。她曾经说过，"对于道德的讨论才是一部戏剧或作品让人感兴趣的唯一因素，并且成为评判大量作品的标准。"① 后现代主义作家主张的变革性和创新性、强调的开放性和多元性，都是为了重新构建一个多元真理、多元正义、多元理性的后现代主义开放创新的生活现实，而非过去一统化的、僵化的思维模式。因此，维尔登表面上"邪恶的"语言、"邪恶的"的女性和"邪恶的"幽默正是对多种"正义的"的语言、"正义的"女性和"正义的"严肃

---

① LOWRY S. *Love and Truth in Bad Times* ［J］ The Sunday Times , 1982（9）：25.

形成一种挑战和重构。

维尔登虽然没有获得过布克文学奖，但是她却担任过布克文学奖的评委会主席，这已足够说明维尔登在文学领域的成就和威望。在英国文学史、女性文学史、后现代文学史中，维尔登将永远占有重要的席位。

参考文献

一、费·维尔登的作品

1. 英文原著

(1) 长篇小说

[1] WELDON F. *The Fat Woman's Joke* [M]. London：MacGibbon and Kee，1967.

[2] WELDON F. *Down Among the Women* [M]. London：Henemann，1971.

[3] WELDON F. *Female Friends* [M]. London：Heinemann，1975.

[4] WELDON F. *Remember me* [M]. London：Hodder and Stoughton，1976.

[5] WELDON F. *Little Sisters* [M]. London：Hodder and Stoughton，1978.

[6] WELDON F. *Praxis* [M]. London：Hodder and Stoughton，1978.

[7] WELDON F. *Puffball* [M]. London：Hodder and Stoughton，1980.

[8] WELDON F. *The President's Child* [M]. London：Hodder and Stoughton，1982.

[9] WELDON F. *Life and Loves of a She – Devil* [M]. London：Hodder and Stoughton，1983.

［10］WELDON F. *The Shrapnel Academy* ［M］. London：Hodder and Stoughton，1986.

［11］WELDON F. *The Rules of Life* ［M］. London：Century Hutchinson，1987.

［12］WELDON F. *The Heart of the Country* ［M］. London：Century Hutchinson，1987.

［13］WELDON F. *The Hearts and Lives of Men* ［M］. London：Heinemann，1987.

［14］WELDON F. *Leader of the Band* ［M］. London：Hodder and Stoughton，1988.

［15］WELDON F. *The Cloning of Joanna May* ［M］. London：William Collins，1989.

［16］WELDON F. *Darcy's Utopia* ［M］. London：Collins，1990.

［17］WELDON F. *The Bulgari Connection* ［M］. London：Flamingo Press，2001.

［18］WELDON F. *Mantrapped* ［M］. London：Harper Perennial，2004.

［19］WELDON F. *She May Not Leave* ［M］. Grove Press，2006.

［20］WELDON F. *The Stepmother's Diary* ［M］. London：Quercus，2008.

［21］WELDON F. *Kehua!* ［M］London：Corvus，2010.

［22］WELDON F. *Death of a She Devil* ［M］. London：Head of Zeus，2017.

（2）短篇小说

［1］WELDON F. *Watching Me, Watching You* ［M］. London：Hodder and Stoughton，1981.

［2］WELDON F. *Polaris and Other Stories* ［M］. London：Hodder and Stoughton，1985.

［3］WELDON F. *Wicked Women* ［M］. New York：The Atlantic Monthly Press. 1997.

（3）剧本

［1］WELDON F. *Words of Advice* ［M］. 1974.

［2］WELDON F. *Action Replay* ［M］. 1980.

［3］WELDON F. *I Love My Love* ［M］. 1984.

（4）杂文

［1］WELDON F. "Me and My Shadow," in On *Gender and Writing*. ed. ［M］. Michelene Wandor, London：Pandora，1983.

［2］WELDON F. *Letters to Alice, on First Reading Jane Austen* ［M］. New York：Carrol & Graf，1990.

［3］WELDON F. *Sacred Cows：Counterblast No.* 4 ［M］. London：Chatto and Windus，1989.

（5）中文译著

［1］费·维尔登. 绝望的主妇：整形复仇记 ［M］. 林静华，译. 重庆：重庆出版社，2011.

［2］费·维尔登. 一小窝弄学人 ［M］. 张磊，译. 北京：人民文学出版社，2009.

二、其它参考文献

1. 英文文献

［1］RICH A. "When We Dead Awaken：Writing as Re – Vision,"

On Lies, Secrets, and Silence [M]. New York: Norton, 1979.

[2] ADIER A. *Understanding Human Nature* [M]. New York: Greenberg, 1927.

[3] ECHOLS A. *The New Feminism of Yin and Yang* [M]. New York: Monthly Review Press, 1983.

[4] JAGGAR A M. *"Jaggar Feminist Ethics" Encyclopedia of Ethics* [M]. New York: Garland, 1992.

[5] FRIEDAN B. *The Second Stage* [M]. New York: Summit Books, 1981.

[6] JOHNSON B S. *Christy Malry's Own Double - Entry* [M]. New York: New Directions Publishing, 1985.

[7] HEILBRUN C G. *Writing a Woman's Life* [M]. New York: W. W. Norton, 1988.

[8] HARRIS C B. "Time, Uncertainty, and Kurt Vonnegut, Jr. : A Reading of 'Slaughterhouse - Five'," *Contemporary Literary Criticism Vol. 60* [M]. ed. Roger Matuz, London: Gale Research Inc. , 1990.

[9] NEWMAN C. "The Post - Modern Aura," *The Act of Fiction in an Age of Inflation* [M]. Evanston: Northwestern University Press, 1985.

[10] WEED C. *Feminist Practice and Poststructuralist Theory* [M]. New York: Basil Blackwell, 1987.

[11] WEAD D. *The Cambridge introduction to modern British fiction, 1950 - 2000* [M]. Cambridge: Cambridge University Press, 2002.

[12] MALOS E. *Introduction in The Politics of Housework* [M]. London: Allison & Busby, 1980.

[13] WELDON F. "The Changing Face of Fiction," in: Regina Barreca, ed., *Fay Weldon's Wicked Fictions* [M]. Hanover: University Press of New England, 1994.

[14] WELDON F. *Auto Da Fay* [M]. London: Flamingo, 2002.

[15] DOWLING F. *Fay Weldon's Fiction* [M]. Madison, NJ: Fairleigh Dickinson UP, 1998.

[16] GREEN G. *Changing the Story: Feminist Fiction and the Tradition* [M]. Bloomington: Indiana Up, 1991.

[17] GREER G. *The Female Eunuch* [M]. New York: Harper Perennial Modern Classics, 2008.

[18] MACKAY G. "Lives of She – Devils: Fay Weldon's Women Have a Wicked Side," Rev. of *Darcy's Utopia*, by Fay Weldon [J]. *Maclean's* 1990.

[19] WAUGH H. "Unbelievable," Rev. of *The President's Child*, by Fay Weldon [J]. *The Spectator* 1982.

[20] DAVIS H H. "Dangerous Relations in High Places: Rev. of The President's Child, by Fay Weldon," [J]. *The New Leader*, 1983 – 06 – 27.

[21] ELSHTAIN J B. *Public Man/Private Woman* [M]. *New Jersey*: Princeton University Press, 1981.

[22] DUBINO J. "The Cinderella Complex: Romance Fiction, Patriarchy and Capitalism," [J]. *Journal of Popular Culture*, 1993, 27 (3).

[23] HAFFENDEN. "Fay Weldon," *Novelists in Interview* [M]. London: Methuen, 1985.

[24] FORREST J. "Missionary Position: Fay Weldon's Women Al-

ways End Up on Top," [J]. *Vogue*, 1987.

[25] WHEELER K. *A Guide to Twentieth – century Women Novelists* [M]. Oxford: Blackwell Publishers Ltd, 1998.

[26] WALES K. *A Dictionary of Stylistics* [M]. London and New York: Longman, 1989.

[27] MARY K. *Key Terms in Literary Theory* [M]. Beijing: Foreign Language and Research Press, 2017.

[28] BERNIKOW L. *Among Women* [M]. New York: HarperCollins Publishers, Incorporated, 1981.

[29] KENNEY M. *The Guardian* [J]. 2001, 9 (4).

[30] ROSE M A. *Parody: Ancient, Modern, and Postmodern* [M]. Cambridge: Cambridge University Press, 1993.

[31] ATWOOD M. *Bodily Harm* [M]. London: Virago, 1982.

[32] BENSTON M. "The Political Economy of Women's Liberation" [J]. *Monthly Review* 1969, 9 (4).

[33] FRENCH M. *Beyond Power: On Women, Men and Morals* [M]. New York: Summit Books, 1985.

[34] FRENCH M. *The Women's Room* [M]. New York: Summit Books, 1977.

[35] KLAGES M. *Key Terms in Literary Theory* [M]. Beijing: Foreign Language and Research Press, 2017

[36] DALY M. *yn/Ecology: The Metaethics of Radical Feminism* [M]. Boston: Beacon Press, 1978.

[37] Mary Wollstonecraft, *A Vindication of the Rights of Woman* [M].

New York: W. W. Norton, 1975.

[38] ROSE M J. Your ad here, [E/OL]. (2001 – 09 – 05).

[39] RATCLIFFE M. Bio from the book jacket [M] *Puffball* . London: Hodder and Stoughton, 1980.

[40] PEARLMAN M. *Listen to Their Voices: Twenty Interviews with Women Who Write* [M]. University of Massachusetts Press, 1985.

[41] KUMAR M. Interview with Fay Weldon [J]. *Belles Lettres*, 1995, 10 (2): 16.

[42] WALKER A. *Feminist Alternatives: Irony and Fantasy in the Contemporary Novel by Women* [M]. Jackson: UP of Mississippi, 1990.

[43] MILLER N K. "Emphasis Added: Plots and Plausibilities in Women's Fiction," in: Elaine Showalter, ed. *The New Feminist Criticism: Essays on Women, Literature, and Theory* [C]. New York: Pantheon, 1985.

[44] KENYON O. *Women Novelists Today A Survey of English Writing in the Seventies and Eighties* [C]. New York: St. Martin's Press, 1988.

[45] CRAIG P. "All Our Dog Days," Rev. of *The President's Child*, by Fay Weldon [N]. The times Literary Supplement, 1982 – 09 – 24 (1031).

[46] CRAVEN P. Death of a She Devil review: Brilliance of Fay Weldon sparkles in a late sequel. July 2017 [A/OL]. The Syelney Morning Herald.

[47] CRAVEN P. Weldon brings light touch to dark material *The Australian* [N]. The Australian, 2011 – 01 – 08.

[48] DONNEL P O, CON DAVIS R. *Intertextuality and Contemporary*

American Fiction [M]. Baltimore and London: The John Hepkins University Press, 1989.

[49] LIVELY P. *The Moon Tiger* [M]. London: Penguin Books, 1988.

[50] WOMACK P. As a study of fiction and femininity, Kehua! is bursting with intelligence and fire [N]. *Daily Telegraph* , 2018 – 08 – 09 (S3).

[51] BARRECA R. "Introduction," in: Regina Barreca, ed. , *Fay Weldon's Wicked Fictions* [M]. Hanover: University Press of New England, 1994.

[52] BARRECA R. *Interview with Fay Weldon*, WBAI – FM [R/OL]. New York City, 1983 – 04 – 29.

[53] EDER R. Writing Off a Past to Write Freely of a Future [J]. *The New York Times* , 2003 (6).

[54] RUBENSTEIN R. "The feminist novel in the wake of Virginia Woolf", in: Brian W. Shaffer, ed. , *A companion to the British and Irish novel* 1945 – 2000 [M]. Oxford: Blackwell, 2005.

[55] ROWBOTHAM S. *Women's Consciousness, Man's World* [M]. Blatimore: Penguine Books, 1973.

[56] FIRESTONE S. *The Dialectic of Sex* [M]. New York: Bantam Books, 1970.

[57] MILE S. "Slam Dancing with Fay Weldon," in: Regina Barreca, ed. , *Fay Weldon's Wicked Fictions* [M]. Hanover: University Press of New England, 1994.

[58] WENDELL S. *A (Qualified) Defense of Liberal Feminism Hypatia*

2 [J]. 1987 (2).

[59] LOWRY S. *Love and Truth in Bad Times* [J] The Sunday Times, 1982 (9)：25.

2. 中文文献

[1] 彼得·威德森. 现代西方文学观念简史 [M]. 钱竞，张欣译，北京：北京大学出版社，2006.

[2] 陈世丹. 美国后现代主义小说详解 [M]. 天津：南开大学出版社，2010.

[3] 陈永国. 互文性 [J]. 外国文学，2003 (1).

[4] 方刚，罗蔚. 社会性别与生态研究 [M]. 北京：中央编译出版社，2009.

[5] 福科知识考古学 [M]. 谢强，马月，译. 北京：生活·读书·新知三联书店，1998.

[6] 拉曼·塞尔登，彼得·威德森，彼得. 布鲁克. 当代文学理论导读 [M].刘象愚，译. 北京：北京大学出版社，2006.

[7] 廖志勤. 论莱夫利《月亮虎》的叙事艺术风格 [J]. 外语研究，2009.

[8] 罗钢. 后现代主义文学作品选 [M]. 北京：高等教育出版社，2002.

[9] 罗斯玛丽·帕特南·童. 女性主义思潮导论 [M]. 艾晓明，译. 武汉：华中师范大学出版社，2002.

[10] M. H. 艾布拉姆斯. 文学术语词典 [M]. 北京：北京大学出版社，2009.

[11] 瞿世镜，任一鸣. 当代英国小说史 [M]. 上海：上海译文

出版社, 2008.

[12] 申丹. 叙述学与小说文体学研究 [M]. 北京：北京大学出版社, 1998.

[13] 孙绍先. "女权主义" [M]. 北京：外语教学与研究出版社, 2006.

[14] 童庆炳. 文学理论教程 [M]. 修订版. 北京：高等教育出版社, 1998.

[15] 西德蒙·德·波伏娃. 第二性 [M]. 陶铁柱, 译. 北京：中国书籍出版社, 1998.

[16] 杨金才. 当代英国小说的核心主题与研究视角 [J]. 外国文学, 2009.

[17] 詹明信. 晚期资本主义的文化逻辑：詹明信批评理论文选 [M]. 北京：生活·读书·新知三联书店, 1997.

[18] 詹明信. 晚期资本主义的文化逻辑 [M]. 陈清侨, 译. 北京：生活·读书·新知三联书店, 2003.

[19] 章国峰. 从"现代"到"后现代" [M]. 北京：中国社会科学出版社, 1994.

[20] 赵一凡, 张中载, 李德恩. 西方文论关键词 [M]. 北京：外语教学与研究出版社, 2006.

[21] 赵一凡. 从胡塞尔到德里达：西方文论讲稿 [M]. 北京：生活·读书·新知三联书店, 2007.

[22] 朱立元. 当代西方文艺理论 [M]. 2版. 上海：华东师范大学出版社, 2005.

[23] 朱立元, 李均. 二十世纪西方文论：上卷 [M]. 北京：高

等教育出版社，2002.

　　[24] F. 基特勒. 后现代艺术存在 [M]. 北京：中国社会科学出版社，1994.

　　[25] 佛克马·伯顿斯. 走向后现代主义 [M]. 王宁，译. 台北：淑馨出版社，1992.

　　[26] 特伦斯·霍克斯. 结构主义和符号学 [M]. 上海：上海译文出版社，1987.

后 记

　　"路漫漫其修远兮，吾将上下而求索"。为了这份对文学研究的执着与热爱，我在工作与学习中不断地求索着。昨日的话语依旧在耳边回荡：I'm a Jack of all trades, but master of none. But I really want to be a master of literature, like you, every professor here, after three – year study and research. 这是我博士入学复试考试中用英语自我介绍时，对各位教授和自己说过的话，也是为自己定下的一个目标。为了达到这个目标，不管前方道路多么漫长，条件多么艰苦，我将义无反顾地坚持求知和探索。本书稿是在我博士论文基础上修改而成的。作为一位女性，起初我对于"女性主义"的研究方向有些抵触，然而在恩师陈世丹教授向我说明了"女性主义"在后现代主义文学研究中的重要性后，我才真正体会到对于后现代女性主义作家作品研究的乐趣和意义。感谢中国人民大学外国语学院陈世丹教授在我的文学研究之路上的谆谆教导，您的谦虚谨慎、严谨治学、平易近人的处世态度，成为我日后自己为人师的道路上学习的榜样。

还要感谢北京社会管理职业学院（从2004年至今我一直从教的学校），是她给了我教学历练的平台和攻读博士学位的机会。特别感谢邹文开校长和赵红岗副校长在我教学与求学之路上的引导和鼓励，感谢学校领导能够为教师搭建学术探索和成长的平台。同时，感谢学校科研处陈洪涛处长为教师学术成长过程中所付出的努力和帮助。在北京社会管理职业学院从教的14年中，我感受到了学术的自由和教书育人的快乐！本书依托于北京社会管理职业学院2018年一般课题"费·维尔登多元女性主义叙事研究"（课题编号：SGYYB2017－50）和青年课题"后现代女性言说主体的重构研究"（课题编号：SGYYB2017－50），由中央高校基本科研业务费专项资金资助。

最后，感谢所有不断鼓励我的同窗好友、同门师兄弟姐妹，正是由于你们的支持和帮助，才让我感受到苦读中的乐趣，才让我有信心在学术之路上不断探索。

张丽秀

2018年9月